王小波全集 第三卷

青铜时代

万寿寺

王小波 著

重庆出版集团
重庆出版社

图书在版编目（CIP）数据

青铜时代·万寿寺 / 王小波 著.– 重庆：重庆出版社，2009.3

（王小波全集：3）

ISBN 978-7-229-00453-8

Ⅰ.青… Ⅱ.王… Ⅲ.长篇小说 – 中国 – 当代

Ⅳ.I247.5

中国版本图书馆 CIP 数据核字（2009）第 025985 号

青铜时代·万寿寺

QINGTONG SHIDAI：WANSHOUSI

王小波 著

出 版 人： 罗小卫

策　　划： 华章同人

责任编辑： 陈建军　刘玉浦

特约编辑： 黄卫平

封面设计： 灵动视线

重庆出版集团 重庆出版社 出版

（重庆长江二路 205 号）

山东新华印刷厂 印刷

重庆出版集团图书发行公司 发行

邮购电话：010–85869375/76/77 转 810

E–MAIL：sales@alphabooks.com

全国新华书店经销

开本：889mm×1194mm　1/32　印张：9.125　字数：200千

2009年4月第1版　2009年4月第1次印刷

定价：26.00元

如有印装质量问题，请致电023–68706683

目 录

序：我的师承

我终于有了勇气来谈谈我在文学上的师承。小时候，有一次我哥哥给我念过查良铮先生译的《青铜骑士》：

我爱你，彼得兴建的大城，
我爱你严肃整齐的面容，
涅瓦河的水流多么庄严，
大理石铺在它的两岸……

他还告诉我说，这是雍容华贵的英雄体诗，是最好的文字。相比之下，另一位先生译的《青铜骑士》就不够好：

我爱你彼得的营造
我爱你庄严的外貌……

现在我明白，后一位先生准是东北人，他的译诗带有二人转的调子，和查先生的译诗相比，高下立判。那一年我十五岁，就懂得了什么样的文字才能叫做好。

到了将近四十岁时，我读到了王道乾先生译的《情人》，又知道了小说可以达到什么样的文字境界。道乾先生曾是诗人，后来做了翻译家，文字功夫炉火纯青。他一生坎坷，晚年的译笔沉痛之极。请听听《情人》开头的一段：

我已经老了。有一天，在一处公共场所的大厅里，有一个男人向我走来，他主动介绍自己，他对我说："我认识你，我永远记得你。那时候，你还很年轻，人人都说你美，现在，我是特为来告诉你，对我来说，我觉得现在你比年轻的时候更美，那时你是年轻女人，与你那时的面貌相比，我更爱你现在备受摧残的面容。"

这也是王先生一生的写照。杜拉斯的文章好，但王先生译笔也好，无限沧桑尽在其中。查先生和王先生对我的帮助，比中国近代一切著作家对我帮助的总和还要大。现代文学的其他知识，可以很容易地学到。但假如没有像查先生和王先生这样的人，最好的中国文学语言就无处去学。除了这两位先生，别的翻译家也用最好的文学语言写作，比方说，德国诗选里有这样的译诗：

朝雾初升，落叶飘零
让我们把美酒满斟！

带有一种永难忘记的韵律，这就是诗啊。对于这些先生，我何止是尊敬他们——我爱他们。他们对现代汉语的把握和感觉，至今无人可比。一个人能对自己的母语做这样的贡献，也算不虚此生。

道乾先生和良铮先生都曾是才华横溢的诗人，后来，因为他们杰出的文学素质和自尊，都不能写作，只能当翻译家。就是这样，他们还是留下了黄钟大吕似的文字。文字是用来读，用来听，不是用来看的——要看不如去看小人书。不懂这一点，就只能写出充满噪声的文字垃圾。思想、语言、文字，是一体的，假如念起来乱糟糟，意思也不会好——这是最简单的真理，但假如没有前辈来告诉我，我怎么会知道啊。有时我也写点不负责任的粗糙文字，以后重读时，惭愧得无地自容，真想自己脱了裤子请道乾先生打我两棍。孟子曾说，无耻之耻，无耻矣。现在我在文学上是个有廉耻的人，都是多亏了这些先生的教诲。对我来说，他们的作品是比鞭子还有力量的鞭策。提醒现在的年轻人，记住他们的名字，读他们译的书，是我的责任。

现在的人会说，王先生和查先生都是翻译家。翻译家和著作家在文学史上是不能相提并论的。这话也对，但总要看看写的是什么样的东西。我觉得我们国家的文学次序是彻底颠倒了的：末流的作品有一流的名声，一流的作品却默默无闻。最让人痛心的是，最好的作品并没有写出来。这些作品理应由查良铮先生、王道乾先生在壮年时写出来的，现在成了巴比伦的空中花园了……以他们二位年轻时的抱负，晚年的余晖，在中年时如有现在的环境，写不出好作品是不可能的。可惜良铮先生、道乾先生都不在了……

回想我年轻时，偷偷地读到过傅雷、汝龙等先生的散文译笔，这些文字都是好的。但是最好的，还是诗人们的译笔；是他们发现了现代汉语的韵律。没有这种韵律，就不会有文学。最重要的是：在中国，已经有了一种纯正完美的现代文学语言，剩下的事只是学习，这已经是很容易的事了。我们不需要用难听的方言，也不必用艰涩、缺少表现力的文言来写作。作家们为什么现在还爱用劣等的文字来写作，非我所能知道。但若因此忽略前辈翻译家对文学的贡献，又何止是不公道。

正如法国新小说的前驱们指出的那样，小说正向诗的方向改变着自己。米兰·昆德拉说，小说应该像音乐。有位意大利朋友告诉我说，卡尔维诺的小说读起来极为悦耳，像一串清脆的珠子洒落于地。我既不懂法文，也不懂意大利文，但我能够听到小说的韵律。这要归功于诗人留下的遗产。

我一直想承认我的文学师承是这样一条鲜为人知的线索。这是给我脸上贴金。但就是在道乾先生、良铮先生都已故世之后，我也没有勇气写这样的文章。因为假如自己写得不好，就是给他们脸上抹黑。假如中国现代文学尚有可取之处，它的根源就在那些已故的翻译家身上。我们年轻时都知道，想要读好文字就要去读译著，因为最好的作者在搞翻译。这是我们的不传之秘。随着道乾先生逝世，我已不知哪位在世的作者能写如此好的文字，但是他们的书还在，可以成为学习文学的范本。我最终写出了这些,不是因为我的书已经写得好了，而是因为,不把这个秘密说出来,对现在的年轻人是不公道的。没有人告诉他们这些，只按名声来理解文学，就会不知道什么是坏，什么是好。

说　明

《红线传》，杨巨元作，初见于袁郊《甘泽谣》，《太平广记》一百九十五卷载，述潞州节度使薛嵩家有青衣红线通经史，嵩用为内记室，魏博节度使田承嗣欲夺嵩地，薛嵩惶恐无计，红线挺身而出，为之排忧解难之事。《虬髯客》，杜光庭作，收《太平广记》一百九十三卷，述隋越国公杨素家有持红拂的歌妓张氏，识李靖于风尘之中，与之私遁之事。《无双传》，薛调作，收《太平广记》四百八十六卷，述王仙客与表妹刘无双相恋，后遇兵变，刘父受伪命被诛，无双没入宫中，王仙客求人营救之事。这三篇唐传奇脍炙人口，历代选本均选。读者自会发现，我的这三篇小说（指《万寿寺》、《红拂夜奔》、《寻找无双》三部长篇小说——编者注），和它们也有一些关系。

王小波

第一章

一

1

莫迪阿诺在《暗店街》里写道："我的过去一片朦胧……"这本书就放在窗台上，是本小册子，黑黄两色的封面，纸很糙，清晨微红色的阳光正照在它身上。病房里住了很多病人，不知它是谁的。我观察了许久，觉得它像是件无主之物，把它拿到手里来看；但心中惕惕，随时准备把它还回去。过了很久也没人来要，我就把它据为己有。过了一会儿，我才骤然领悟到：这本书原来是我的。这世界上原来还有属于我的东西——说起来平淡无奇，但我确实没想到。病房里弥漫着水果味、米饭味、汗臭味，还有煮熟的芹菜味。在这个拥挤、闭塞、气味很坏的地方，我迎来了黎明。我的过去一片朦胧……

病房里有一面很大的玻璃窗。每天早上，阳光穿过不平整的窗玻璃，在对面墙上留下火红的水平条纹；躺在这样的光线里，有如漂浮在熔岩之中。本来，我躺在这张红彤彤的床上，看那本书，感到心满意足。事情忽然急转而下，大夫找我去，说道，你可以出院了。医院缺少床位，多少病人该住院却进不来——听他的意思，好像我该为此负责似的。我想要告诉他，我是出于无奈（别人用汽车撞了我的头）才住到这里的，但他不像要听我说话的样子，所以只好就这样了。

此后，我来到大街上，推着一辆崭新的自行车，不知该到哪里去。一种巨大的恐慌，就如一团灰雾，笼罩着我——这团雾像个巨大的灰毛老鼠，骑在我头上。早晨城里也有一层雾，空气很坏。我自己也带着医院里的馊味。我总觉得空气应该是清新的，弥漫着苦涩的花香——如此看来，《暗店街》还在我脑中作祟……

莫迪阿诺的主人公失去了记忆。毫无疑问，我现在就是失去了记忆。和他不同的是，我有张工做证，上面有工作单位的地址。循着这个线索，我来到了"西郊万寿寺"的门前。门洞上方有"敕建万寿寺"的字样，而我又不是和尚……这座寺院已经彻底破旧了。房檐下的檩条百孔千疮，成了雨燕筑巢的地方，燕子屎把房前屋后都变成了白色的地带，只在门前留下了黑色的通道。这个地带对人来说是个禁区。不管谁走到里面，所有的燕巢边上都会出现燕子的屁股，然后他就在缤纷的燕粪里，变成一个面粉工人。燕子粪的样子和挤出的儿童牙膏类似。院子里有几棵白皮松，还有几棵老得不成样子的柏树。这一切似曾相识……我总觉得上班的地点不该这样的老旧。顺便说一句，工作证上并无家庭住址，假如有的话，我会回家去的，我对家更感兴趣……万寿寺门前的泥地里混杂着砖石，掘地三尺也未必能挖干净。我在寺门前逡巡了很久，心里忐忑不安，进退两难。直到有一个胖胖的女人经过。她从我身边走过时抛下了一句：进来呀，愣着干啥。

这几天我总在愣着，没觉得有什么不对。但既然别人这么说，愣着显然是不对的。于是我就进去了。

出院以前，我把《暗店街》放在厕所的抽水马桶边上。根据我的狭隘经验，人坐在这个地方才有最强的阅读欲望。现在我后悔了，想要回医院去取。但转念一想，又打消了这个主意。把一本读过的书留给别人，本是做了一件善事；但我很怀疑自己真有这么善良。本来我在医院里住得好好的，就是因为看了这本书，才遇到现在的灾难。我对别的丧失记忆的人有种强烈的愿望，想让他们也倒点霉——丧失了记忆又不自知，那才是人生最快乐的时光……

对于眼前这座灰蒙蒙的城市，我的看法是：我既可以生活在这里，也可以生活在别处；可以生活在眼前这座水泥城里，走在水泥的大道上，呼吸着尘雾；也可以生活在一座石头城市里，走在一条龟背似的石头大街上，呼吸着路边的紫丁香。在我眼前的，既可以是这层白内障似的、磨砂灯泡似的空气，也可以是黑色透明的、像鬼火一样流动着的空气。人可以迈开腿走路，也可以乘风而去。也许你觉得这样想是没有道理的，但你不曾失去过记忆——在我衣服口袋里，有一张工作证，棕色的塑料皮上烙着一层布纹，里面有个男人在黑白相片里往外看着。说实在的，我不知道他是谁。但是，既然出现在我口袋里，除我之外，大概也不会是别人了。也许，就是这张证件注定了我必须生活在此时此地。

2

早上，我从医院出来，进了万寿寺，踏着满地枯黄的松针，走进了配殿。我真想把鞋脱下来，用赤脚亲近这些松针。古老的榆树，矮小的冬青丛，都让我感到似曾相识；令人遗憾的是，这里有股可疑的气味，与茅厕相似，让人不想多闻。配殿里有个隔出来的小房间，房间里有张桌子，桌子上堆着写在旧稿纸上的手稿。这些东西带着熟悉的气息迎面而来——过去的我带着重重叠叠的身影，飘扬在空中。用不着别人告诉，我就知道，这是我的房间、我的桌子、我的手稿。这是因为，除了穿在身上的灰色衣服，这世界上总该有些属于我的东西——除了有些东西，还要有地方吃饭，有地方睡觉，这些在目前都不紧要。目前最要紧的是，有个容身的地方。坐在桌子后面，我心里安定多了。我面前还放了一个故事。除了开始阅读，我别无选择了。

“晚唐时，薛嵩在湘西当节度使。前往驻地时，带去了他的铁枪。”故事就这样开始了。这个故事用黑墨水写在我面前的稿纸上，笔迹坚挺有力。这种纸是稻草做的，呈棕黄色，稍稍一折就会断裂，散发着轻微的霉味。我面前的桌子上有不少这样的纸，卷成一捆捆的，用橡皮筋扎住。随手打开一卷，恰恰是故事的开始。走进万寿寺之前，我没想到会有这么多故事。可以写几个字来对照一下，然后就可认定是不是我写了这些故事。但我觉得没有必要。在医院里醒来时，我左手的食指和中指上，都有黑色的墨迹。这说明我一直用黑墨水来写字。在我桌子上，有一个笔筒，里面放满了蘸水钢笔，笔尖朝上，像一丛龙舌兰的样子；笔筒边上放着一瓶中华牌绘图墨水。坐在这个桌子面前，我想到：假如我不是这个故事的作者，也不会有别人了；虽然我一点不记得这个故事。这些稿子放在这里，就如医院窗台上的《暗店街》。假如我不来认领，就永无人来认领。

这世界上之所以会有无主的东西，就是因为有人失去了记忆。

手稿上写道：盛夏时节，在湘西的红土丘陵上，是一片肃杀景象；草木凋零，不是因为秋风的摧残，却是因为酷暑。此时山坡上的野草是一片黄色，就连水边的野芋头的三片叶子，都分向三个方向倒下来；空气好像热水迎面浇来。山坡上还刮着干热的风。把一只杀好去毛的鸡皮上涂上盐，用竹竿挑到风里去吹上半天，晚上再在牛粪火里烤烤，就可以吃了。这种鸡有一种臭烘烘的香气。除了风，吃腐肉的鸟也在天上飞，因为死尸的臭味在酷热中上升，在高空可以闻到。除了鸟，还有吃大粪的蜣螂，它们一改常态，嗡嗡地飞了起来，在山坡上寻找臭味。除了蜣螂，还有薛嵩，他手持铁枪，出来挑柴火。其他的生灵都躲在树林里纳凉。远远看去，被烤热的空气在翻腾，好像一锅透明的粥，这片山坡就在粥里煮着——这故事开始时就是这样。

在医院里，我那张床就很热，我一天到晚都像在锅里煮着，但我什么都不记得，也就什么都不抱怨，连个热字都说不出，只觉得很快乐。我不明白，热有什么可抱怨的呢。这篇稿子带有异己的气味。今天早上我遇到了很多东西：北京城、万寿寺、工作证、办公室，我都接受下来了。现在是这篇手稿——我很坚决地想要拒绝它。是我写的才能要，不是我写的——要它干啥？

手稿上继续写道：薛嵩穿着竹笋壳做的凉鞋，披散着头发，把铁枪扛在肩上，用一把新鲜的竹篾条拴在腰上，把龟头吊起来，除此之外，身上一无所有。现在正是盛夏时节。假如是严冬，景象就有所不同：此时湘西的草坡上一片白色的霜，直到中午时节，霜才开始融化，到下午四点以后，又开始结冻，这样就把整个山坡冻成了一片冰，绿色的草都被冻在冰下，好像被罩在透明的薄膜里——原稿就是这样的，但我总怀疑热带地方会有这样冷——薛嵩穿着棉袍子出来，肩上扛着缠了草绳的铁枪——如果不缠草绳子，就会粘手。他还是出来挑柴火。春秋两季他也要出来挑柴火——因为要吃饭就得挑柴火——并且总是扛着他的大铁枪。

我依稀记得，自己写到过薛嵩，每次总是从红土丘陵的正午写起，因为红土丘陵和正午有一种上古的气氛，这种气氛让我入了迷。此处地形崎岖，空旷无人，独自外出时会感到寂寞：在山坡上走着走着，忽然觉得天低了下来，连蓝天带白云都从天顶扣下来，天地之间因而变得扁平。再过一会，天地就会变成一口大碗，薛嵩独自一人走在碗底。他觉得自己就如一只捣臼里的蚂蚁，马上就会被粉碎，情不自禁地丢掉了柴捆，倒在地上打起滚来。滚完以后，再挑起柴来走路，走进草木茂盛的寨子，钻进空无一人、黑暗的竹楼。此时寂寞不再像一种暧昧的癫狂，而是变成了体内的刺痛。后来，薛嵩难于忍受,就去抢了红线为妻。这样他就不会被寂寞穿透，也不会被寂寞粉碎。如果感到寂寞，就把红线抱在怀里，就如胃疼的人需要一个暖水袋。如果这样解释薛嵩，一切都进行得很快。但这样的写法太过直接，红线在此时出现也为时过早。这就是只写红土丘陵和薛嵩的不利之处。所以这个故事到这里截止，从下一页开始，又换了一种写法。

读到薛嵩走在红土丘陵上，我似乎看到他站在苍穹之下，蓝天、白云在他四周低垂下来，好似一粒凸起的大眼球。这个景象使我感到亲切，仿佛我也见到过。只可惜由此再想不到别的了。因此，薛嵩就担着柴火很快地走了过去，正如枪尖刺在一块坚硬的石头上，轻飘飘地滑过了……如你所见，这种模糊的记忆和手稿合拍。看来这稿子是我写的。

既然已经有了一个属于我的故事，把《暗店街》送给别人也不可惜。但我不知道谁是薛嵩，也不知道谁是红线；正如我不知道谁是莫迪阿诺，谁是居伊·罗朗。我更不知道自己是谁。

3

正午时分的山坡上，罩着一层蓝黝黝的烟雾。走在这种烟雾里，就是皮肤白皙的人也会立刻变得黝黑，就是牙色焦黄的人也会立刻牙齿洁白，头发笔直的人也会变得有点卷发——手稿上这样写，仿佛嫌天还不够热——薛嵩在山坡上走，渐渐感到肩上的铁枪变得滚烫，好像是刚从熔炉里取出来。这根铁棍他是准备做扁担用的，除了烫手之外，它还有一种不便之处——那东西有三十多斤重，用来做扁担很不适用。但是他决不肯把任何扁担扛在肩上。在铁枪的顶端，有个不大锋利的枪头,还有一把染红了的麻絮。如果你不知道这是枪缨，一定会把这杆枪的性质看错，以为它不是一件兵器，而是一根墩布。在他的肚脐前面，一根竹篾条，好像吊了个大蘑菇。他就这样走下山坡，去找他的柴捆。

薛嵩的身体颀长、健壮，把它裸露出来时，他缺少平常心。当他赤身裸体走在原野上时，那个把把总是有点肿胀，不是平常的模样；所以他小心翼翼地避开一切低洼的地方。低洼的地方会有水塘，里面满是浓绿色的水。一边被各种各样的脚印搅成黑色的污泥，另一边长满了水芋头、野慈姑，张开了肥厚的绿叶，开着七零八落的白花。只听哗啦一声水响，叶子中间冒出一个女孩的头来。她直截了当地往薛嵩胯下看来，然后哈哈笑着说：瞧你那个模样！要不要帮帮你的忙？成熟男性的这种羞辱，总是薛嵩的噩梦。等他谢绝了帮忙之后，那女孩就沉下水去。在混浊的水面上，只剩下一根掏空的芦苇竖着，还有一缕黑色的头发。在亚热带的旱季，最浑的水里也是凉快的。薛嵩发了一会儿愣，又到山脊上走着，找到了自己的柴火捆，用长枪把它们串成一串，挑回家来，蜣螂也是这样把粪球滚回家。此时他被夹在一串柴捆中间，像一只蜈蚣在爬。他被柴火挤得迈不开步子，只能小步走着，好像一个穿筒裙的女人。假如有一阵狂风吹来，他就和柴捆一起在山坡上滚起来。故事虽然发生在中古，但因为地方偏僻，有些上古的景象。

我对这个故事有种特殊的感应，仿佛我就是薛嵩，赤身裸体走进湘西的炎热，就如走入一座灼热的砖窑；铁枪太过沉重，嵌进了肩上的肉。至于腰间的篾条，它太过紧迫，带着粗糙勒进了阴茎的两侧——这好像很有趣。更有趣的是有个苗族小姑娘从水里钻出来要帮我的忙。但作者对这故事不是全然满意，他说：这是因为薛嵩是孤零零的一个人。孤零零一个人的故事必定殊为无趣，所以这个故事又重新开始道：晚唐时节，薛嵩曾住在长安城里。

长安城是一座大得不得了的城市，周围围着灰色的砖墙。墙上有一些圆顶的城门洞，经常有一群群灰色的驴驮着粮食和柴草走进城里来。一早一晚，城市上空笼罩着灰色的雾，在这个地方买不到漂白布，最白的布买到手里，凑到眼前一看，就会发现它是灰的。这种景象使薛嵩感到郁闷，久而久之，他变得嗓音低沉。在冷天里他呵出一口白气，定睛一看，发现它也是灰的。这样，这个故事就有了一个灰色的开始，这种色调和中古这个时代一致。在中古时，人们用灶灰来染布，妇女用草灰当粉来用，所以到处都是灰色的。薛嵩总想做点不同凡响的事情。比方说，写些道德文章，以便成为圣人；发表些政治上的宏论，以便成为名臣；为大唐朝开辟疆土，成为一代名将。他总觉得后一件事情比较容易，自己也比较在行。这当然是毫无根据的狂想……

后来，薛嵩买到了一纸任命，到湘西来做节度使。节度使是晚唐时最大的官职，有些节度使比皇帝还要大。薛嵩觉得自己中了头彩，就变卖了自己的万贯家财，买了仪仗、马匹和兵器，雇佣了一批士兵，离开了那座灰砖砌成的大城，到这红土山坡上建功立业。后来，他在这片红土山坡上栽了树，种了竹子，建立了寨子，为了纪念自己在长安城里那座豪华住宅，他把自己的竹楼盖成了三重檐的式样，这个式样的特点是雨季一来就漏得厉害。他还给自己造了一座后园，在园里挖了一个池塘，就这样住下去；遇到了旱季里的好天气，就把长了绿霉的衣甲拿出来晒。过了一些年，薛嵩和他的兵都老了。薛嵩开始怀念那座灰色的长安城，但他总也不会忘记建功立业的雄心。

与此同时，我坐在万寿寺的配殿里，头顶上还有一块豆腐干大小的伤疤。这块疤正在收缩，使我的头皮紧绷绷。我和薛嵩之间有千年之隔，又有千里之隔。如果硬要说我们之间有什么关系，实在难以想象。但我总要把自己往薛嵩身上想——除了他，我不知还有什么可供我来想象：过去我可能到过热带地方，见过三重檐的竹楼，还给自己挖过一个池塘；我在那里怀念眼前这座灰色的北京城，并且总不能忘记自己建功立业的决心——这样想并非无理。但假如我真的这样想过，就是个蠢东西。

过去某个时候，薛嵩的故事是在长安城里开始的，到了湘西的红土山坡上，才和现在的开始会合。这就使现在的薛嵩多了一个灰色的回忆，除此之外，还多了一些雇佣兵。我觉得这样很好，人多一点热闹。

薛嵩部下的雇佣兵在找到雇主之前是一伙无赖，坐在长安城外晒太阳——从早上起来，就坐在城门口，要等很久才能等到太阳。这样看来，太阳好像很宝贵，但现在去晒，肯定要起痱子。长安城门口有一排排的长条凳，上面坐满了这种人，脚下放着一块牌子，写着：愿去南方当兵，愿去北方当兵，或者是愿去任何地方当兵；在这行字下面是索要的安家费。薛嵩既然付得起买官的钱，也就付得起雇佣兵的安家费。当然，这些钱不能白给，当场就要请刺字匠在这些兵脸上刺字，在左颊上刺下“凤凰军”，在右颊上刺下“亲军营”。这些刺下的字就是薛嵩和他们的契约。有了这六个字做保证，薛嵩觉得有了一批自己人，再不是孤零零的。不幸的是这个刺字匠和这些兵认识，所以把字迹刺得很浅，还没等走到湘西，那些字迹就都不见了，于是薛嵩又觉得自己还是孤零零的一个人了。

在这种情况下，薛嵩当然觉得自己钱花得不值，想要请人来在士兵脸上补刺，但那些兵都不干，并且以哗变相威胁。

此时薛嵩干出了一件不雅的事情：他把裤子脱了下来，请他们看他的屁股。薛嵩为了和士兵同甘共苦，并且表示扎根湘西的决心，也请刺字匠刺了两行字，左边的是“凤凰军”，右边的是“节度使”。但他以为自己是朝廷大员，这些字不能刺在脸上，所以刺在了屁股上。不幸的是，屁股上的字也不能打动那些雇佣兵。而且这两行字刺得非常之深，一辈子都掉不了。所以，这会是薛嵩的终身笑柄。那些兵看了这些字就往上面吐唾沫。我觉得自己能够看到那两行字,是扁扁的隶书，就像写在象棋子上的字。而且我有一种难以抑制的冲动，想要脱下裤子，看看自己的屁股。之所以没有这样办，是因为这间房子里没有镜子。另外，这间房子也不够僻静。假如有人撞见我做这个举动，我就不好解释自己的行为……

4

有一段时间，薛嵩的屁股甚为白皙，那些黑字嵌在肉里，好像是黑芝麻摆成的。现在薛嵩虽然已经晒黑，但那些字还是很清楚。他只好拿墨把屁股上的字涂掉。在那个赤裸裸的红土山坡上，一切都一览无余，长着一个黑屁股，看上去的确可笑；但总比当个屁股上有字的节度使要好些。薛嵩还给每个兵都出了甲仗钱，足够他们买副铁甲，但是他们买的全是假货，是木片涂墨做成的，穿在身上既轻便，又凉快。可惜的是路上淋了几场雨，就流起了黑汤，还露出了白色木头底。薛嵩说：穿木甲去打仗，你们可是拿自己的生命去开玩笑哪！但那些兵脸上露出了蒙娜·丽莎般的微笑。等薛嵩转过头去，那些兵就纵声大笑，拍着肚子说：打仗！谁说我们要去打仗！那些兵一听说打仗，就好像听到了天大的笑话。这说明，虽然他们是士兵，但不准备打仗。他们给自己盖房子、抢老婆却很在行。

雇佣兵最擅长的不是打仗，也不是盖房子和抢老婆，而是出卖；但薛嵩不知道这一点。统帅手下有了雇佣兵，就如一般人手里有了伪钞，最大的难题是把它打发掉。想要使这些人在战场上死掉，需要最高超的指挥艺术，很显然，这种艺术薛嵩并不具备。我听说有些节度使用骑兵押雇佣兵去打仗，但是不管用，那些人在战场上跑得比骑兵还快。还有些节度使用雇佣兵守寨子，把他们锁在栅栏上，但也不管用。敌方来打寨时，一个雇佣兵也见不到。因为他们像土拨鼠一样在脚下打了洞，一有危险就钻进洞里藏起来。所以最好把地面也夯实，灌上水泥，让他们打不成洞，但这样做太费工了。我还听说有些最精明的节度使手下有“长杆队”这样的兵种，由可靠的基干士兵组成，手持坚硬的木杆，杆端有铁索，锁住雇佣兵的脖子，用这种方式把雇佣兵推向阵前，只有在这种情况下，雇佣兵才会进入交战。长杆队的士兵还必须非常机警，因为稍不小心，就会变成自己被锁上长杆，被雇佣兵推向敌阵。除了不肯打仗，雇佣兵还很喜欢闹事：闹军饷、闹伙食、闹女人，等等。薛嵩率领着这支队伍刚刚到了湘西，就被人闹了一次，打出了满头的青紫块。具体地说，是一些圆圆的大包，全是中指的指节打出来的。被人敲了这么多的包，薛嵩会不会很疼，我不知道。因为我已把自己视为薛嵩，我很不喜欢这个情节。我还觉得让那些兵这样猖狂很不好。

薛嵩手下这伙雇佣兵从长安城跟薛嵩跋山涉水，到凤凰寨来。当时薛嵩骑在马上，手里拿着一张上面发下来的地图，注明了他管辖的疆域。结果他发现这片疆域是一片荒凉的红土山坡，至于凤凰寨的所在，竟是一个红土山包。总而言之，这是一片一文不值的荒地，犯不上倾家荡产去买。那些雇佣兵见了这片山坡，鼓噪一声，就把薛嵩从马上拉了下来，拔掉他的头盔，在他头上大打凿栗。打完以后却都发起愣来，因为四方都是旷野——如前所述，这些人擅长出卖，但现在竟不知把薛嵩出卖给谁。因为没有买主，他们又给薛嵩戴上了头盔，把他扶上马去，听他的命令。薛嵩命令说：住下来。他们就住了下来，当然心里不是很开心，因为要开河挖渠，栽种树木，还要在山坳里种田。那些二流子从来没做过如此辛苦的工作，加之水土不服，到现在已经死了一半，还剩一半。我已经说过，让手下的雇佣兵死掉，是让所有节度使头疼的难题，所以薛嵩的这种成绩让大家都羡慕。正因为有了这种成绩，薛嵩不大受手下将士的尊重。假如没有这些成绩，也不可能受他们的尊重。这样，这个故事从灰色开始，现在又变成红色的了。

二

1

我在万寿寺里努力回忆，有关自己，所能想起的只是如下这些：我头上裹着绷带，在病房里乐呵呵地躺着时，有个护士告诉我说，我骑了一辆自行车，被一辆面包车撞倒了，这辆面包车在我头盖骨上撞了一个坑，使我昏迷不醒；我就乐呵呵地相信了。现在我才知道：这是别人告诉我的事，我自己并不记得；

而且我不能人家说什么就听什么，最起码得问问那开车的为什么要撞我——所以，必须要自己有主见。有一段时间我怀疑自己是薛嵩，但眼前无疑是二十世纪。此时我在万寿寺里，火红的阳光正把对面的屋影压低，投在我面前的窗户纸上。我不该无缘无故来到这里，总得有个前因才对。

有关万寿寺，我的看法是:这地方不坏。院子古朴、宽敞，长满了我所喜欢的古树，院子打扫得很干净，但有一股令人疑惑的臭味，刺鼻子、刺眼睛。房子上装着古老的窗棂，上面糊着窗户纸。像这样的窗子，冬天恐怕要冷的，但那是冬天的事情。眼下的问题是：这是个什么地方，我到这里来干什么。虽然这是一座寺院，但没有僧人出现，我自己也不是和尚。这一切都漫无头绪,唯一的头绪是我被一辆面包车撞了。还有一个问题是：那个开面包车的人和我到底有何仇恨，要这样来害我……

据说，对方出了我的医药费，赔了我一辆崭新的自行车，还赔了一套新衣服，这件事就算了结了。出院之前，我对大夫说，我好像还失掉了记忆。他笑了一笑，说道:适可而止吧。然后毅然决然地给我开了半个月的病假条。这个大夫又白又胖，长着很长的鼻毛……我对他说的话、做的事一点都不懂。但我还是觉得，他不信任我。可能他受了开车的什么好处——想到了此处，我露出了微笑，觉得自己已经很奸诈了。

现在我猛然领悟，医生怀疑我之所以假称丧失记忆，是想让对方赔偿更多的东西。其实我没有这样想。我不想对方赔偿什么，不过是想打听一下我该做什么，到哪里去。为了证明我的诚意，我把病假条拿了出来，撕得粉碎。我想给自己倒点水喝，却发现暖瓶盛了一些污浊的冷水。然后，我坐了下来，疑虑重重地看着那个暖瓶，终于想到，这里既有暖瓶，肯定有地方能打到开水，于是起身拿了暖瓶出去，终于在角落里找到了那个小锅炉——取得了一个小小的胜利，感到很快乐。假如我不曾失掉记忆，就不能取得这个胜利，也不能得到这个快乐——所以，失掉记忆也不全然是坏事。总想着自己丧失了记忆，才全然是坏事。

现在，在万寿寺里，我读到这样的故事："过去有一天，薛嵩到山坡上去担柴，回寨的道路却不止一条。他的寨子是一片亚热带的林薮，盘踞在红土山坡上，如果从高空看去，这地方像个大漩涡，一圈圈长着大青树、木菠萝、山梨树，这些树呈现出成熟的绿色；在树之间长满了龙竹、苦竹、凤尾竹，这些竹子呈现出新嫩的绿色；在竹丛之间长满了仙人掌、霸王鞭、龙舌兰，这些林阴中的植物呈现出蓝色。在仙人掌之间长满了茅草，在茅草下面是绿色的苔藓，在苔藓下面是霉菌生长的所在。至于还有什么在霉菌下面生长，它们是什么颜色，我就看不到了。在林带里，盘旋着可供大队人马通行的红土大路，上面铺着米黄色的砂石。在大路两边，岔出无数单人行走的小路，这些小路跨沟越坎，穿进了林阴。小路两面有猪崽子走的路，有时是一道印满了蹄印的泥沟，有时是灌木丛上的缺口。在猪崽子走的路边，有蛇行的小道——在压弯的茅草上面蜿蜒的痕迹。在蛇行的小道边上，有蚂蚁的小道——蚁道绕开了绵密的草根。在蚁道的两侧，理当还有更细微的小道，但不是人眼可以看到的。薛嵩像一串活动的柴捆一样从大路上走过，越走近漩涡的中心，道路就越窄，两边的林阴也越逼近。最后出现在他面前的，是一道真正的壕沟，沟壁有卵石砌的护坡。在壕沟对面，有一道真正的营栅，是一排无头树组成的，树干上长出了密密层层的嫩枝条。壕沟正面是一道吊桥。这道吊桥是十六根梨树扎成的木排做成，由碗口粗的青藤吊着。不幸的是它是吊不起来的，因为梨树在壕沟两端都生了根。这些树还结了一些梨，但都结在了桥下面，不下到沟里就摘不到。”

我也不记得这片热带的林薮。但这不是别人告诉我的事情。这是我自己告诉我的事情。比之别样的事情，这件事更可相信。所以，我宁可相信以前有一个薛嵩担着柴捆从两面生根的吊桥上走过，也不相信我骑在自行车上被汽车撞倒了——虽然我头上有个很大的伤疤，但它也可以是被人打出来的——假如大夫收了打人凶手的好处，就会这样来骗我，帮他开脱罪责。这样一想，我又觉得自己还不够奸诈。奸诈这件事，只要开了头，就不会有够。

薛嵩挑着柴捆从吊桥上走了过去，在大青树的环抱之下，眼前是个小小的圆形广场。在阴暗的光线下，有座草棚，草棚下面，有个黑色大漆的案子，两端木架上放着薛嵩的铠甲、弓箭、仪仗等等破烂发霉的东西。这里是薛嵩心中的圣地。广场的侧面有夯土而成的台子，台上有木板房，这是薛嵩心目中的另一个圣地。这两个地方都是军队凝聚力的源泉，是凤凰寨的中枢。

他把柴捆卸在木板房的屋檐下，拉开纸糊的拉门，走了进去，坐在木头地板上，解开拴住龟头的竹篾。等了一会儿，不见有人来，就用手掌拍击起地板来了。假如我的故事如此开始，那天下午薛嵩没有回到自己家里，而是走到寨心去了。需要说明的是，这座木板房里住了一个营妓。看到此处，我也恍然大悟：原来，薛嵩手下是一帮无赖。没有女人的地方，无赖们怎么肯来呢。

薛嵩坐在寨中心的木板房子里，用手叩着地板，从屏风后面跑出一个女人来。她描眉画目，头上有一个歪歪倒倒的发髻，身上穿着紫花的麻纱褂子，匆匆忙忙束着腰带，脚下踏着木屐，跑到薛嵩面前匍匐在地，细声叫道："大人。"她愿意给薛嵩用黄泥的小炉子烧一点茶，但他拒绝了。她还愿意为薛嵩打扇，陪他坐一会儿，他也拒绝了。如前所述，薛嵩赤身裸体，像个野蛮人——虽然他已经把龟头从竹篾条上解下来了。这种装束使他决定使事情简单一些，所以他做了一个坚决的手势：左掌举平，掌心向下，朝前平伸着。这个女人平躺下来，岔开两腿，两手平摊，躺成一个大字形。于是薛嵩膝行前进，进到那女人的两腿之间，帮她除去脚上的木屐和袜子——她的脚因为总穿木屐，所以足趾变成了蟹爪形——并且解开她的腰带，让她身体的前半面袒露出来，她的身体当然像粉雕玉琢一样的白。至于模样，可能是这样：大腿有点过粗，腹部的皮有点松懈，乳头上尖尖的，整个胸部是个放大 W 形，但也可能不是这样。薛嵩憋住一口气，插了进去，这仿佛是打开了语言的禁忌。那个女人开始和他聊起来：你怎么老不来呀？这么热的天，怎么还出来？等等。但薛嵩憋着气，一声都不吭。

这位妓女十分白皙：不但脸色白，连嘴唇都白。眉毛几近透明，只带有一点点淡黄色，浑身上下到处可以见到蓝色的血管，只是这些血管全都很粗，全都曲张着，好像打着滚。她好像笼罩在一团白雾里，显得比较年轻，实际上是个老太太。在凤凰寨的中心，一切都是绿色的：首先，一切都笼罩在一片绿阴之下；其次，到处长满了绿色的青苔；就是待在白色的纸门后面，浓绿的光线还是透过了窗子纸，沁到房子里来。在这间房子里，薛嵩黝黑的身体变成了青铜色，而妓女苍白的身体上好像布满了细碎的绿点，好像某一种瓷砖——当然，这只是一种错觉，假如凑近了去看，却看不到任何的绿点。除此之外，空气也潮湿得像油一样，这使薛嵩感觉自己悬浮在绿油当中，一切都变得缓慢，甚至就要停止了。在这绿色的一团里，有一股浓郁的水草气。一切都归于沉寂，但真正沉寂下来时，又听到远处水牛在“哞哞”地叫，那种声音很沉重，很拖沓；近处的青蛙在“呱呱”地叫，这种声音很明亮，很紧凑。而那女人却一声不吭了。她还闭上了眼睛，好像一个死人。

整个凤凰寨泡在一片绿阴里，此地又是绿阴的中心。就是待在屋里，也感到了绿色的逼迫。薛嵩鹰钩鼻子斗鸡眼，披着一头长发，正在奋发有为的年纪。在做爱时他也想要有所做为——他在努力做着，想给对方一点好的感觉。所谓努力，就是忘掉了自己在干什么，只顾去做；与此同时，听着青蛙叫和水牛叫；但对方感觉如何，他一点都不知道。这就使他感觉自己像个奸尸犯。那女人长了一张刀一样的长脸，闭上眼以后，连一根睫毛都不动，我想，这应该可以叫做冷漠了。后来，她在铺板上挪动了一下头，整个发髻就一下滚落下来。原来这是个假头套。在假发下面她把头发剃光，留下了一头乌青的发茬。她急忙睁开眼睛，等到她从薛嵩的眼色里看出发髻掉了，这件事已经不可挽救。她伸出手去，把头套抓在手里，对薛嵩负疚地说道：没办法，天气热嘛。这话大有道理，在旱季里，气温总在三十七八度以上，总顶着个大发髻是要长痱子的。头套的好处是有人时戴上，没人的时候可以摘下来。薛嵩看到了一个又青又亮的和尚头,这种头有凉爽的好处。除此之外，他又发现她的小腿和身上的肤色不同，是古铜色的，而且有光泽。这说明她经常跑出去，光着腿在草丛里走过。这两件事使薛嵩感到沮丧,这样一个女人叫他感觉不习惯。他很快地疲软下来。那个老娼妓用粗哑的嗓子讲起话来：弄完了吗？快点起来吧，热死了！于是薛嵩说道：我就不热吗？然后就爬到一边去，傻愣愣地不知道自己干了些什么。与此同时，他感到心底在刺痛。

2

如果用灰色的眼光来看凤凰寨，它应该是座死气沉沉的兵营。在寨栅后面，是死气沉沉的寨墙，在寨墙后面，是棋盘似的道路和四四方方的帐篷,里面住着雇佣兵。在营盘的正中,住着那个老妓女，她像一个纸糊没胎的人形，既白，又干瘪。在她脸上,有两道牦牛尾巴做的假眉毛,尾梢从两鬓垂了下来。一开始，凤凰寨就是这样的，像一张灰色的棋盘上有一个孤零零的白色棋子。只可惜那些雇佣兵不满意，一切就发生了变化；这个故事除了红色，又带上了灰色以外的色彩。手稿的作者就这样横生起枝节来……

那个老营妓当初和这些雇佣兵一起来到凤凰寨，在前往湘西的行列里,她横骑在一匹瘦驴身上,头上束了一条三角巾,戴了一顶斗笠,脚下穿着束着裤脚的裤子,脸上敷了很厚的粉,一声不吭，也毫无表情。这女人长了一个尖下巴，眉心还有一颗痣。在行军的道路上，那些士兵轮流出列，跑到队尾去看她，然后就哈哈大笑，对她出言不逊，但她始终一声也不吭,保持了尊严。据说，薛嵩买下了湘西节度使的差事之后，也动了一番脑子，还向内行请教过。所有当过节度使的人一致认为，在边远地方统率雇佣军，必须有个好的营妓，她会是最重要的助手。为此薛嵩花重金礼聘了最有经验的营妓，就是这个老婆子。当然，走到路上听到那些雇佣兵起哄，薛嵩又怀疑自己被人骗了，钱花得不值。但那个女人什么都没说，她对自己很有信心。任凭尘土在她周围飞扬——假如有只苍蝇飞过来要落在她脸上，她才抬起一只手去撵它；一直来到红土山坡底下，她才从驴背上下来，坐在自己的行李上，看男人工作，自己一把手都不帮。顺便说一句，她做生意，也就是和男人干事时，也是这样：不该帮忙时绝不帮忙，需要帮忙时才帮忙。

后来，薛嵩率领着手下的士兵修好了寨子，也给她修好了房子，这女人就开始工作：按照营规，她要和节度使做爱，并且要接待全寨每一个出得起十文铜钱的人，不管他是官佐还是士兵，是癞痢还是秃子，都不能拒绝。一开始那帮无赖都不肯到她那里去，还都说自己不愿冒犯老太太。但后来发现再无别处可去，也就去了。这个女人埋头苦干，恪守营规，赢得了大家的尊敬。开头她每五天就要和全寨所有的人性交一次，这是十分繁重的工作，但她也赚了不少铜钱。顺便说一句，这种工作的繁重是文化意义上的，从身体意义上说就蛮不是这样，因为干那事时，她只是用头枕着双手躺着。虽然她也要用这些铜钱向士兵们买柴买米，但总是赚得多，花得少。后来事情就到了这种地步，全寨子里的铜钱全被她赚了来，堆在自己的厢房里，这寨子里的铜钱又没有新的来源，所以她就过得十足舒服：白天她躺在家里睡大觉，到了傍晚，她数出十文铜钱，找出寨里最强壮、最英俊的士兵，朝他买些柴或米；当夜就可以和他同床共枕，像神仙一样快活，并且把那十文钱又赚了回来。就如丘吉尔所说，这是她最美好的时刻[①]，而且整个凤凰寨也因此变得井然有序。这位营妓从来不剪头发，也不到外面去。不管天气是多么炎热，屋里是多么乏味。由于她的努力，整个凤凰寨变成了长安城一样的灰色。

薛嵩和他的人在凤凰寨里住了好几年了，所以这里什么都有，有树木和荒草、竹林、水渠，等等，有男人和女人，到处游逛的猪崽子、老水牛，还有一座座彼此远离的竹楼，这一点和一座苗寨没有什么区别；还有节度使、士兵、营妓，这一点又像座大军的营寨，或者说保留了一点营寨的残余。这就是说，老妓女营造的灰色已经散去，秩序已经荡然无存了。

在这个时刻，凤凰寨是一个树木、竹林、茅草组成的大漩涡，在它的中心，有座唐式的木板房子，里面住了一个妓女——这是合乎道理的：大军常驻的地方就该有妓女。在木板房子的周围，有营栅、吊桥，等等。所以，只有在这个妓女身上时，薛嵩才觉得自己是大唐的节度使，这种感觉在别的地方是体会不到的。而这个妓女，如我所说，是个奶子尖尖的半老徐娘，假如真是这样的话，等到薛嵩坐起来时，她也坐了起来，戴好了假头套，拉拢了衣襟，就走到薛嵩身边坐下，帮他揉肩膀、擦汗，然后取过那根竹篾条，拴在他腰上，并且把他的龟头吊了起来；然后把纸拉门拉开，跪在门边，低下头去。薛嵩从屋子里走出去，默不作声地担起了柴担走开了。此时他的柴担已经轻了不少——有半数柴捆放在妓女的屋檐下了。

我写过，这个女人很可能不是半老徐娘。她是一个双腿修长、腰身纤细、乳房高耸的年轻姑娘。在这种情况下，她不会戴上假发、穿上衣服，更不会给薛嵩揉肩膀。用她自己的话来说：我这么年轻漂亮，何必要拍男人的马屁？她站起身来，溜溜达达地走到门口，从桑皮纸破了的地方往外看，与此同时，她还光着身子、秃着头；这颗头虽然剃出了青色，但在耳畔和脑后的发际，还留了好几绺长长的头发。这就使她看起来像个孩子……后来她猛地转过身来，用双手捧住自己的乳房，对薛嵩没头没脑地说，还能风流好几年，不是吗？然后就自顾自地走到屏风后面去了。与此同时，那件麻纱的褂子、假发、袜子和木屐，等等，都委顿在地上，像是蛇蜕下的皮。薛嵩自己拴好了竹篾条，心中充满了愤懑，恶狠狠地走出门去，把那担柴全部挑走了。这个妓女的年龄不同，故事后来的发展也不同。在后一种情况下，薛嵩深恨这个妓女，老想找机会整她一顿；在前一个故事里就不是这样。如果打个比方的话，前一个故事就像一张或是一叠白纸，像纸一样单调、肃穆，了无生气；而后一个故事就像一个半生不熟的桃子。在世间各种水果中，我只对桃子有兴趣。而桃子的样子我还记得，那是一种颜色鲜艳的心形水果……

3

必须说明，“丘吉尔的战时演说”是原稿上的注。我现在不记得谁是丘吉尔，而且并不感到羞愧，我也不知道该不该为此感到羞愧——凤凰寨里原来只有一个奶袋尖尖的老妓女。现在多出一个年轻姑娘，这说明情况有了一些变化。现在凤凰寨里不但有一个老营妓，又来了一个新营妓。理由很简单，那些二流子兵对薛嵩说：老和一个老太太做爱没什么味道。薛嵩觉得这些兵说得对，就掏出最后的积蓄，又去请了一个妓女。这样一来，就背叛了原来的营妓，也背叛了自己。因为这个新来的女孩一下就摧毁了老妓女建立的经济学秩序。除此之外，她还常在日暮时分坐在走廊下面，左边乳房在一个士兵手里，右边乳房在另一个士兵手里，自己左右开弓吻着两个不同的男人，完全不守营规。这样一来，寨子里就变得乱糟糟。那些二流子常为了她争风吃醋打架，纪律荡然无存。就连薛嵩自己，也按捺不住要去找这个年轻的姑娘。因为在做爱时，她总是津津有味地吃着野李子，有时会猛然抱住他，用舌头把一粒李子送到他嘴里，然后又躺下来，小声说道："吃吧，甜的！"当然，这粒李子她已吃掉一半了。总之，这女孩很可爱。但薛嵩觉得找她对自己的道德修养有害。每次去过那里，他都有一种内疚、自责的心情。这就是他要揍她的原因。

在后一个故事里，那天晚上薛嵩击鼓召集他的士兵，在寨子中心升起一堆火来，把一个烧黑了的锅子吊到火焰上。这些兵披散着头发，是一些高高矮矮的汉子，有的腿短、有的头大、有的脸上有刀疤、有的上腹部高高地凸起来，聚在一起喝了一点淡淡的米酒，就借酒撒疯，把木板房里的姑娘拖出来，绑在大树上，轮流抽她的背，据说是惩罚她未经许可就剃去了头发。揍完以后又把她解下来，让她在火堆边上坐下，用新鲜的芭蕉树芯敷她的背，还骗她说：揍她是为她好。这个姑娘在火边坐得笔直——这是因为如果躬着身子，背上的伤口就会更疼——小声啜泣着，用手里攥着的麻纱手绢，轮流揩去左眼或右眼的泪。这块手绢她早就攥在手心里，这说明她早就知道用得着它。这个女孩跪在一捆干茅草上，雪白的脚掌朝外，足趾向前伸着，触到了地面，背上一条红、一条绿。红就无须解释，绿是因为他们用嫩树条来抽她的脊梁，有些树条上的叶子没有摘去。如前所述，她身子挺得笔直，头顶一片乌青，但是发际的软发很难剃掉，所以就一缕缕地留在那里，好像一种特别的发式。从身后看去，除了臀部稍过丰满之外，她像个男孩子，当然，从身前看来，就大不一样。最主要的区别有两个，其一是她胯下没有用竹篾条拧起来的一束茅草、嫩树条，如薛嵩所说，用“就便器材”吊起来的龟头，其二就是她胸前长了两个饱满的乳房，在心情紧张时，它们在胸前并紧，好像并排的两个拳头，现在就是这个样子。在疲惫或者精神涣散时，就向两侧散开；就如别人的眉头会在紧张时紧皱，在涣散时松开。这个女孩除了擦眼泪，还不时瞪薛嵩一眼，这说明她知道挨揍是因为薛嵩，更说明她一点也不相信挨揍是为了自己好。而薛嵩回避着她的目光，就像小孩子做错了事情后回避父母。后来，小妓女从别人手里接过那个小漆碗，喝了碗里的茶——茶水里有火味，碗底还有茶叶，连叶带梗，像个表示和平的橄榄枝。喝下了这碗水，她的心情平静一点了。

到目前为止，我的故事里有一个长安来的纨绔子弟，有一伙雇佣兵，有一个老妓女，有一个小妓女，还有一个叫做红线的女孩，但她还没有出现。我隐约感到这个故事开头拖沓、线索纷乱，很难说出它隐喻着些什么。这个故事就这样放在这里吧。

三

1

我终于走出房子，站在院子中央，和进来的人打招呼。有很多人进来，我谁都不认识——我总得认识一些别人才对。在医院里，常从电视上看到有人这样做：站在大厅的门口，微笑着和进来的人握手——但病友们说这个样子是傻冒，所以我控制了自己，没把手伸出去，而是把它夹在腋下，就这样和别人打招呼；有点像在电视上见过的希特勒。不用别人说，我自己也觉得这样子有点怪。

现在似乎是上班的时节，每隔几分钟就有一个人进来。我没有手表，不知道是几点。但从太阳的高度来看，大概是十点钟。看来我是来得太早了。我对他们说：你早。他们也说：你早。多数人显得很冷淡，但不是对我有什么恶意，是因为这院子里的臭气。假如你正用手绢捂住口鼻，或者正屏住呼吸，大概也难以对别人表示好意。最后进来一个穿黄色连衣裙的女孩。她一见到我，就把白纱手绢从嘴上拿了下来，瞪大了眼睛说：你怎么出来了，你？这使我觉得自己是个诈尸的死人。这个姑娘圆脸，眼睛不瞪就很大。瞪了以后，连眼眶都快没有了。我觉得她很漂亮，又这样关心我，所以全部内脏都蠢蠢欲动。但她马上又转身朝门口看去，然后又回过头来说：她到医院去看你了，一会儿就来。我不禁问道：谁？她娇嗔地看了我一眼说：小黄嘛，还有谁。我谨慎地答道：是吗……但是，小黄是谁？她马上答道：讨厌，又来这一套了；然后用手绢罩住鼻子，从我身边走开。

我也转过身去，背对着恶臭，带着很多不解之谜走回自己屋里。有一位小黄就要来看我，这使我深为感动。遗憾的是，我不知道她是谁。那位黄衣姑娘说我“讨厌，又来这一套”，不知是什么意思。这是不是说，我经常失去记忆？假如真是这样，那就是说，有辆面包车老来撞我的脑袋——不知它和我有何仇恨。这只能说那辆车讨厌，怎么能说是我讨厌呢？

坐在凳子上，我又开始读旧日的手稿，同时把我的处境往好处想。在《暗店街》里，主人公费尽一生的精力来找自己的故事，这是多么不幸的遭遇。而我不费吹灰之力就找到了，这是多么幸运的遭遇。从已经读过的部分判断，我是个不坏的作者，我很能读得进去。但我也希望小黄早点到来……虽然我还不知他是谁，是男还是女。

在凤凰寨里，这个小妓女经常挨揍，因为此地是一所军营，驻了一些雇佣兵。为此应该经常惩办一些人，来建立节度使的权威。他对别人进行过一些尝试，但总是不成功。比方说：薛嵩在红土山坡上扎寨，虽然开了一些小片荒，但还是难以保障大家的口粮。好在大唐朝实行盐铁专卖，这样他就有了一些办法。每个月初，他都要开箱取出官印，写一纸公文，然后打发一个军吏、一个士兵，到山下的盐铁专卖点领军用盐，然后再用盐来和苗人换粮食。等到这两个人回来，薛嵩马上就击鼓升帐，亲自给食盐过磅，检查他们带回来的收据，然后就会发现军吏贪污。顺便说一句，军吏就是现在的司务长，由有威信的年长士兵担任。在理论上，他该是薛嵩的助手，实际上远不是这样。

等到查实了军吏贪污有据，薛嵩感到很兴奋：因为他总算有了机会去处置一个人。他跳了起来，大叫道：来人啊！给我把这贪污犯推出去，斩首示众！然后帐上帐下的士兵就哄堂大笑起来。薛嵩面红耳赤地说：你们笑什么？难道贪污犯不该杀头吗？那些人还接着笑。那个军吏本人说：节度使大人，我来告诉你吧。军吏不贪污，还叫做军吏吗？那些士兵随声附和道：是啊，是啊。薛嵩没有办法，只好说：不杀头，打五十军棍吧。那个军吏问：打谁？薛嵩答道：打你。军吏斩钉截铁地说：放屁！说完自顾自地走开了。薛嵩只好不打那个军吏，转过头去要打那个同去的士兵。那个兵也斩钉截铁地回答道：放屁！说完也转身走了。这使薛嵩很是痛苦，他只好问手下的士兵：现在打谁？那些兵一齐指向小妓女的房子，说道：打她！那个小妓女坐在自己家里，隔着纸拉门听外面升帐，听到这里，就连忙抓住麻纱手绢，嘴里嘟囔道：又要打我，真他妈的倒霉！后来她就被拖出去，扔在寨心的地下，然后又坐起来，从嘴里吐出个野李子的核来，问道：打几下？别人说，要打她五十军棍。她就高叫了起来：太多了！士兵们安慰她道：没关系，反正不真打。说完就把她拖翻在满是青苔的地面上，用藤棍打起来了。虽然薛嵩很重视礼仪，但他总是中途退场，因为他看不下去。这已经不是惩罚人的仪式，成了某种嬉戏。总而言之，自从到了凤凰寨，薛嵩没有杀过一个手下人，他只杀了一个刺客。他也没打过一个手下的人，除了那个小妓女。她每隔一段时间就要被从草房里拖出去打一顿，虽然不是真打。这使薛嵩感到自己的军务活动成了一种有组织的虐待狂，而且每次都是针对同一个对象。这让他自己都觉得不好意思了。

后来，有一些人在我门前探头探脑，问我怎么出院了；说完这些话，就一个个地走了。最后，有一个穿蓝布制服、戴蓝布制帽的人走到我房子里来，回避着我的注视，把一份白纸表格放在我桌子上，说道：小王，有空时把这表格再填一填。然后他就溜走了。这个人有点娘娘腔，长了一脸白胡子茬，有点面熟……稍一回忆，就想到今天早上在院子里见过他三四次。他总是溜着墙根走路。但根据我的经验，墙脚比院子中间臭得更厉害。所以这个人大概嗅觉不灵敏。虽然刚刚认识，但我觉得他是我们的领导。我的记忆没有了，直觉却很强烈。由这次直觉的爆发，我还知道了有领导这种角色。你看，我还不知道自己是谁，就知道了领导；不管多么苛刻的领导，对此也该满意了……

这份表格已经填过了，是用黑墨水填的，是我的笔迹。但不知为什么还要再填。经过仔细判读，我发现了他们为什么要把这表格给我送回来。在某一栏里，我写下了今年计划完成的三部书稿。其一是《中华冷兵器考》，有人在书名背后用红墨水打了一个问号。其二是《中华男子性器考》，后面有两个红墨水打上的问号。其三是《红线盗盒》(小说)，下面被红墨水打了双线，后面还有四个字的评语："岂有此理！"这说明这样写报告是很不像话的，所以需要重写。但到底为什么这是很不像话的，我还有点不明白。这当然要加重我的焦虑……

有关我的办公室，需要仔细说明一下：这间房子用方砖墁地，但这些砖磨损得很厉害，露出了砖芯里粗糙的土块。我的办公桌是个古老的香案，由四叠方砖支撑着。案面上漆皮剥落之处露出了麻絮——在案子正中有一块裁得四四方方的黑胶垫。案上还有一瓶中华牌的绘图墨水，是黑色的。旁边的笔筒里插了一大把蘸水笔；还有个四四方方、笨头笨脑的木凳子放在案前，凳子上放了一个草编的垫子。桌上堆了很多旧稿纸，有些写满了字，有些还是空白。虽然有这些零乱之处，但这间房子尚称整洁，因为每件家具都放得甚正，地面也清扫得甚为干净。可以看出使用这间房子的人有点古板，有点过于勤俭，又有点怪癖。此人填了一份很不像话的报告，这份报告又回到了我手里。我该怎么办，是个大问题。我急切地需要有个人来商量一下，所以就盼着小黄快来。我不知小黄是谁，所以又不知能和他（或她）商量些什么。

2

我忽然发现，我对自己所修的专业不是一无所知，这就是说，记忆没有完全失去——我所在的地方，是在长河边上。这条河是联系颐和园和北京内城的水道，老佛爷常常乘着画舫到颐和园去消夏。所谓老佛爷，不过是个黄脸老婆子。她之所以尊贵，是因为过去有一天有个男人，也就是皇帝本人，拖着一条射过精、疲软的鸡巴从她身上爬开。我们所说的就是历史，这根疲软的鸡巴，就是历史的脐带。皇帝在操老佛爷时和老佛爷在挨操时，肯定都没有平常心：这不是男女做爱，而是在创造历史。我对这件事很有兴趣，有机会要好好论它一论……因为那个老婆子需要有条河载她到颐和园游玩，在中途又要有个寺院歇脚，因此就有了这条河、这个寺院；在一百年后，这座寺院作为古建筑，归文物部门管理；而我们作为文史单位，凭了一点老关系，借了这个院子，赖在里面。这一切都和那根疲软了的鸡巴有某种关系。老佛爷对那根鸡巴，有过一种使之疲软的贡献，故而名垂青史。作为一个学历史的人，这条处处壅塞的黑水河，河上漂着的垃圾，寺院门上那暗淡、釉面剥落的黄琉璃瓦，那屋檐上垂落的荒草，都叫我想起了老佛爷，想到了历史那条疲软了的脐带。诚然，这条河有过刚刚疏浚完毕的时刻，这座寺院有过焕然一新的时刻，老佛爷也有过青春年少的时刻，那根脐带有过直楞楞、紧绷绷的时刻。但这些时刻都不是历史。历史疲惫、瘫软，而且面色焦黄，黄得就像那些陈旧的纸张一样。很显然，我现在说到的这些，绝不是今天才有的想法，但现在想起来依旧感到新奇。

现在总算说到了凤凰寨的男人为什么要把龟头吊起来：这是一种礼节，就如十七世纪那些帆缆战舰鸣礼炮。一条船向另一条船表示友好，把装好的炮都放掉，含义是：我不会用这些炮来打你。红土山坡上的男人把自己的龟头吊了起来，意在向对方表示，我不会用这东西来侵犯你。当然，放掉的炮可以再装上，吊起的龟头也可以放下来，但总是在表示了礼节之后。因为此地有一种上古的气氛，所以男人们对自己的龟头也是潦草行事，随便地一吊；它也就死气沉沉地待在那里，像一条死掉多年、泡在福尔马林里的老鲇鱼。

因为是大地方来的人，薛嵩对“就便器材”甚是考究，每天晚上都要砍一节嫩竹，把它破成一束竹条，浸到水塘里，使之更加柔软。这东西是一次性使用，撒尿或做爱时解下来，就要换一根新的。在家里时，薛嵩总是拿着那捆竹条，行坐皆不离手。出门时，他把它挂在铁枪上。用这种篾条吊着，它显得多少有点生气，虽然依然像条老鲇鱼，但死后的时间短了一些。后来他就用这束竹条抽了那小妓女的脊背。经过漫长的一天，竹条只剩了三四根，抽起人来特别疼。那女孩挨了一下，抽搐着从树干上扬起头来，说道:薛嵩！真狠哪你。这使薛嵩感到不好意思，差点把竹条扔掉，去拣根别人用过的柳条。但转念一想：我是为了她好，就继续用竹条抽下去。又抽了三四下，才走到一旁，把她让给别人。

这个女孩子面朝大树站着，双臂环抱着大树，手腕用就便器材捆在一起。这个就便器材是一把青芦苇，拧成绳子状；捆妇女儿童可以，捆男人就把不牢。在大树底下，有裸出地面的树根，还有青苔细泥。那女孩在树根和青苔上踱步，状似在健身自行车上或跑步机上锻炼身体。薛嵩看着这一切，沉思着，忽然用竹条在自己腿上抽了一下——这种疼痛虽然厉害，但还不是无法忍受。然后他放了心，觉得自己还不算过分。如果我说，薛嵩在构思一篇名为“以就便器材刑责违纪人员的若干体会”的军事论文，就未免过分；但他的确是在想着一些什么;这如我也在考虑《中华男子性器考》应该怎么写……

后来有个兵报告说：打完了！还干点啥？薛嵩说：放了她！人们把她放开，她的手腕上有两条绿色的环形。她想到山涧里洗去，但别人劝止道：别去。着了露水，伤口要化脓。其实也没有什么伤口，但总要这么一说来表示关心。所以她就用麻纱手绢蘸了树叶上的露水，揩去了手腕上的绿印。此时她的大腿、腹部还有乳房上满是青苔和碎树皮；有个兵从地下拔了一把羊胡子草，要帮她把这些擦去。她很快接过了那把草，说道：谢谢，自己来。总而言之，在她走到火堆边上自己座位上之前，很是忙碌了一阵，这个女孩是忙碌的中心。这种忙碌带有一点驾轻就熟的意味。此时薛嵩孤零零地坐在火堆边上，体会到了作为将帅和领袖的寂寞，心里默默地想到：我又把她揍了一顿。这样，这一章就有了一个灰色的开始。接下去它还要灰得更厉害。那天晚上，薛嵩揍着小妓女，心里却在想着老妓女。每抽一下，他都把头转向老妓女的木板房，想要看出她是否坐在纸门后面，透过门缝看这件事；但因为天色已暗，那房子里又没有点灯，所以他眼睛瞪得都要瞎了，还是什么都没看见。

3

如前所述，在凤凰寨的中心，有座夯土而成的平台。需要说明的是，这座高台的四周有卵石砌成的护坡，以防它被雨水淋垮；台上有座木板房，用树皮做房顶。树皮上早已生了青苔，正在长出青草来。在木板房子里住了一个妓女，或年老或年轻，或敬业或不敬业，或把男人叫做“官人”、“大人”，或叫做“喂，你！”这是个矛盾，所以在凤凰寨里，实际上有两个妓女——这么大的寨子，只有一个营妓是不够的。这就是说，寨里有两座木板房子、两个夯土的平台，并肩而立。这样解决矛盾，可称为高明。在这两座房子后面，有两个不同的花园，前一个妓女的园子里，有碎石铺成的小路，有一座小小的圆形水池，里面栽了一蓬印度睡莲。在长安城里，可以买到印度睡莲的种子，但要把它遥迢地带来。除了小径和水池，所有的地面都铺上了沙子，以抑制杂草。特别要指出的是，花园的一角有一口深不可测的枯井，为了防止井壁坍塌，还用石块砌住了，枯井上铺了一块有洞的厚木板，厚木板四面是个薄板钉成的小亭子。你可能已经想到，这是一种卫生设备，直言不讳地说，这是一个厕所。那位老妓女在其中便溺之时，可以听到地下遥远的回声。花园里当然还种了些花草，但已经不重要，总之，那老妓女得暇时，就收拾这座花园。而那位年轻姑娘的后园里长满了野芭蕉、高过头顶的茅草、乱麻秆、旱芦苇等等，有时她兴致所至，就拿刀来砍一砍，砍得东一片西一片，乱七八糟。更可怕的是她在这后园乱草里屙野屎。离后园较远处，有一棵笔直的木菠萝树，看来有三五十岁，长得非常之高。有一根藤子，或者是树皮绳，横跨荒园，一头拴在树干分杈处，另一头拴在屋柱上。树上有个藤兜，只要没有人来，那女孩就顺着藤子爬到藤兜里睡懒觉。

对于这种区别，手稿里有种合理的解释：老妓女是先来的，在她到来之前，寨中并无妓女。薛嵩督率手下人等修好了房子，并且认真建了一座花园，迎接她的到来。小妓女是后来的，此时薛嵩等人已修了一座花园，有点怠倦。除此之外，他们是在老妓女的监视之下修筑房舍，太用心会有喜新厌旧的罪名。总而言之，先到或后到凤凰寨，待遇就会有些区别。当然，你若说我在影射先到或后到人世上，待遇会有区别，我也没有意见，因为一部小说在影射什么，作者并不知道。那天晚上因为不敬业而受责的是小妓女。但是薛嵩执意要把她绑到老妓女门前的树上抽。这说明，薛嵩还有更深的用意。

手稿中说，薛嵩他们打那女孩子的原因是：她剃了头，装了假头套。在这座寨子里，随便剃头是犯了营规。但那个老妓女也剃了头，就没人打她。他们打过了那女孩，又把她放开，让她坐在火堆边上。过了一些时候，她疼也疼过了，哭也哭过了，心情有所好转，就说：喂，你们！谁想玩玩？在座的有不少人有这种心情，就把目光投向薛嵩。薛嵩想，我没有理由反对。就点了点头。于是一个大兵转过身来，把后腰上竹篾条的扣对准她，说道：“解开！”那女孩伸手去解，忽而又把手撤回来，在他背上猛击一下道：你刚还打过我哪！我干吗要给你“解开”！薛嵩暗暗摇头，从火堆边走开，心里想着：这女孩被打得还远远不够。但他对打她已经厌烦了。

不久之前，我在医院里从电视上看到一部旧纪录片。里面演到二战结束后，法国人怎么惩办和德国兵来往的法国姑娘——你可能已经知道了，他们把她们的头发剃光——在屋檐下有一把椅子，那些女孩子轮流坐上去，低下头来。坐上去之前是一些少女，站起来时就变成了成年的妇人。刮得发青的头皮比如云的乌发显得更成熟，带有更深的淫荡之意——那些女孩子全都很沉着地面对理发师的推子和摄影机，那样子仿佛是说：既然需要剃我们的头发，那就剃吧。那个小妓女对受鞭责也是这样一种态度：既然需要打我的脊梁，那就打吧。她自己面对着一棵长满了青苔的树，那棵树又冷又滑，因为天气太热，却不讨厌。有些人打起来并不疼，只是麻酥酥的，很煽情，这时她把背伸向那鞭打者；有些人打起来火辣辣地疼，此时她抱紧这棵清凉的树……她喜欢这种区别。假如没有区别，生活也就没意思。虽然如此，被打时她还是要哭。这主要是因为她觉得，被打时不哭，是不对的。我很欣赏她的达观态度。但要问我什么叫做“对”，什么叫“不对”，我就一点也答不上来了。

我的故事又重新开始道：晚唐时节，薛嵩是个纨绔子弟，住在灰色、窒息的长安城里。后来，他受了一个老娼妇的蛊惑，到湘西去当节度使，打算在当地建立自己的绝对权威。但是权威这种东西，花钱是买不到的。薛嵩虽然花钱雇了很多兵，但他自己也知道，这些兵都不能指望。他觉得那个老妓女是可以指望的，但对这个看法的信心又不足。说来说去，他只能指望那个小妓女。这位小妓女提供了屁股和脊背，让他可以在上面抽打，同时自欺欺人地想着：这就是建功立业了。

我该讲一讲那位老娼妇的事。她曾经漂泊四海，最后在长安城里定居，住在一座四方形的砖亭子里。那座亭子虽然庞大，但只有四个小小的拱门，而且都像狗洞那样大小。人们说，她并不是出卖肉体，而是供给男人一种文化享受。因为不管谁进到那个亭子里，都会受到最隆重的接待、最恭敬的跪拜，她总要说嫖客不是寻常人，可以建功立业。至于她自己，也有一番建功立业的决心，所以跟着薛嵩来到了这不毛之地，打算在凤凰寨里做一番前无古人的事业。但是薛嵩什么功业也没有建立，只是经常在她门前鞭打一位小妓女。这个老女人坐在纸门后面听着，心里恨得痒痒，磨着牙齿小声唠叨着：姓薛的混蛋！我知道你想打谁！早晚要叫你知道我的厉害……这就是说，老妓女提供高档次的文化服务，这种服务不包括挨打。薛嵩敢对她做这种档次很低的暗示，自然要招致愤怒。

4

现在我又回到生活里。我在一座寺院里，更准确地说，是在这座寺院的东厢房里，面前是一座被砖头垫高了的香案。在香案底下是一捆捆黄色的纸。时逢盛夏，可以闻到霉味、碱味，还有稻草味；而稻草正是发黄的纸的主要成分。透过打开的窗子，可以看到院子里的白皮松。当你走进这所院子，会看到青色的砖墙，墙上长满了青苔，油灰开裂的庭柱，肥大无比的白皮松——总而言之，是一座古老的庭院。相信你可以从中感觉到一种文化气氛。这就如在一千多年前，你走进那位老娼妇在长安城里的四角亭子。不管你从哪面进去，都要穿过一个又矮又长的门洞，然后直起身，仰望头顶深不可测的砖砌的穹顶。此时整个世界都压在你的头上，所以你也感到了这种文化气氛。在这个四方形的房间里，一共有四股低矮的自然光，照着人的下半截。后来，那个老娼妇匍匐着出现在光线里——她有一张涂得雪白的脸，脸上还有两条牦牛尾巴做的眉毛——声音低沉地说道：官人。不知你感觉怎样，反正薛嵩很感动。他到那个亭子里去过，感到自己变成了一个庄严肃穆的死人。我也不知那个老娼妇对他做了什么，反正从那亭子里出来，他就鬼迷心窍地想要建功立业，到蛮荒地方去做节度使，为大唐朝开辟疆土。考虑到当时薛嵩尚未长大成人，情况可能是这样的：那个老娼妇把他那个童稚型的男根握在手里，轻声说道:官人，你不是个等闲的人……等等。因为我从没有被感动过，可能想得不对。但我以为，从来就不会感动，是我的一项大资本。不管什么样的老娼妇拿着我的男根说我不同凡响，我都不会相信；但我也承认，有很多人确实需要有个老娼妇拿着他的男根说这些话。这也是薛嵩迷恋她的原因。我影影绰绰记得有一回领导忘了史料的出处，偏巧我记得,顺嘴提示了一下。他很高兴,说道:小王是人才嘛。我也振奋了一小下，但马上就蔫掉了。

对于薛嵩被拿住男根的事，需要详加解释：当时他躺在了亭子的中心，此地阴暗、潮湿，与亭子这个名称不符。薛嵩摊开双手呈十字形，躺在亭子的中央，头、脚和两臂的方向，都通向一个门洞，薛嵩好像躺在了十字路口。你也可以说，他自己就是那个十字路口。而这个路口所连接的四条路都很长，那些路的顶端，各有一个泄入天光的门洞，好像针孔一样，仿佛通往无尽的天涯。无论他往哪边看，都能看到遥远的天光，而且听到水滴单调地从穹顶滴落，有一些滴到了远处，还有一些滴到了他身上。假如他往天顶上看，在一片黑暗之中，可以看到几只大得骇人的壁虎在顶上爬动，并能听到遥远的风声和车马声。就在这一片黑暗和寂静中，出现了那老娼妇的脸，那张脸像墙皮一样刷得雪白，上面有漆黑的两道扫帚眉。她用像墓穴一样冰凉的手拿住了薛嵩的男根，开始说话（“官人，你不是个等闲的人”，等等）。薛嵩不禁勃起如坚铁，并在那一瞬间长大成人了。我读着自己旧日的手稿，同时在脑子里进行批判。做这件事有何意义，我自己都不明白。我很不喜欢现在这个写法，主要是因为，我很不喜欢有个老妓女用冷冰冰的手来拿我的男根，这地方不是谁都能来碰的——虽然在这种情况下，我也会勃起如坚铁，但我还是不喜欢。真不知以前那个我是怎么想的。

第二章

一

1

我的故事还有一种开始，这个开始写在另一叠稿纸上。如前所述，香案上下堆了不少稿纸，假如写的都是开始，就会把我彻底搞糊涂——晚唐时，薛嵩在湘西的山坡上安营扎寨。起初，他在山坡上挖掘壕沟，立起了栅栏，但是只过了一个雨季，壕沟就被泥砂淤平，变成了一道环形的洼地，栅栏也被白蚁吃掉了。那些栽在山坡上的树干乍看起来，除了被雨水淋得死气沉沉，还是老样子；仔细一看，就看出它半是树，半是泥。碗口粗细的木头用手一推就会折断，和军事上用的障碍相差很远。因为白蚁藏在土里看不见，所以薛嵩认定，这山坡上最可恨的东西是雨水。

旱季里，薛嵩从远处砍来竹子，要在壕沟上面搭棚子，让它免遭雨水的袭击，来解决壕沟淤平的问题。等他把架子搭好，去搜集芭蕉叶子，要给棚子上顶时，白蚁又把竹子吃掉了。薛嵩这才想到，山坡上最可恶的原来是白蚁。于是，他就扛起了锄头，要把山坡上所有的白蚁窝都刨掉。这是个大受欢迎的决定，因为白蚁可以吃：成虫可以吃，蛹可以吃，卵也可以吃。特别是白蚁的蚁后，是一种十全大补的东西，但是白蚁的窝却被一层厚厚的硬土壳包着，很需要有人出力把它刨开。所以薛嵩扛着锄头在前面走，方圆三十里之内的苗族小孩全赶来跟在他身后，准备拣洋落——他们都知道，汉族人不知道怎样吃白蚁。而白蚁也动员起来，和薛嵩做斗争，斗争的武器是唾液。一分白蚁的唾液和十分土掺起来，就是很硬的土，一分唾液和三分土掺起来，就像是水泥，一分唾液掺一分土，就如钢铁一样坚不可摧。自然，假如纯用唾液来筑巢，那就像金刚石一样的硬，薛嵩连皮都刨不动。但是这样筑巢，白蚁的哈喇子就不够用了。

薛嵩用锄头刨蚁巢的外壁，白蚁在巢里听得清清楚楚，就拼命地吐吐沫筑墙；薛嵩的锄头声越近，它们就越拼命地吐，简直要把血都吐出来。所以薛嵩越刨，土就越硬；满手都起了血泡。最后他自己住手不刨了。白蚁用自己的意志和唾液保住了蚁巢，而那些苗族孩子看到薛嵩是这样的有始无终，都拣起地上的碎土块来打他，打得他落荒而逃。等到第二天早上，薛嵩又出现在红土坡上，扛着锄头，而那些苗族孩子又跟在他身后准备拣洋落。这件事周而复始，好像永无休止。这件事的要点是：一个黑黝黝的人，扛着锄头在红土山坡上奔走，搞不清他是被太阳晒黑的，还是被热风吹黑的。他想把所有的白蚁巢都刨掉，但是一个都没刨掉；还锛坏了很多锄头，打了很多血泡。事情为什么会是这样，薛嵩自己都不知道。

我清楚地记得那片亚热带的红土山坡，盛夏时节，土里的砂砾闪着白光——其中有像粗盐一样的石英颗粒，也有像蝉翼碎片般的云母。这种土壤像砂轮一样，把锄头磨得雪亮。新锄头分量很重，很难使，越用越锋利，分量也就越轻。它变得越来越小，越来越薄，最后在锄头把的顶端消失了。在烈日下挥锄时，汗水腌着脖子，脖子像火鸡一样变得通红。这是否说明我就是薛嵩？

在这个故事里，薛嵩在山坡上年复一年地忙碌，只留下了一些浅浅的土坑，还有一些被白蚁吃剩的半截柱子，雨季一到，这些柱子上长起了狗尿苔，越长越多，好像一些陆生的珊瑚。到雨季到来时，薛嵩急急忙忙地给自己搭了个小棚子来住，这种小棚子挡不住瓢泼大雨，所以里面总是湿漉漉的，而且雨下得丝毫不比外面小。久而久之，他脸上长了青苔，身上长满了霉斑，腿上得了风湿病，好像一棵沉在水底的死树。旱季一到，这个地方没有一棵树，又热得很，棚子里比外面似乎一点都不见凉快；薛嵩呆在棚子里，两眼通红，心情很坏。一阵风吹来，棚子立刻塌掉，因为支棚子的竹子已经被白蚁吃了，只剩下一层皮来冒充竹子。此时我们才知道，棚子里比烈日下还是凉快一些。像这样下去，薛嵩要么在雨季里霉掉，要么在旱季里被晒爆，这个故事就讲不下去了。

后来有人告诉薛嵩，白蚁什么都吃，就是不吃活的草木。所以他就在壕沟边上种了一些带刺的植物，比方说，仙人掌、霸王鞭之类，在栅栏所在之处栽了几棵母竹，引山上下来的水一灌，很快就是葱茏一片——寨里寨外，到处是竹丛、灌木丛，底下沟渠纵横。从此，薛嵩被解脱了在山坡上刨蚁巢的苦刑。他就这样扎下了寨子，但它不像是大军的营寨，倒像一片亚热带的迷宫。从实用的角度来看，它的防御力量并不弱，因为在草丛和灌木丛里，有无数不请自来的蚂蚁窝和土蜂窝，还有数目不详的眼镜蛇在其中出没，除了猪崽子，谁也不敢钻灌木丛。但是薛嵩有一颗装满军事学术的脑袋，因为在“野战筑城”这一条目之下，出现了蚂蚁、土蜂，甚至猪崽子这样的字眼，薛嵩觉得自己彻底堕落了。既然已经堕落，再堕落一点也没有关系。所以他准许自己抢苗女为妻。

在我的手稿中，薛嵩抢老婆的始末记载得异常的简单明快：薛嵩身强力壮，胆大妄为；他在树林里遇上了红线，后者正在射小鸟。他喜欢这个脖子上系着红丝带的小姑娘，马上就把她抢走了。至于抢法，也是非常简单：一手抓脖子，一手钳腿，把她扛上了肩头，就这样扛走了。红线尽力挣了一下，感觉好像是撞上了一堵墙：薛嵩的力气大极了。红线想道：既然落到了这样的人手里，那就算了吧。她伏在薛嵩的肩头不动；在林间阴冷的潮气中，想着自己会遇到什么样的对待。这个讲法太过简单，这就是我不喜欢它的原因。

2

上古单调的色彩使我入迷。然而循这条道路，也就没有什么故事可写。在我的调色板上，总要加入一些近代人情的灰色——以上所述，是我现在对旧稿的一些观感——所以薛嵩抢红线的事，也不能那么简单：晚唐时，薛嵩到湘西做节度使，骑来了一匹白马，还带来了一伙雇佣兵。后来，他的马老了，这些士兵也想起家来。那匹马长了胡子，那些兵也经常哗变；薛嵩只好把缰绳从马嘴上解下来，放它到树林里自由走动，同时也放松了军纪，让那些雇佣兵去抢山上的苗女为妻。但他自己却洁身自好，继续用军纪约束自己。那些苗女的肤色像红土一样红，头发和眉毛因而特别黑。我好像也见过这样的苗女，并对她们怦然心动。

此后薛嵩在寨子里踱步，走在篱笆间的小路上，忽然就会发现某家竹楼前面出现一个没见过的女人，正在劈柴或是捣米。这些篱笆是粗细的柴棒栽在地下，顶端长出了绿芽；那片红土的院子铺上了黄砂；那个陌生的女人肢体壮硕，穿着短短的蓑草裙子，见到薛嵩过来，站直了以后，转过身子，用手梳理头发。她把头发分做两下，从脸旁垂下来，遮住了乳房，转向薛嵩，和他搭话：苗女的眉毛像柳叶一样的宽，下颚宽广，嗓音浑厚有力——薛嵩也会讲些苗语，他们聊了起来。但就在这时，竹楼上响起了一声咳嗽，围廊上出现了一个男人，他是一个雇佣兵，是薛嵩的手下。他用敌意的眼神看着他们，那苗女就扔下薛嵩，去做她的工作。此时薛嵩只好像个穿了帮的贼那样走开，同时心里感到阵阵刺痛——要知道，他是节度使，在巡视自己的寨子啊。他继续向前走，浏览着各家的院子和里面的苗女，就像一个流浪汉看街边上的橱窗；同时也在回顾那个女人健壮的身体、浑厚的声音。最后他终于想到:别人都去抢老婆，假如自己不去抢一个，未免吃了亏。作为读者，我觉得这是个大快人心的决定。

有关薛嵩那匹长胡子的马，可以事先提到，这匹马原来是白色的，后来逐渐变绿。这是因为它总在树林里吃草，身上长满了青苔。后来，马儿禁不住蚊虫的叮咬，常到泥坑里打滚，又变得灰溜溜的。它既吃草，也吃树叶子，吃出了一个滚圆的大肚子，像产卵前的母蝈蝈，不像一匹马。因为总在潮湿的地面上行走，它的蹄子也裂开了。总在丛林中行走，需要有东西把眼前的枝条拨开，所以它也长出了犄角。你当然知道我说的是什么：这匹马逐渐变成了一头老水牛，而且也学会了“哞哞”地叫。在湘西，到处都是水牛，只要你看到一蓬茂盛的草木，里面准有几头老水牛在吃草，其中有一头是马变的。这匹马就此失踪了。据说它原是一匹西域来的宝马良驹，在马市上值很多钱。薛嵩的情形也可以事先提到：他原是长安城里的富户，擅长跑马、斗蛐蛐，长着雪白的肉体；后来被晒得鬼一样黑，擅长担柴、挑水，因为嚼起了槟榔，把满嘴的牙弄成像焦炭一样黑。凤凰寨里有不少这样的人物，其中有一个是薛嵩变的。但这是后来发生的事。当初发生的事是：薛嵩对凤凰寨里发生的变化——这变化之一就是他也要去抢一个老婆——虽然心生厌恶，但也无可奈何。

薛嵩准许自己的部下抢苗女为妻，后来他想到，假如他自己不也去抢上一个就算是吃了亏。这件事非常的重要，因为它标志着薛嵩长大成人。在此之前，他是个纨绔子弟，不懂吃亏是件坏事。在此之后，他既然已经抢了一个女人，尝到了甜头，就不能再这样说。事先他做了不少筹划和准备工作，但是对这种强盗行径还是觉得很不好意思，所以是一个人去的。对这件事，我感到激动。怀着一颗贼心，走进一片荒山，去猎取女人。这样的故事怎不叫人心花怒放……我可以看见那座荒山，土色有如铁矿石。也可以看到那些绿叶，鲜翠欲滴，就如蜡纸所做。我也可以听见自己的心在怦怦乱跳。我也可以看到那些女人，肤色暗红，长着圆滚滚的小肚子，小肚子下面是漆黑的毛……但是别的就一点也想不出，还得看看以前是怎么写的。

3

过去有一天，薛嵩赤身裸体地骑在那匹长胡子的光背马上，肩上扛着那条浑铁大枪，沿着红土小路，走进山上的树林。他在枪缨里藏了一把竹篾条，准备用它来捆抢到的女人，藏得很是牢靠，谁也看不出来。遇上了苗族的男人，他就红着脸对人家打招呼，此时他又觉得自己不是强盗，是个小偷。进山的道路不止一条，他走的是预先选好的一条，因为不少部落的人不分男女都有文身，有些文得蓝荧荧，有些文得黑糊糊，除此之外，有些寨子里的小姑娘从小就嚼槟榔，把牙齿嚼得像木炭一样。总而言之,这条选好的路避开了这些姑娘，因为假如是这样的姑娘,就不如不抢。进山的路他倒是蛮熟的，每次寨里没有粮食，他就带人到寨里来，用盐巴换军粮，以免别人贪污。但在路上常被人一棍子打晕，醒来以后只好独自灰溜溜地回去。身为朝廷命官被人打了闷棍不甚光彩，只好不声张，听任手下人贪污。但若我是他，就一定会戴顶钢盔。

走在这条路上，薛嵩遇到了不少苗族女人，有些太老，有些背着小孩子，都不是合适的赃物。一直走到苗寨边上，他才遇到了红线，这个女孩穿着一件蓑草的裙子，拿了一个弹弓在打小鸟。他打量了她半天，觉得这女孩长得蛮漂亮，尤其喜欢她那两条橄榄色的长腿，就决定了要抢她。薛嵩以前见过红线，只觉得她是个寻常的小姑娘；这是因为当时他没动抢的心。动了抢的心以后，看起人来就不一样。

薛嵩从马背上下来，鬼鬼祟祟地走到她身边，把长枪插在地下，假装看林间的小鸟，还用半生不熟的苗话和她瞎扯了几句。忽然间，他一把抓住她的脖子，并且从枪缨里抽出一根竹篾条来。这时薛嵩心情激动，已经达到了极点。当时雨季刚过，旱季刚到，树叶子上都是水，林子里闷得很。薛嵩的胸口也很闷。他还觉得自己没有平时有劲。在恐惧中，他一把捂住了红线的嘴，怕她叫出声来——这个地方离寨子太近了。与此同时，他也丧失了平常心，竹篾条拴着的东西胀得很大。奇怪的是，红线站在那里没有动，也没有使劲挣扎，只是脸和脖子都涨得通红。后来她猛地一扭脸说：你再这样捂着，我就要闷死了。薛嵩感到意外，就说：我是强盗，是色狼，还管你的死活吗？然后他又一把捂住红线的嘴。但是红线又挣开，说：这事你一点都不在行。捂嘴别捂鼻子——色狼也不是这种捂法！薛嵩说：对不起。就用正确——也就是色狼的方式捂住了她的嘴。他用两只手抓着她，就腾不出手来捆她，就这样僵持住了。实际上，薛嵩此时把红线搂在了怀里。但是天气热得很，不是热烈拥抱的恰当时刻。所以过了一会儿，红线就挣脱出来，说道：大热天的，你真讨厌！她上下打量了薛嵩一阵，就转过身去，先用手抿抿头发，然后把双手背过去说：捆吧。于是薛嵩把她捆了起来：用竹篾条绕在她的手腕上，再把竹篾条的两端拧在一起。据我所知，青竹篾条的性质和金属丝很近似。

因为当地盛行抢婚，所以红线对自己被抢一事相当镇定。不过，她总是第一次被抢，心情也相当激动，禁不住唠唠叨叨。首先她对薛嵩用篾条来捆她就相当不满，说道：你难道连条正经绳子都没有吗？这使薛嵩惭愧地说：我什么都学得会，就是学不会打绳子。红线评论道：你真笨蛋——还敢吹牛说自己是色狼呢。她还说：下次上山来抢老婆，你不如带个麻袋，把她盛在里面。过了一会儿，她又补充说：当然，我也不希望你再有下一次。此时薛嵩从枪缨里抽出第二根篾条，蹲下身去，红线又把双脚并在一起，让他把脚捆在一起。薛嵩说：我没有麻袋，只有蒲包，蒲包不结实，会把你掉出来。就这样，薛嵩把红线完全捆好了。后者打量着拴在脚上的竹篾条，跳了一下说：他妈的，怎么能这样对待我！此时发生了一件更糟的事：薛嵩要去牵马，想把红线放到马背上驮走，但是那马很不像话，自己跑掉了。薛嵩只好自己驮着红线在山路上跋涉，汗下如雨，还要忍受红线的唠叨：连匹马都没有？就这么扛着我？我的上帝啊，你算个什么男人！直到薛嵩威胁说要把她送回去，她才感到恐惧，把嘴闭上了。

后来，薛嵩就这样把红线扛进寨子，招来很多人看，都说他抢女人都抢不利索。薛嵩觉得自己很丢面子，闷闷不乐，性格发生了很大变化。他想让红线回到山上去，自己备好了麻袋、绳子，给马匹配好缰绳，再上山去抢一次。但红线不答应，她说自己是不小心才被抢来的，这样才有面子。假如第二次再被同一个男人抢到，那就太没面子了。她是酋长的女儿，面子是很重要的——甚至比命都重要。后来薛嵩让她学习汉族的礼节，自称小奴家、小贱人，把薛嵩叫做大老爷、大人之类，她都不大乐意，不过慢慢地也答应了。薛嵩在家里板起脸来，作威作福——这说明他当了一回抢女人的强盗以后，又想假装正经了。

4

有关薛嵩抢到红线的事，还有另一种说法是这样的：他不是在山上，而是在水边上逮住了她。这地方离凤凰寨很近，就在薛嵩家后面的小溪边上。红线在河里摸鱼，身上一丝不挂，只有拦腰一根绳子，拴着一个小小的鱼篓，就这样被薛嵩看到了。他很喜欢她的样子——她既没有文身，也不嚼槟榔——就从树丛里跳出来，大叫一声：抢婚！红线端详了他一阵，叹了一口气，爬上岸来，从腰间解下鱼篓，转过身去，低下头来说：抢吧。按照抢婚的礼仪，薛嵩应该在她脑后打上一棍，把她打晕、抢走。但是薛嵩并没有预备棍子。他连忙跑到树林里去，想找一根粗一点的树枝，但一时也找不到。可以想见，假如薛嵩总是找不到棍子，红线就会被别的带了棍子的人抢走，这就使薛嵩很着急。后来从树林里跑了出来，用拳头在红线的脑后敲了一下，红线就晕了过去。然后薛嵩把她扛到了肩上，此时她又醒了过来，叫薛嵩别忘了她的鱼篓。直到看见薛嵩拾起了鱼篓，并且看清了鱼篓里的黄鳝没有趁机逃掉，她才呻吟了一声，重新晕了过去。此后薛嵩就把她扛回了家去。

自然，还有第三种可能，那就是薛嵩在树林里遇上了红线，大喝一声：抢婚！红线就晕了过去，听凭薛嵩把她抢走。但在这种说法中，红线的尊严得不到尊重，所以，我不准备相信这第三种说法。按照第二种说法，红线在薛嵩的竹楼里醒来，问他用什么棍子把她打晕的，薛嵩只好承认没有棍子，用的是拳头。此后红线就大为不满，认为应该用裹了牛皮的棒槌、裹了棉絮的顶门杠，最起码也要用根裹布条的擀面棍。棍棒说明了抢婚的决心，包裹物说明新郎对新娘的关心。用拳头把她打晕，就说明很随便。虽然有种种不满，但也后悔莫及。红线只好和薛嵩过下去——实际上，第二种说法和第一种说法是殊途同归。

还有一件事，也相当重要：薛嵩把红线抢来以后好久，那件事还没有搞成。这是因为薛嵩有包皮过长的毛病。有一天，红线把他仔细考察了一番，按照他所教的礼节说道：启禀大老爷，恐怕要把前面的半截切掉。说着就割了薛嵩一刀，疼得他满地打滚，破口大骂道:贱人！竟敢伤犯老爷！但是过了几天，伤口就好了。然后他对红线大做那件事，十分疯狂，使她嘟嘟囔囔地说：妈的，我这不是自己害自己吗？经过了这个小手术，薛嵩的把把很快长到又粗又大，并且时常自行直立起来。这时他很是得意，叫红线来看。起初红线还按礼节拜伏在地板上说：老爷！可喜可贺！后来就懒得理他，顶多耸耸肩说：看到了——你自己就不嫌难看吗？但不管怎么说，这总是薛嵩长大成人的第一步。在此之后,薛嵩在寨子里也有了点威信。因为他的把把已经又粗又大，别人也都看见了。

有关薛嵩抢到红线的经过，有各种各样的说法，这是最繁复的一种。假如说，这种说法还不够繁复，也就是说，它还不够让人头晕。在这个故事里，有薛嵩、有红线，还影影绰绰的出现了一些雇佣兵。这个故事暂时也这样放着吧。这样我就有了两个开始，这两个开头互相补充，并不矛盾。在这个故事里，男根，勃起，长大成人，都有特殊的含义。薛嵩在一个老娼妇面前长大成人，又在一个苗族女孩面前长大成人,这两件事当然很是不同。因此就可以说薛嵩不是一个人，是两个人。假如这样分下去，薛嵩还可以是三个人、四个人，生出无数的枝节来。所以，还是不分为好。我很不喜欢过去的我这种颠三倒四的作风。但是，这一切都是过去做下的事，能由得了现在的我吗？

二

1

一切变得越来越不明白了。因为我的故事又有了另一个开始：做了湘西节度使以后，每天早上醒来时，薛嵩都要使劲捏自己的鼻子，因为他怀疑自己因为没有睡醒，才会看到对面的竹排墙。他觉得这墙很不像样，说白了，不过是个编得紧密的篱笆而已。在那面墙上，有一扇竹编的窗子，把它支起来，就会看到一棵木瓜树，树上有个灯笼大小的马蜂窝，上面聚了成千上万只马蜂，样子极难看，像一颗活的马粪蛋。就是不支开窗户，也能听见马蜂在嗡嗡叫。作为一个中原人，让一个马蜂窝如此临近自己的窗子，是一种很不容易适应的心情。他还容易想到要找几把稻草来，放火熏熏这些马蜂。这在温带地方是个行得通的主意，但在此地肯定行不通：熏掉了一个马蜂窝，会把全寨的马蜂都招来，绕着房子飞舞，好像一阵黄色的旋风，不但螫人、螫猪、螫狗，连耗子都难逃毒手。这说明马蜂在此地势力很大。当然,假如你不去熏它们,它们也绝不来螫你，甚至能给你看守菜园，马蜂认识和自己和睦相处的人。薛嵩没有去熏马蜂，他也不敢。但他不喜欢让马蜂住进自己的后院，这好像和马蜂签了城下之盟。

他还不喜欢自己醒来的方式，在醒来之前，有个女孩子在耳畔叫道：喂喂！该起了！醒来以后，看到自己的把把被抓在一只小手里。这时他就用将帅冷峻的声音喝道：放开！那女孩被语调的严厉所激怒，狠狠一摔道：讨厌！发什么威呀！被摔的人当然觉得很疼，他就骂骂咧咧地爬起来，到园子里去找早饭吃。薛嵩和一切住在亚热带丛林里的人一样，有自己的园子。这座园子笼罩在一片紫色的雾里，还有一股浓郁的香气，就如盛开的夹竹桃，在芳香里带有苦味。那个摔了他一把的女孩也跟他来到这座紫色的花园里，她脖子上系了一条红丝带，赤裸着橄榄色的身躯——她就是红线。红线跟在薛嵩后面，用一种滴滴达达的快节奏说：我怎么了——我哪儿不对了——你为什么要发火——为什么不告诉我——好像在说一种快速的外语。薛嵩站住了，不耐烦地说：你不能这样叫我起床！你要说:启禀老爷，天明了。红线愣了一下，吐吐舌头，说道：我的妈呀，好肉麻！薛嵩脸色阴沉，说道：你要是不乐意就算了。谁知红线瞪圆了眼睛，鼓起了鼻翼，猛然笑了出来:谁说我不乐意？我乐意。启禀老爷，我要去劈柴。老爷要是没事，最好帮我来劈。要劈的柴可不少啊。说完后她就转身大摇大摆地走开，到门口去劈柴。这回轮到薛嵩愣了一下，他觉得红线有点怪怪的。但我总觉得，古怪的是他。

薛嵩后园里的紫色来自篱笆上的藤萝，这种藤萝开着一种紫色的花，每个花蕾都有小孩子的拳头那么大，一旦开放，花蕊却是另一个花蕾。这样开来开去，开出一个豹子尾巴那样的东西。香气就是从这种花里来。而这个篱笆却是一溜硬秆野菊花，它们长到了一丈多高，在顶端可以见到阳光处开出一种小黄花，但这种花在地面上差不多是看不到的，能看到的只是野菊花紫色的叶子，这种叶子和茄子叶有某种相似之处。在园子里，有四棵无花果树，长着蓝色的叶子，果实已经成熟，但薛嵩对无花果毫无兴趣。蓝色无花果挂了好久，没有人来摘，就从树上掉下去，被猪崽子吃掉。在园子里，还长了一些龙舌兰，一些仙人掌，暗紫的底色上有些绿色的条纹，而且在藤萝花香的刺激下，都开出了紫色的花朵。薛嵩认为，这些花不但诡异，而且淫荡，所以他从这些花旁边走了过去，想去摘个木瓜吃。木瓜的花朴实，果实也朴实。于是他就看到了那个马蜂窝。这东西像个悬在半空的水雷，因为现在是早晨，它吸收了雾气里的水，所以变得很重，把碗口粗细的木瓜枝压弯了，大树朝一边弯去。到中午时，那棵树又会正过来。这个马蜂窝有多大，也就不难想象。但这个马蜂窝还不够大。更大的马蜂窝挂在树上，从早上到中午，那树正不过来，总是那么歪。

马蜂窝是各种纤维材料做的，除了枯枝败叶，还有各种破纸片、破布头，所以马蜂窝是个不折不扣的垃圾堆。天一黑，它就会发出一种馊味，能把周围的萤火虫全招来。这时马蜂都回巢睡觉了，萤火虫就把马蜂窝的表面完全占据，使它变成一个硕大无朋的冷光灯笼；而且散发着酿醋厂的味道。众所周知，萤火虫聚在一起，就会按同一个节拍明灭。亮起来时，好像薛嵩的后院里落进了一颗流星，或者是升起了一个麻扎扎的月亮；灭下去时，那些萤火虫好像一下都不见了，只听见一片不祥的嗡嗡声。假如此时薛嵩正和红线做爱，不知不觉会和上萤火虫的节拍。此时他觉得自己变成了一只绿壳甲虫，在屁股后面一明一灭。萤火虫的光还会从竹楼的缝隙里漏进来，照着红线那张小脸，还有她脖子上束着的红丝带，她把上半身从地板上翘起来，很专注地看着薛嵩。——我说过，感到寂寞时，薛嵩就把红线抱在怀里，但他总觉得她是个小孩子，很陌生——在这光线之下，红丝带会变成黑色。她的上半身光溜溜、紧绷绷的，不像个女人，只像个女孩。她那双眼睛很专注地看着薛嵩,好像不知道自己在干什么。过了好久，她好像是看明白了，大声说道：启禀老爷，你是对眼啊！然后放松了身体，仰倒在竹地板上，大声呻吟起来。不知为什么，这使薛嵩感觉很坏，也许是因为知道了自己是对眼。红线的乳房紧绷绷、圆滚滚，这也让薛嵩不能适应；在这种时刻，他常常想到那个老妓女那口袋似的乳房——老妓女又从不说他是对眼。等到面对老妓女那口袋似的乳房，他又不能适应，回过头来想到红线那对圆滚滚的乳房，还觉得老妓女总是那几句套话，实在没意思。如此颠来倒去，他总是不能适应。不管怎么说,让我们暂且把薛嵩感觉很坏的事情放一放。那天早上，薛嵩到园子里摘木瓜，忽然遭人暗算，被砍了一刀，失掉了半个耳朵——不仅血流满面，而且永久地破了相。假设这才是故事真正的开始，则在此以前的文字都可以删去。

2

现在来说说薛嵩怎样被砍去了半个耳朵。那天早上他到树上去摘个木瓜,路过水塘边。这园子里还有甜得发腻的无花果，有奶油味的木菠萝，但是薛嵩不想吃这种东西，觉得吃这种果子于道德修养有害。红线喜欢吃半生不熟的野李子，黄里透青的楂子。这些果实酸得叫人发狂，薛嵩也不肯吃。说来说去，他就喜欢吃木瓜。这东西假如没熟透，简直一点味都没有，就算熟透了，也只有一股生白薯味；吃过以后，嘴里还会有一股麻木的感觉。这就是中庸的味道。我总不明白薛嵩怎么会爱吃这种东西——也许他是假装爱吃。不管怎么说，他是个节度使，总得假装正经才行。

这水塘是薛嵩和红线的沐浴之所，塘里还有一大片水葫芦，是喂猪的，开着黄蕊的白花。除了水葫芦，还漂着一大蓬垃圾——枯枝败叶、烂布头一类的东西。这个水塘通着寨里的水渠，垃圾可以从别处漂过来。薛嵩觉得恶心，用随身带着的铁枪想把它挑出去。也不知是为什么，那东西好像在水里有根，挑不起来。他就把它拨到塘边来，俯下身去，准备用手把它揪出来；就在这时，他看到垃圾中间竖着一节通气的竹管，还看到浑浑糊糊的水下好像有个人的身体——那池里的水是绿色的，大概其中有不少单细胞藻类——他先是一愣，然后猛醒，伸手去拔插在身后地上的铁枪。但已经迟了，眼前水花飞溅，水里钻出一个人来，满脸的水都在往下流，好像琉璃做成，双腮鼓起，显得很是肥胖。那刺客先喷了他一脸水，然后"嗖"地给了他一刀。水迷了薛嵩的眼，在这种情况下挨刀砍，实在危险得很。好在对方刚从水里钻出来，眼睛里全是水，也看不大清，没把他的脑袋认准，只把半个耳朵砍了下来；假如认准了，砍下的准不止是这些。因为耳朵里有软骨，所以薛嵩感到哗啦的一下，以后薛嵩往后一滚，拿了铁枪，抹掉脸上的水，要和这个刺客算账，已经来不及了。那人一半滚一半爬、一半水一半陆，到了树篱边上，钻到一个洞里去，不见了。想要到树棵里去追人显然是徒劳的，那里面密密麻麻，连三尺都看不出去。此时薛嵩端平了大枪，满脸流着血和水，心情很是激动。

这种激动无处发泄，薛嵩就大吼起来了。而红线正在竹楼前面劈柴，听到后院里有薛嵩的吼声，急忙丢下了柴火，手舞长刀赶来，嘴里也发出一阵呐喊来呼应薛嵩。这一对男女就在后园里连喊带舞,很忙了一阵子。最后红线问薛嵩:人呢?薛嵩才傻愣愣地说：什么人?红线说：砍你那个人——你要砍的人。薛嵩说:跑了。红线说:跑了还喊啥,快来包包伤口吧。于是薛嵩就和红线回到竹楼里去，让她包扎伤口；此时才发现左耳朵的很大一部分已经不见了。在这种情况下,当然会很疼。但薛嵩首先感到的是震惊——不管怎么说，他总是朝廷任命的节度使，是此地的官老爷。连他都敢砍，这不是造反吗?

红线给薛嵩包扎伤口，发现耳朵残缺不全，也很激动。这是因为薛嵩是她的男人，有人把该男人的一部分砍掉，此事当然不能善了。所以她不停地说：好啊，砍成这个样子，太好了。这话乍听起来不合逻辑，但你必须考虑到，红线原是山上的一个野姑娘，她很喜欢打仗。既然薛嵩被砍成了这样，就必须打仗，所以她连声叫好，表示她不怕流血，也不怕战争。假如说，砍成这个样子，太惨了，那就是害怕流血，害怕战争，这种话勇敢的人绝不会说。只可惜薛嵩不懂这些，他听到红线这样叫好，觉得她狼心狗肺，心里很不高兴。

3

薛嵩家的后园里有一个池塘，塘边的泥岸上长满了青苔。那一池水是绿油油的颜色，里面漂着搅碎了的水葫芦，还有一个惨白的碎片，好像一个空蛋壳，仔细辨认后才发现它原是薛嵩的半个耳朵。薛嵩把它从水里捞了出来,拿在手里看了很久,才相信自己身体的这一部分已经永远失去了。古人曾说：身体发肤，受之父母，不能轻易放弃。所以薛嵩就该把这块耳朵吃下去，但他觉得有点恶心，还觉得自己已经沦落到了食人生番的地步——所以他又把耳朵吐了出来。后来他用铁枪掘了一个坑，把耳朵葬了进去，还是觉得气愤难平，就平端着长枪，像一头河马一样吼叫着。假如此时红线按照他要求的礼节说道:启禀老爷，贼人去远了，请保重贵体。那还好些。偏巧这个小蛮婆心情也很激动，满腹全是战斗的激情，就大咧咧地说：人家都跑没影了，还瞎嚷嚷什么？还不想想怎么去捉他？这使薛嵩很是恼火，顺口骂道：贱婢！全没有个上下。没准这贼和你是串通一气的。红线不懂得玩笑，把刀往地下一摔，说：混账！怪到我身上来了！这就使薛嵩更加气愤：有把老爷叫混账的吗？忽然他又想到影影绰绰看到那个刺客身上有文身，像个苗人的样子，就脱口而出道：可不是！那个刺客正是个苗子！十之八九和你是一路。你要谋杀亲夫！顺便说一句，苗子是对苗人的蔑称，平时薛嵩绝不会当着红线这么说，这回顺嘴带出来了。更不幸的是它和前一句串在了一起，这使红线更加气愤，从地下拣起刀来，对准薛嵩劈面砍去道：好哇！要和我们开仗了！老娘就是要谋杀你这狗屁亲夫！当然，这一刀瞄得不准，砍得也不快，留给薛嵩躲开的时间——红线并不想当寡妇。但她的战斗激情也需要发泄，所以就这么砍了。需要指出的是，红线和薛嵩学了一些汉族礼节,薛嵩也知道了一些红线的脾气。双方互相有了了解，打起架来结果才会好。假如没有这样的前提，这一刀起码会把他的另一只耳朵砍掉。这样薛嵩就没有耳朵了。

后来，薛嵩向后退去，一步步退出了院门，终于大吼一声：小贱人！说是苗子砍我你不信，你就是个苗子，现在正在砍我！说着他就转身跑掉了。假如不跑的话,红线就会真的砍他的脑袋,而且她就会真的当寡妇了。对此必须补充说：薛嵩当时二十三岁，红线只有十七岁。这两个人合起来才四十岁，在一起生活，当然要吵吵闹闹，把一切搞得一团糟。

有关薛嵩被刺的经过，还有一种说法是这样的：薛嵩家的后院里，有一个水池，是他和红线戏水之所。这座池子清可见底，连水底铺着的鹅卵石都清晰可见，因为水清的缘故，这水池显得很浅，水面上的涟漪映在水底，好像水底紧贴在水面上。清晨时分，薛嵩从水边经过，看到水里躺着一个女人，像雪一样白，像月亮一样发亮。这一池水就因此像蚌壳的内侧，有一种伸手可及的亮丽。后来，她从池底开始往上浮——必须说明，这池子其实很深，只是看不出来罢了。薛嵩看到她左手屈在身前，右手背在身后，眼睛紧闭着，而两腿却叉开着，呈人字形。细细的水纹从她身上滑过。必须承认，她是一位赤身裸体的绝代佳人，但是生死未卜，因为在她的口鼻里没有冒出一个气泡。薛嵩当然愣住了，看着这个女人，在寂静中，她浮上来，离薛嵩越来越近。在她的小腹上，有一撮茵茵的短毛，显得很俏皮，也离薛嵩越来越近；薛嵩也就入了迷，只是她的眼睛紧闭着，好像熟睡着。她醒来以后会是怎样，这是一个谜。

后来，她嘴上出现了一缕微笑，好像一滴血落在水里，马上散成缕缕血丝。猛然间她睁开了眼睛，眼睛又大又圆。这使薛嵩为之一愣。然后她就突出水面，挥起藏在身后的右手，那手里握了一把锋利的刀，白若霜雪，朝薛嵩的头上挥来。所幸他还有几分明白，及时地躲了一下，只把半只耳朵砍掉了。假如不躲，后果也是不堪想象。然后，这个女刺客就逃掉了，仿佛消失在白色的晨雾里。只剩下薛嵩，呆站在水边发愣：他觉得，总有什么事情搞错了。像这样一个女人，根本不该来刺杀我，而是该去刺杀别人。至于搞错了是好是坏，他还有点搞不清楚。这种说法太过亮丽，和上一种说法也是大同小异。总而言之，那个刺客跑掉以后，薛嵩和红线起了争执。薛嵩非要说砍他一刀的是个苗子，红线不喜欢他这么说，两人就打了起来,但也不是真打。然后薛嵩就出去召集他的军队，要征讨那些苗人——假如苗女真是这么漂亮，的确需要征讨。

在万寿寺里，面对着那份待填的表格，我终于想了起来，我们是社会科学院的历史研究所，在万寿寺里借住。这份表格是我们在年初交的工作报告。年底时还要交一份考绩报告——好在现在距年底还有一段时间。这是因为我们是国家级的研究单位，制度严明，还因为我们的领导——也就是那个穿蓝制服的人——很是古板。他总让我们做重大的、有现实意义的题目。什么叫做重大，我不知道。现实意义我倒是懂的。那就是不要考证历史，要从现代考起。举例来说，我不该去考据历史上的男子性器，而是应该直接从他的性器考起……但我今年的题目改成《本所领导性器考》，显然不够恰当。假如我真做这个题目，他可能会来砍我一刀。

顺便说一句，我影影绰绰记得《冷兵器考》的一些内容。上古时，人们伐巨木为兵，到了中古才用大刀长矛。宋元时人们爱用刀剑，到了明清以降，最长的家伙不过是短刀。根据史书记载，清末的人好用暗器，什么铁莲子、铁菩提，还有人发射绣花针。根据这种趋势，未来的人假如还用冷兵器，必然是发射铁原子组成的微粒，透过敌方的眼底，去轰击他的神经中枢——我总觉得这是中规中式的一篇历史论文，不知为什么要给我打问号……说实在的，我有点想去砍他一刀。这不是因为我脾气坏，而是因为连《性器考》这样的题目，我现在都想不出来了。

除此之外，我再想不起别的。由此可见，丧失记忆这种游戏有这样的规则：没有适当的提示，我什么都想不起来。有了适当的启示，最好是确凿的证据，我就会什么都想起来。举例来说，我原本不知自己在什么地方，还不知道自己是干什么的。但当一位领导带着指示出现在我屋里时，这些问题就迎刃而解了……最好这位领导能告诉我，我该去考些什么。受此启示，我又到院子里走动。太阳越升越高，直射着地面，院子里的臭味也越来越犀利：它带有硫磺气、腐尸气，近似于新鲜的人屁，又像飞扬的石灰粉，刺激着我的鼻孔，和屋顶琉璃瓦的金色反光混为一体。我并不喜欢闻这种臭味——不管硫磺、腐尸还是人屁，都不是我喜欢嗅到的东西。我也不喜欢有人往我鼻子里撒石灰。但我总觉得这种臭气里包含着某种信息，催我想起些什么来。

三

1

对于我的过去，现在我有了一种猜测：我好像是个玩世不恭的家伙，或者说，是个操蛋鬼。没人告诉我这件事，是我自己猜出来的。虽然说起来不够好听，但我对此深感欣慰。这种猜测是从阅读这篇手稿得来的：作者信口开河，自相矛盾，前面这样写，后面又那样写，好像不是个负责的人；既然我是这样的人，就不必去理睬重填表格的要求。说实在的，我也不知该填点什么才好。再说，倘若我过去是个严肃认真的老学究，按我现在的情形，想当个学究，还真做不来哩。

过去有一天，薛嵩被人砍了一刀以后，流着血跑到那个老妓女家里去要他的武装，准备征讨山上的苗人——这样一来，就续上了第一章的线索。按照大唐的军事惯例，营妓要给将帅保管东西，就如今天的人，有钱不放在家里，而是放在小蜜的手里。薛嵩一切重要的东西都放在那个老妓女(她该叫做老蜜)的房子里，包括他的铠甲、弓箭和印信。那女人把它重重包裹，放在了箱子里。为了让自己良心得到安宁，他也给了小妓女一把没鞘的旧宝剑，她就用它在后园里挖蚯蚓来钓鱼。这把剑用来劈柴太钝，也太轻，所以只能挖蚯蚓。后来它就生了锈，变成了红色，好像一条赤练蛇。他还送给过她一把折扇，她用它来打蚊子，很快把扇骨打断，变成了乱糟糟的一堆破烂。他急匆匆地跑来要武装，就如一个人清早起来跑到银行门口等待，想要取出自己的存款，有急用。有一些银行会因为门口等了这种顾客而急于开门，这就是那个小妓女。她慌慌张张地赶来，拿来了薛嵩的旧宝剑。那把剑的样子很不怎么样，而且也没有鞘。说实在的，薛嵩把它交给小妓女来保管，就是不准备要了。他把那剑拿了一会，就把它扔在屋檐下边了。还有些银行却因为这种顾客而不急于开门，她就是那个老妓女，她的动作慢慢吞吞：慢慢地找钥匙，又慢慢地开箱子，并且时时回顾薛嵩。薛嵩头上缠了白布，好像一个阿拉伯人，但他光着屁股，这一点又不像了。那个小妓女心情激动，围着他团团打转，因为紧张，她的乳房又在胸前并拢，好像一对拳头。

与此同时，薛嵩还在大吼大叫，好像一个火车头；终于招来一些雇佣兵。他告诉他们，有个苗子躲在他家的后院里，砍了他一刀，砍掉了他的耳朵；他要上山去征讨。那些兵就胡乱起哄道：好啊，好。太好了。这些人说太好了，不是说要打仗好，而是说薛嵩掉了耳朵好。但他一点不发火。薛嵩就像他的把把，见了女人才发威。他一叠声地催促老妓女把真正的武装拿出来，那些东西是：贴身穿的麂皮衣服，麂皮外面穿的锁子甲，锁子甲外穿的皮甲，皮甲外面穿的铁叶串成的重铠甲，还有头盔、面甲，脚下穿的镶铁片的靴子，重磅的弓、箭，等等。他准备把这些东西都穿戴到身上，骑上白马到山上去，除了要给苗人一些厉害，还要给他们一次威武的时装表演——他简直急不可耐——我想这是因为他曾在一个苗族女孩面前长大成人，耀武扬威。总而言之，薛嵩的这些毛病，全都是红线惯出来的。

那个老妓女最后终于开了箱子把那些东西拿了出来。出乎薛嵩的意外，这些武器的状况很糟糕。实际上，无论是兵器还是甲胄，都需要养护；而那个老妓女什么都没干。仅举一件东西为例，锁子甲锈得粘在了一起，像一块砖头，至于那些皮衣，上面的绿霉层层隆起，简直像些蘑菇。还有一个最严重的问题，就是薛嵩的战马很难找到。从理论上说，它还在寨里，假如它没有被偶尔来闲逛的豹子吃掉；但也不知到哪里去找。有一件事必须预先提到：任何一件会走的东西迷失在寨子里以后，假如它不想出来，都很难找到，因为这寨子是大得不得了的一片林薮;不管它是一个人，或是一匹马，或者别的什么东西。这在这个故事里很重要。还没有出征就遇到了这些困难，这使薛嵩更加愤怒，恶狠狠地瞪了那老妓女一眼，该女人有点畏缩，躲到后面去了。现在薛嵩面临着一个问题：怎么把这块红砖和蘑菇穿上身去。

鉴于盔甲的现状，有人建议薛嵩别穿它了，手里拿一个藤牌遮挡一下就可以。在这种情况下，当然就不能使长枪。提这个建议的人说，薛嵩不必用枪，可以拿把单手用的长刀。这主意也被否定了。虽然它有显而易见的好处，既轻便，又凉快。后来他们把锁子甲挂在树上用棍子打，打落了一大堆红锈，勉强可以穿，但穿上还是很不舒服。薛嵩还需要一匹坐骑，假如那匹马还是找不到，那就只好骑水牛，一位重装武士骑在牛背上，那样子简直是无法想象。在这种情况下，薛嵩还会不会上山征讨苗人还是一个谜。所幸出现了一个奇迹：这个畜生自己出现在大路上，而且基本上还像匹马，不像牛。于是它就被逮住，套上了缰绳。现在薛嵩松了一口气，拿眼光去搜索那个老妓女。假如他今天不能出征，就不能不办那老妓女玩忽职守、没有养护军械的罪。按照军纪，这就不但要打那老妓女四十军棍，还要用箭扎穿她的耳朵，押着她游营。薛嵩很不想这样办这个女人——这是因为，他曾在这女人面前长大成人。以前我写过薛嵩是在红线面前长大成人，但现在薛嵩和红线打翻了，他就不承认有这回事。好在薛嵩已经长大成人，过程也就无关紧要。

如前所述，这个老妓女想要在凤凰寨里做一番事业，在她的事业里，薛嵩有很重要的地位，但这毕竟是她的事业，不是薛嵩的事业。所以她就没有好好保管薛嵩的武装，假如他再迟一段时间来要，这些东西通通要报废。虽然有种种不愉快，但结果还算好。薛嵩终于穿戴整齐，骑上了他那匹捣蛋的马(它很不想让薛嵩骑上)，这时他的兵也武装了起来，但武装得不十分彻底——兵器多数人是有的，穿甲的人却很少，把甲穿全了的一个也没有，因为天气实在热——就这样到了出征的时刻。不言而喻，到山上去征讨苗人，才是真正难办的事情。苗人勇武善战，人数又多，但薛嵩觉得自己可以打胜——看来红线惯出的毛病可真不小啊。

随着薛嵩的口令，那些兵站起队来，队形像一条蚯蚓。因为盔甲里太热，薛嵩无心把队伍整理好，想早点走——真要去整也未必整得动。那个年老的妓女浓妆艳抹，站在马前，用扇子遮脸，拖着长声吟道：早早得胜归来。这既不是军规，也不是礼仪，而是营妓的传统。薛嵩很感动，同时把戴着头盔的头转到年轻的营妓所居的房子，看到她在门廊上，倚着柱子站着，什么都没有穿，也没戴假发；既裸露着整个身体，又裸露着娃娃式的头，表情专注。发现薛嵩在看她，她就挺直了身子，朝他飞了一吻。薛嵩不懂她是什么意思，或者因为他已准备出征，不便懂得，所以装做不懂。这种表示远不能令人振奋。后来他们就出发了。

当这队人马从寨子中间通过时，有一粒石头子打在薛嵩的头盔上。他朝石头来的方向转过头去，看到红线站在路边。她做着一个奇怪的姿势：右手横擎着一把长刀，刀口朝外；左手掌向下按着，正好在自己阴毛的高度上；与此同时，她横向跳动着，嘴里“嘟嘟”地叫。这是苗族人挑战的姿势——如果你是个苗族人，见到这个姿势不上前应战，就是承认失败——但薛嵩不知道这些，他径直走开了。红线也不知道薛嵩不知道这些，她收起了长刀回家去。她甚至还觉得薛嵩很大度，有点感动了。

2

看来，我的故事写了很多年还没有写完，我找来找去，找到的都是开始，并无结束。我猜是因为有很多谜一样的细节困惑着我。比方说，这个故事为什么要发生在亚热带的红土山坡上。那里有一种强迫人赤身裸体的酷暑，红土也有一种令人触目惊心的颜色。这是一种跨越时空的诱惑，使我想要脱掉衣服，混迹于这团暑热之中。但真的混迹其中，我又会怀疑是否真的有好感觉。我虽然瘦,但也很怕热。还有红线，她的皮肤是古铜色或者是橄榄色的。当她待在凤凰寨的绿阴里时，就和背景混为一体。因为这个缘故，她在脖子上系了一条红丝带。我很喜欢这女孩，但我也怕人拿刀砍我，所以假如她对我嘟嘟叫，我马上就缴械投降。还有那个小妓女，她的眼睛很大，虽然是长脸，但有一个浑圆的下巴，站在一个男人面前时，不会用手掌去抚摸他的胸膛，却会用手背去触他；但面对勃起的男性生殖器时，却毫不犹豫地伸手去拿。我也喜欢她。我决不会打她。还有内心阴暗的老妓女，时而暴躁、时而压抑的薛嵩——这两个人我一点都不喜欢，尤其是后者。要是我，就绝不把他们写成这样。你大概从这个故事里看出了一点推理小说的痕迹。这种小说总有一个谜，而这个谜就是我自己。这个故事会把我带到一个地方，但我还不知道那是哪里。

在我的故事里，薛嵩出发去打苗寨，出了寨子，他发现身后跟了几十个人，他可没指望会来这么多。所以他很是感动，觉得这些兵还不坏。当然，这些兵不像他那样武装整齐，谁也没穿铠甲，有些人拿了藤牌，有些人拿了根棍子，有人拿了把长刀，还有人什么都没有拿。他们的队伍在路上哩哩啦啦拖了很长，根本就不像要打仗的样子。薛嵩问那个赤手空拳的人为什么空着手，那人笑了一声，答道：空着手逃起来快些。这种答案能把任何统帅气死，但薛嵩对这种事已经习惯了，一点都不生气。他还说：带什么无关紧要，来了就好。但他可没想到这些兵都在背地里合计好了，只要苗人一出来应战，就把薛嵩押到前面和苗人拼命。等到苗人把薛嵩杀死，他们马上就和苗人讲和——这件事并不困难，他们和苗人是姻亲嘛。此后这寨子就是他们的了。从这个情况看来，薛嵩不大可能从山上活着回来。但事有凑巧，出了寨子不过五里地，他就从马上一头栽了下来。这原因很简单——中了暑。当时气温有四十度，穿上好几重铁皮，跑到太阳下去晒，不可能不中暑。这就打破了雇佣兵们的计划，他们只好把他扶在马上驮了回来。在此之前，他们也合计了好久，讨论要不要把薛嵩丢在那里，结论是：不把他弄回来不好交待——当然是不好向红线交待。红线是酋长的女儿，最好别得罪。他们把晕倒的薛嵩载回家里，扔到竹楼门口，喊了红线一声，就分头回家去了。现在薛嵩和红线在一起，整个故事当然就按红线的线索来进行了。

如前所述，红线一听薛嵩嘴里说出“苗子”，就和他翻了脸，用刀来劈他，而且还舞着刀追赶薛嵩，但是追到院门口，看到有些柴火没有劈好，就劈起柴来；劈了一会柴，又想起薛嵩要去打她的寨子，就赶出来向他挑战，见他不应，又回家去劈柴。就这样往返奔走着。这说明她年纪虽小，但还是个居家过日子的人，心里是有活儿的；还说明她没把薛嵩和他那几个兵看在眼里——苗寨里人很多，而且人人都能打仗，他们去了以后，很快就都会被打翻在地。我们说过，红线是酋长的女儿，地位尊贵。她觉得因为她，也没人敢杀薛嵩，就是揍他也会有分寸；所以她既不为苗寨、也不为薛嵩操心，她可没想到薛嵩会在路上中暑。

3

家里有一件事，薛嵩和红线都没有想到：早上向薛嵩行刺的刺客并没有跑掉，他就躲在附近的树丛里，等到家里没有人了，他就溜了出来，打算潜进竹楼，找个地方藏起来，以便再次行刺。但刺客也有没想到的事，就是后园里木瓜树上的马蜂窝。那些马蜂早上就发现园里进来了生人，但因为露水打湿了翅膀飞不起来，就没有管这件事。到了将近正午时分，它们的翅膀早就干了，此人又从木瓜树下经过，那些有刺的昆虫就一哄而起，把他团团围住。那位刺客想到了跳进水塘去躲避，水塘又近在咫尺，但已经来不及了，这种热带的野蜂螯人实在厉害。总之，红线回家时，看到野蜂在飞舞，木瓜树下倒了一个人，已经休克了。从他携带的利刃来看，正是早上那位刺客。红线就取来薛嵩吊龟头的就便器材，把他捆了起来，然后把他拖到竹楼底下，用芭蕉叶子把他遮住，不让马蜂再螫他。然后她跑上竹楼，给自己弄了点饭吃；又跑下来，撩起芭蕉叶子，看那个昏倒的人。那人没有要醒的意思，只是像水发的海参那样在胀大。红线觉得这是个好现象，人被螫以后，长久的晕迷不是件坏事。倘若立刻醒来，倒可能是回光返照。当然，他也可能醒过来，但装做没有醒，在转逃走的主意。这也不成问题。因为他被螫得很重，已经跑不了啦。红线看清了这一点，又爬上竹楼去玩羊拐，但马上又跑回来，撩开芭蕉叶子，跨在那男人身上，用热辣辣的尿浇他，并且说道："大叔，你别见怪，尿可以治虫伤啊。"这句话用汉语和苗语说了两遍，让他一定可以听懂。然后她把此人盖好，又回楼上去玩。过一会她又回来，喝斥那些飞舞的马蜂说：去！去！回窝里去！又过了一会，因为天气热，浇上去的尿很快发了酵，刺客身上骚味很大，马蜂都被熏跑了。看到这个情景，红线又放了心，回到竹楼上，但一会儿又要跑下来……总而言之，红线心情激动，一刻也不能安宁。她当然是盼着薛嵩早点回来，看看这个刺客。显而易见，刺客不是苗族人，而是汉族人，有眼睛的都能看见，此人身上的文身是画出来的。她觉得这可以使薛嵩消除对苗人的偏见——她当然不能体会薛嵩要教化她和她的同族的好心。

最后，薛嵩终于回来了。但他人事不知，从甲缝里流着馊汤，像一只漏了的醋桶，直到卸去衣甲，身上被泼了好几桶水，才醒过来。在醒来之前，薛嵩身上起了无数鲜红色的小颗粒，是痱子。因为他的样子很是狼狈，那些士兵帮了几把手就都溜了，把他交给红线去弄——主要是怕他醒来老羞成怒，找他们的毛病。红线把他弄醒以后，又用腌菜的酸水灌他，灌过以后，在屋里来回跑动，坐卧不安，终于引起了薛嵩的注意。他支起身子来说：你怎么了？幸灾乐祸吗？红线说：你这样想也可以。就领他下楼去，请他看那个芭蕉叶遮着的人。虽然他肿得像一匹河马，但薛嵩还能认出就是早上那位刺客。这使薛嵩也很是兴奋，这是因为在战场上俘获了敌方将士，除了劝其投降，就只能砍头示众。出于对军人这一职业的敬重，绝不能滥用刑法。但对于潜入己方营寨的奸细、刺客，就不受这种限制。所以这个人是个难得的机会，可以用酷刑来拷问。不管是在战场上还是营寨里，薛嵩都没俘获过敌人，这是第一回。说实在的，这个敌人也不是他俘获的，但他把这件事忘了。薛嵩从芭蕉树上扯下一片叶子，让红线以竹签为笔，口授了一个清单，都是准备对此奸细施用的刑罚：

一、用皮绳把他仔细地反绑起来，同时鞭打起码一百下；

二、用竹签刺他的手心和足心、肘关节和膝关节内侧，各扎一百下，每一下都以见血为度；然后敷上辣椒和盐的混合物；

三、用打结的线把他的整个屁股和嘴巴都缝起来，并把他的包皮牢牢地缝在龟头上……

那个刺客听着听着，猛地翻了一个身，说道：不要折磨爷爷！我招供了。红线听了，觉得不过瘾，就劝他道：大叔，你这样很没有意思。别招供嘛。但他不肯听，执意要招供。红线对此很不满，后来她和那位小妓女聊天时说：你们汉族人真没劲。在杀掉那个刺客时，她和这位小妓女都在圈外看着。人是她逮来的，杀人时却不让她插手，这让她很不满意。

她还说，在苗族人那里，假如有人去刺杀首领，失手被擒，为了表示对勇士的敬意，就要给他安排一场虐杀。所有的刺客被擒后，最关心的就是这个。倘若得到一种万刃穿身的死法，就会感到很幸福，要是一刀杀掉，死都没意思。照她看来，薛嵩所列的单子，不过是刚刚开始有点意思，那刺客就支持不住了。她这样地攻击汉族人，那个小妓女还是无动于衷，仿佛她不是汉族人。红线说起这件事，两眼瞪得圆滚滚，看上去虎头虎脑，这女孩觉得她很有趣，就伸手去搂她——妓女都有点同性恋倾向。出于礼貌，红线让她抱了一会儿，然后从她腋下挣脱了——写来写去，写出了女同性恋，我还不知道自己是这么爱赶时髦。

4

如前所述，这个刺客还有可能是个亮丽的女人。在薛嵩去征讨苗寨时，她又潜入薛嵩的竹楼，被红线逮住了。因此而发生的一切就很不同。等到薛嵩醒来之后，红线请他下楼去，就看到这名女刺客站在院子里，面朝着树篱，背朝着薛嵩，浑身上下毫发未损，只是双手被一根竹篾条拴住了。这回是红线向薛嵩建议用酷刑逼供，但他只顾呆呆地看着这个女人的背影。红线见他心不在焉，就用指甲去抓他，在他背后抓出了很多血道子。等到红线抓累了，停下手来时，他却转过身来说：你抓我干吗？

后来，那个女刺客侧过头来说：还是把我杀掉吧——声音异常柔和浑厚。薛嵩愣了一下，然后说：好吧，请跟我来。他转身朝外走去，那个女刺客跟在后面，头发垂在肩膀的一侧。她比红线要高，也要丰满一些，而且像雪一样白，因此是个女人，而不是女孩。在这个行列的最后走着红线，手里拿了一把无鞘的长刀，追赶着那女人的脚步，告诉她说：行刺失手者死，这是天经地义的事。而那个女人轻声答道：我知道。她的态度几乎可以说是温柔的。红线又说，你既然来行刺，还是受些酷刑再死的好。那女人就微笑不答了。他们走到了寨子的中心，薛嵩转过身来站定，而那女刺客继续向他走去，几乎要站到他的怀里。薛嵩把双手放在她的肩上，状似拥抱，但是把她轻轻往下按。于是那女人就跪了下来，在地下把腿叉开了一些，这样重心就比较稳定。在这种姿势下，薛嵩用就便器材吊起的东西就正对着她的脸，使她不禁轻声嗤笑了一声，然后马上恢复了镇定。此时天光暗淡，那女人白皙的身体在黑暗里,好像在发散着白色的荧光。于是薛嵩俯下身去，在她脑后搜索，终于把所有的头发都拢了起来，在手中握成一束，就这样提起她的头说：准备好了吗？那女人闭上了眼睛。于是薛嵩把她的头向前引去，与此同时，红线一刀砍掉了她的脑袋。这时,薛嵩急忙闪开她倒下来的身体和喷出的血。他把头提了起来，转向阴暗的天光。那女人的头骤然睁开了眼睛，并且对他无声地说道:谢谢。薛嵩想把这女人的头拿近，凑近自己的嘴唇，但是她闭上眼睛，做出了拒绝的神色；而且红线也在看着。他只好把它提开了。

那个没有头的身体依旧美丽，在好看的乳房下面，还可以看到心在跳动；至于那个没有身体的头，虽然迅速地失去了血色（这主要表现在嘴唇的颜色上），但依旧神采飞扬，脸色也就更加洁白。在这两样东西中间，有一摊血迹。漂亮女人的血很稀，所以飞快地渗进了地里。这就使人感到，这是一桩很大的暴行，残暴的意味昭然若揭。后来，他们把那个身子埋掉了，把污黑的泥土倒在那个洁白的身体上，状似亵渎；这个景象使薛嵩又一次失掉了平常心，变得直撅撅的，红线看了很是气愤。后来，他们把那个人头高高地吊了起来，这个女人就被杀完了。

薛嵩用竹篾绳拴住了她的头发，把绳子抛过了一根树枝，然后就拽绳索。对于那颗人头来说，这是它一生未有的奇妙体验，因为薛嵩每拽一把，她就长高了几尺（它还把自己当个完整的人看待），这个动作如此真实地作用在自己身上，连做爱也不能相比；它微笑了一下，想到：我成了长颈鹿了。只可惜拽了没有几把，它就升到了树端。然后薛嵩把绳子拴在了树上，这件事也做完了。然后就没了下文。我无法抑制自己的失望心情：如此的有头无尾，乱七八糟。这就是我吗？

第三章

一

1

我还在前述的寺院里，时间已经接近正午。天气比上午更热、更湿，天上似乎有一层薄雾，阳光也因此略呈昏黄之色；院里的白皮松把这种颜色的阳光零零碎碎地漏在地面上。有一个身着白色衣裙的女人从寺外急匆匆走进来，走进了阳光的迷彩……她走进我房间里来，带着一点匆忙带来的喘息，极力抑制着自己，也就是说，把喘息闷在身体里……这间房子的墙处处开裂，墙上到处是尘土，但只有一个地方例外，那就是门口。门口边上有人糊了一整张白纸，纸背后干涸的糨糊在墙上刷出了条纹，我以为这种条纹和木纹有点像。这个女人朝我张张嘴，似是想要说什么，但又没有说。她笑了一笑，搬过一张凳子——它四四方方，凳面处处开裂，边上贴了一个标签，上面写着“文物”二字——放到墙边上，然后坐上去，把背倚着墙，跷起了二郎腿。在这种姿势之下，可以看到她膝盖下方的衬裙。她把阳光晒红的脸朝我转了过来，脸上带了一点笑容。就这样呆住不动了。

我记得她到医院里来看过我，只要同病房的人不注意，就来碰碰我的手——这使我浮想联翩。当时我还不知道自己失去了记忆。现在知道了，就不是浮想联翩，而是满怀希望。也许，我们是情人？也许刚刚是女朋友？还有可能刚刚相识，才有一点好感……我真想马上搞清楚，但又想，这件事急不得，等她先做出表示更好一点——理由很简单：我不知道该怎么称呼她。不幸的是，她就这么坐着，脸上带着笑容；直到中午，才站起来说：走吧，去吃饭。我就和她吃饭去了。

走出这座寺院，门前有棵很大的槐树。我想这棵树足有四五百年。槐树后面有一排高大的平房，门边有个牌子，写着：国营粮店。又有一个牌子：平价超市。这就让我犯上了糊涂，不知它到底是“国营粮店”，还是“平价超市”。树下有几张桌子，油漆剥落，桌上有几个玻璃瓶，瓶里放了些油辣子。苍蝇在飞舞……我一面觉得这地方很脏，一面犹犹豫豫地坐了下来，吃了一碗刀削面。我以为她会和我说点什么。但她什么都没说。这就使我很疑惑：难道我们之间的关系就是在一起吃面？

饭后，我回到自己屋子里，她没有跟来。这个女人对我来说是个谜：她是谁？为什么要朝我微笑？那碗刀削面有何寓意？也许，她就是那个小黄？她为什么不给我些提示，让我想起她来？一想到她，我就激动不已……因为她的出现，我把失掉记忆的痛苦全都忘掉了。我焦急地等着她再到我房间里来，但她总是不来。也许，我该去找她——但我又不知到哪里去找。这座寺院里跨院很多，贸然走出去，很可能回不来；再说，我也不爱闻院子里的味儿。我总得有个办法度过焦急，所以就回到薛嵩。但是，如你所知，我已经不大喜欢他了。

如前所述，薛嵩杀了一个刺客。这刺客也可能是个男的，这件事就将循男人的线索来进行，和女人没有什么关系。薛嵩把他押到寨子中心，大喊大叫，招来了他的雇佣兵；然后就升帐问案，所提的问题十分简单：你是什么人？从哪里来？为什么要刺杀本官？等等。那个刺客说，他不记得自己是什么人，从哪里来。他没有刺杀薛嵩。至于薛嵩的耳朵，他说是自己掉下来的。如你所知，这完全不合情理，他还不停地傻笑，假装是个疯子。假如想从他口中得到有用的信息，必须要对他严刑逼供——否则就是说对口相声，这种表演对薛嵩的威信有害。但是那些雇佣兵却对这些回答鼓掌叫好。薛嵩自己也陷入了内心的矛盾之中，他确实很想知道这个刺客是谁派来的，那人为什么要杀他，以后还会不会再派刺客来，等等。但另一方面，他又佩服这刺客的倔强，觉得他是个男子汉大丈夫。对一个男子汉大丈夫，就该让他从容就义，壮烈成仁，折磨人家显得很卑鄙。因为那些雇佣兵在场，薛嵩不得不装点假正经——就这样马马虎虎地把他砍了。要是不升帐问案倒会好些，在自己家里，有红线做帮手，想怎么打就怎么打，不容这小子不说实话。薛嵩已经想到了这些，但后悔已经晚了。

砍头的情形是这样的：那个刺客跪在地上，有一个兵站在他的腿上，按住了他的肩膀，薛嵩站在他对面，手里握住他的头发，尽力往上拉，使他的脖子伸长；还有一个兵准备从中间去砍。在砍之前，刺客不停地叫疼，而薛嵩则安慰他道：忍一忍，一会儿就完了。这是薛嵩第一次参加杀人，心情激动，使的劲很大，把那个刺客的脖子拽得像鹅脖子一样长，但是持刀的兵总是不砍。薛嵩问他为什么不下刀子，那人却笑着说道：启禀老爷，你再使点劲就能把他脑袋揪下来，用不着我砍了——这是嘲笑薛嵩在杀人时过于激动。当然，最后那个兵还是砍了一刀，此后薛嵩和那颗人头一起跳了起来，等到落在地下时，已经被溅了一身血。不知为什么，那颗刺客的人头下端拖着长长的食道和气管，像两条尾巴，很不好看。薛嵩要过杀人的刀，帮他修理了一下，还要来水，自己冲洗了一下，也洗掉了人头上的血迹。此时那颗人头脸上露出了微笑，并且无声地说道：谢谢。此后那颗人头就混迹于一群人之中，被大家传递和端详。有人说，被砍下的人头正如剪下来的鲜花，最好把伤口用热蜡封住，或是用火烧一下，这样可以避免腐烂，长久地保持鲜活。那颗人头听到以后皱起眉来，薛嵩也坚决地表示反对。然后他们用绳子拴住它的头发，把它像一面旗子一样在一棵树上升起来，薛嵩率领全体士兵在人头对面立正，对它行举手礼，直到人头升到了最高点才礼毕。此时薛嵩感到很满意，因为他已经杀了一个人，死者的尊严也得到了保证。美中不足的是，薛嵩还是没有得到所需的信息，但是这件事已经无法挽回了。所以，他隐隐地感到这件事进行得太快了。但不是他在控制此事的节奏，是那些雇佣兵在控制此事的节奏，他们哄着快点把刺客杀掉，绝不是为薛嵩的利益着想。薛嵩已经想到了这些，但又想到:这些兵是自己的战友，胡乱猜疑是不对的。所以，他赶紧把这些想法忘掉了。

假如那个刺客是女的，杀她时也会有雇佣兵在场。杀人的地方在寨心的火堆旁，那帮家伙不请自来，躲在黑暗里，怪声怪气地叫着，要对这女人严刑逼供，还提出一些下流、残忍的建议，在此不便转述。那女人很害怕，情不自禁地倚到了薛嵩身上。这是因为薛嵩允诺了结束她的生命，所以薛嵩就是死亡。

而死亡是干净的。薛嵩一手搂着她的肩，一手挥动着大铁枪，不让那些家伙靠近。当时红线也在场，手里舞着一把长刀，谁敢从黑暗中走出来，她就砍他一刀。小妓女也在场，她高声尖叫着：大叔！大叔们！你们就积点德吧！老妓女也在场，她躲在屋檐下一声不吭。我比较喜欢这个场景，也喜欢这个薛嵩。然后，薛嵩和红线把这女人杀掉——这正是被杀者的愿望。但不管怎么说，我不喜欢杀人。

2

如前所述，那颗被砍下的人头里隐藏了一个秘密：谁指使她或他杀掉薛嵩。这个秘密薛嵩急于知道。对此我有一个古怪的主意：让薛嵩把那颗脑袋劈开，把脑浆子吃掉，然后凝神思索片刻，也许就能想出是谁要杀他。但是这个主意不可行：假如那脑袋属于亮丽的女人，想必会是种美味，但薛嵩会觉得不忍去吃；假如那脑袋属于威武的男人，薛嵩吃了又会恶心。既然这主意不可行，这个秘密就揭不开了。

按照侦探小说的说法，这秘密要在最后揭开，因为它是全书的基点，很是重要。在我看来，凤凰寨建在一座红土山坡上，是一座由热带林薮组成的迷宫，这在这个故事里有更加重要的意义。这座寨子的中央，住了一个浮浪的小妓女，还有一个古板的老妓女。这个小妓女经常待在树上，这是一个防范措施，因为她怕那个老妓女暗算她。随后就可以看出，这种防范是有道理的。至于那个老妓女，她有一个没胎人形似的身体，假如这个身体会被男人看到，她会先用白纸贴住下垂的乳头，再把阴毛刮掉，在私处扑上粉。这样她的身体就像刷过的墙一样白。就是她要杀掉薛嵩，然后还要杀掉小妓女。天黑以后，她从房子里出来，看看树上挂着的人头，啐了它一口，小声骂道：笨蛋！废物！就回到屋里去。又过了一会儿，她再次出来，放飞了一只白鸽，鸽脚上拴了一封信，告诉她的同谋说，第一位刺客已经失败，脑袋吊到树上了，请求再派新的刺客来。她还提醒那些人说：要提防薛嵩后园里的马蜂。如此说来，是老妓女要杀薛嵩。但我怀疑这种说法是不是过分了——我不喜欢让相识的人互相乱杀。入暮时分，一只鸽子在天上扑啦啦地飞，看着就怪可疑。此时红线在附近的河沟里摸黄鳝，看见以后，急忙到岸上拿弩箭，要把它射下来。但是来不及了，鸽子已经飞走了。

在凤凰寨里的沟渠边上，密密麻麻长着一种红色的蓖麻，叶子比蒲叶要大，果实有拳头大，种子有栗子大。剥掉蓖麻子的硬皮，种肉油性很大，但是不能吃，吃了要泻肚子。唯一的用处就是当灯来点。红线剥了很多蓖麻子，用竹签拴成一串，点着以后，照着捉黄鳝，并把捉到的黄鳝用篾条穿成一串。她当然知道，一个寨子里来了刺客，说明寨内有奸细，所以她保持了警惕。她更知道信鸽是奸细和同党联系的手段，所以就想把信鸽射下来，但是晚了一步没有射到。然后她就犹豫起来：是赶回家去，把这件事告诉薛嵩呢，还是接着摸黄鳝。就在这时，她发现自己大腿上有一条蚂蟥在吸血。她把蚂蟥揪了下来，放在火上烧死，然后就只记得一件事：要下水去摸黄鳝。她倒是有点纳闷，自己刚才在犹豫些什么，想来想去没想起来。假如她立刻跑回家告诉薛嵩，薛嵩就能知道，寨子中间住了一个奸细。可以肯定，这奸细就是两个妓女之一。

以薛嵩的聪明才智，马上就能找到一种方法，判断出这奸细是谁：那颗刺客的人头高高地挂在天上，肯定看见了是谁放了那只鸽子，可以把它放下来问问，它只要努努嘴，或是闭上一只眼，就指出谁是奸细。这颗刺客的头也一定喜欢有另一颗人头和自己并排挂着——这样不寂寞。何况假如它不说的话，还可以把它放到火上烤，放到水里去煮。有一些头颅常遭到这样的待遇，所以能够安之若素。但那是猪头，不是人头——人头受不了这种待遇，会招供的。但是红线想去摸黄鳝，把这件事忘掉了。

薛嵩因此错过了逮住奸细的机会。但红线也没有下水去摸黄鳝，她低下头去看自己腿上被蚂蟥叮破的伤口，又发现自己的臀位很高——换句话说，就是腿长。翻过来掉过去看了一会儿之后，她决定去找那个小妓女，表面上是要送几条黄鳝给她，实际上是请她对自己的腿发表些意见。小妓女本不肯说她腿长，但又很喜欢吃黄鳝，就说了违心的话；然后她们炒鳝鱼片吃。这样一来，红线很晚才回家。那只信鸽则带着情报飞远了。入夜以后，就会有大批的刺客到来。这对薛嵩是件很糟糕的事。但这又要怪薛嵩自己。假如在家里时，他没有忽略红线的两条腿——举例来说，当他倒在地板上要睡觉，红线从他前面走过时，他从底下看到了这双长腿，就该坐起半身，高叫一声：哇！腿很长嘛！红线就会感到幸福。对女孩来说，得到男性的赞誉，肯定是更大的满足——她就不会老往小妓女那里跑，还会把摸到的黄鳝带回家来。但他老端着老爷架子，什么都不肯说。端这个架子的结果是，有大批刺客前来杀他，他还蒙在鼓里。我完全同意作者的意见：这是他自作自受。

3

在我心目中，凤凰寨是一幅巨大的三维图像，一圈圈盘旋着的林木、道路、荒草，都被寨心那个黑洞洞的土场吸引过去了。天黑以后，在这个黑里透灰的大漩涡里亮起了星星点点的灯光，每一盏灯都非常的孤独——偌大的寨子里根本就没有几户人。等到红线回家时，这些灯火大多熄灭了。薛嵩在灯下作愤怒状，他说红线回来晚了，要用家法来打红线；所谓家法是一根光溜溜的竹板子，他要红线把这根板子拿过来，递到他手上，然后在地板上伏下，让他打自己的屁股。这个要求颇有些古怪之处，假如我是红线，就会觉得薛嵩的心理阴暗。所以红线就大吵大闹，说她今天还抓到了刺客，为什么要挨打。薛嵩沉下脸来说：你不乐意就算了。红线忽然笑了起来，说:谁说我不乐意？她把板子递给薛嵩以后，说道:不准真打啊！就在地板上趴下了。薛嵩原是长安城里一位富家子弟，经常用板子、鞭子、藤棍等等敲打婢女、丫鬟们的手心、屁股或者脊背，这本是他生活中的一种乐趣。但是这些女人在挨打之前总是像杀猪一样地嚎叫，从没说过“不准真打啊”，虽然薛嵩也没有真打——薛嵩饱读诗书，可不是野蛮人啊。女孩这样说了之后，再敲打这个伏在竹地板上橄榄色的、紧凑的臀部就不再有乐趣——不再是种文化享受。所以，他把那根竹板扔掉了。

现在可以说说薛嵩的竹楼内部是怎样的。这座房子相当的宽敞，而且一览无余，没有屏风，也没有挂着的帘子，只有一片亮晶晶的金竹地板。还有两三个蒲团。薛嵩就坐在其中的一个上面，想着久别了的故乡，还想到有人来刺杀他的事，心情坏得很。此时红线趴在他的脚下，等了好久不见动静，就说：启禀老爷，小奴家罪该万死，请动家法。就在这时，薛嵩把手里的竹板扔掉，说道:起来说话。红线就爬起来，坐在竹地板上说，那我还是不是罪该万死了？但薛嵩愁眉苦脸地说：你听着，我觉得心惊肉跳，感觉很不好。红线就松了一口气说：噢，原来是这样。那就没有我的事了。于是她就地转了一个身，头枕着蒲团，开始打瞌睡，还睡意惺忪地说了一句：什么时候想动家法就再叫我啊。这个女孩睡着以后有一点声音，但还不能叫做鼾声。

午夜时分，红线被薛嵩推醒，听见他说：小贱人！醒醒，小贱人！她半睡半醒地答道：谁是小贱人？薛嵩说：你啊！你是小贱人。红线就说：妈的，原来我是小贱人。你要干什么？薛嵩答道：老爷我要和你敦伦。红线迷迷糊糊地说：妈的，什么叫做敦伦？这时她已经完全醒了，就翻身爬起，说道：明白了。回老爷，小奴家真的罪该万死——这回我说对了吧。由此可见，薛嵩常给红线讲的那些男尊女卑的大道理，她都理解到性的方面去了。我也不知怎么理解更对，但薛嵩总觉得那个老娼妇说话更为得体。在这种时刻，那个老女人总是从容答道:老爷是天，奴是地。于是薛嵩就和她共享云雨之欢，心里想着阴阳调和的大道理，感觉甚是庄严肃穆。红线在躺下之前，还去抓了一大把瓜子来。那种瓜子是用蛇胆和甘草炮制的，吃起来甜里透苦。她一边嗑，一边说，既然干好事，就不妨多干一些：既“罪该万死”，又嗑瓜子。你要不要也吃一点？薛嵩被这种鬼话气昏了头，不知怎样回答。

我又涉入了老妓女的线索，现在只好按这个线索进行。

夜里，老妓女迎来了所雇的刺客。那是一批精壮大汉，赤裸着身体，有几个臀部很美。她叫他们去把小妓女抓来，马上就抓到了。他们把小妓女绑了起来，嘴里塞上了臭袜子。她让他们去杀薛嵩，他们就把刀擦亮。那间小小的房间里有好几十把明晃晃的刀，好像又点亮了十几支蜡烛。用这些人可以做她的事业。为此要杀掉那个小妓女，而她就躺在她身边，被绑得紧紧的，下巴上拖着半截袜子，像牛舌头一样。于是那个老娼妇想道，今天夜里，一切都能如愿以偿。这是多么美好啊！

午夜时分，凤凰寨里有两个女孩受到罪该万死的待遇，她们是红线和小妓女。实施者分别是薛嵩和老妓女。但老妓女是当真的，薛嵩却不当真。我基本同意作者的意见：不把这件事当真，说明薛嵩是个好人。但不做这件事，或者在做这件事时，不说红线罪该万死，他就更是好人了。

午夜时分，那个老娼妓送走了刺客们，就在门外用黄泥炉子烧水，沏茶，准备在他们凯旋而归时用茶水招待。她还有件小事要麻烦他们，就是把那个小妓女杀掉。这件事她现在自己就能干，但是她觉得别人逮来的人，还是由别人来杀的好。水开了以后，她沏好了茶，放在漆盘里，把它端到屋子里。如前所述，那个女孩被捆倒在这间房子里，嘴里塞了一只臭袜子。那个老娼妇站了很久，终于下定了决心，俯下身来，把茶水放在地板上，然后取下了女孩嘴上的臭袜子，搂住她的肩，把她扶了起来。那女孩在地板上跪着，好像一条美人鱼，表情木讷，两只乳房紧紧地并在一起，乳头附近起了很多小米粒一样的疙瘩，这说明她既紧张，又害怕。老娼妇在漆碗里盛了一点茶水，递到女孩嘴边轻轻地说：喝点水。女孩没有反应。那个老娼妇就把浅碗的边插到她嘴唇之间，碰碰她的牙，又说：喝点水。这回带了一点命令的口气。那女孩俯下头去，把碗里的水都喝干，然后就哭了起来。她手里还攥着一条麻纱手绢，本该在这种时候派用场，但因为被绑着，也用不上。于是她的胸部很快就被泪水完全打湿。过了一会儿，她朝老娼妇转过头来，这使那老女人有点紧张，攥紧了那只臭袜子，随时准备塞到对方嘴里去——她怕她会骂她，或者啐她一口。但是那女孩没有这样做。她只是问道：你要拿我怎么办？杀了我吗？这老娼妇饱经沧桑，心像铁一样硬。她耸了一下肩说：我不得不这么办——很遗憾。那个女孩又哭了一会儿，就躺下去，说道：塞上吧。就张开嘴，让老娼妇把袜子塞进去；她的乳房朝两边涣散着，鸡皮疙瘩也没有了。现在她不再有疑问，也就不再有恐惧，躺在地下，含着臭袜子，准备死了。

而那个老娼妇在她身边盘腿坐下，等待着进一步的消息。后来，薛嵩家的方向起了一把冲天大火，把纸拉门都映得通红。老娼妇跪了起来，激动地握紧了双拳。随着呼吸，鼻子里发出响亮的声音，好像在吹洋铁喇叭。后来，这个老娼妇掀开了一块地板，从里面拿出一把青铜匕首，那个东西做工精巧，把手上镌了一条蛇。她把这东西握在手里，手心感觉凉飕飕，心里很激动，好像感觉到多年不见的性高潮。她常拿着这把匕首，在夜里潜进隔壁的房子去杀小妓女，但因为她在树上睡觉，而那个老女人又爬不上去，所以总是杀不到。现在她握紧匕首，浮想联翩。而那个女孩则侧过头来，看她的样子。那个老娼妇赤裸着上身，乳房好像两个长把茄子。时间仿佛是停住了。

在薛嵩家的竹楼里，红线在和薛嵩做爱。她像一匹仰卧着的马，也就是说，把四肢都举了起来，拥住薛嵩，兴高采烈，就在这一瞬间，忽然把表情在脸上凝住，侧耳到地板上去听。薛嵩也凝神去听，白天被人砍了一刀，傻子才会没有警惕性，但除了耳朵里的血管跳动，什么也没有听见。他知道红线的耳朵比他好——用他自己的话来说：该小贱人口不读圣贤书，所以口齿清楚。耳不闻圣人言，所以听得甚远。目不识丁，所以能看到三里路外的蚊子屁股。结论当然是：中华士人不能和蛮夷之人比耳聪目明，所以有时要求教于蛮夷之人。薛嵩说：有动静吗？红线说：不要紧，还远。但薛嵩还是不放心，开始变得软塌塌的。红线又说：启禀老爷，天下太平；这都是老爷治理之功，小贱人佩服得紧！听了这样的赞誉，薛嵩精神抖擞，又变得很硬……

4

红线很想像那个亮丽的女人一样生活一次，被反拴着双手，立在院子里，肩上笼罩着白色的雾气。此时马蜂在身边飞舞，嗡嗡声就如尖利的针，在洁白的皮肤上一次次划过。因为时间过得很慢，她只好低下头去，凝视自己形状完美无缺的乳房。因为园里的花，她身体上曲线凸起之处总带有一抹紫色；在曲线凹下之处则反射出惨白的光。后来，她就被带出去杀掉；这是这种生活的不利之处。在被杀的时候，薛嵩握住了那一大把丝一样的头发往前引，她自己则往后坐，红线居中砍去。在苗寨里，红线常替别人分牛肉，两个人各持牛肉的一端，把它拉长，红线居中砍去。假如牛肉里没有骨头，它就韧韧地分成两下。这种感觉在刀把上可以体验到，但在自己的脖子上体验到，就一定更为有趣。然后就会身首异处，这种感觉也异常奇妙。按照红线的想象，这女人的血应该是淡紫色的，散发着藤萝花的香气。然后，她就像一盏晃来晃去的探照灯，被薛嵩提在手里。红线的确是非常地爱薛嵩，否则不会想到这些。她还想像一颗砍掉的人头那样，被安坐在薛嵩赤裸的胸膛上。这时薛嵩的心，热烘烘地就在被砍断的脖端跳动，带来了巨大的轰鸣声。此时，她会嫣然一笑，无声地告诉他说：嗓子痒痒，简直要笑出来。但是，她喜欢嗓子痒痒。此时寨子里很安静——这就是说，红线的听觉好像留在了很远的地方。

而那个老妓女，则在一次次地把小妓女杀死。但是每一次她自己都没有动手。起初，她想让那些刺客把这女孩拖出去一刀砍掉。后来她又觉得这样太残忍。她决定请那些刺客在地下挖一个坑，把那个小妓女头朝下地栽进去，然后填上土，但不把她全部埋起来，这样也太残忍。要把她的脚留在地面上。这个女孩的脚很小，也很白，只是后脚跟上有一点红，是自己踩的，留在地面上，像两株马蹄莲。老妓女决定每天早上都要去看看那双脚，用竹签子在她脚心搔上一搔。直到有一天，足趾不动了，那就是她死掉了。此时就可以把她完全埋起来，堆出一个坟包。老妓女还决定给她立一个墓碑，并且时常祭奠。这是因为她们曾萍水相逢，在一座寨子里共事，有这样一种社会关系。那个老妓女正想告诉她这个消息，忽然又有了更好的主意。如前所述，这位老太太有座不错的园子；她又喜欢园艺；所以她就决定剖开一棵软木树，取出树心，把那个女孩填进去，在树皮上挖出一个圆形的洞，套住她的脖子，然后把树皮合上，用泥土封住切口。根据她对这种树的了解，不出三天，这棵树就能完全长好。以后这个人树嫁接的怪物就可以活下去：起初，在树皮上有个女孩的脸，后来这张脸就逐渐消失在树皮里；但整棵树会发生一些变化，树皮逐渐变得光滑，树干也逐渐带上了少女的风姿。将来男人走到这棵树前，也能够辨认出哪里是圆润的乳房，哪里是纤细的腰肢。也许他兴之所至，抚摸树干，这棵树的每一片叶子都会为之战栗，树枝也为之骚动。但是她说不出话，也不能和男人做爱，只能够体味男人的爱抚带来的战栗。

作为一个老娼妓，她认为像这样的女人树不妨再多一些。因为她们没有任何害处，假如缺少燃料，还可以砍了当柴烧。除了这个小妓女，这寨子里的女人还不少（她指的是大家的苗族妻子），所以绝不会缺少嫁接的材料。总而言之，这个老女人自以为想出了一种处置年轻女人的绝妙方法，所以她取下了小妓女嘴上的袜子，把它放到一边，告诉她这些，以为对方必定会欢欣鼓舞，迫不及待地要投身于树干之中。但那个小妓女发了一会儿愣，然后断然答道:你快杀了我！说完侧过头去，叼起那只臭袜子，把它衔在嘴里——片刻之后，又把它吐了出来，补充说道：怎么杀都可以。然后，她又咬住袜子，把它强行吞掉，直到嘴唇之间只剩了袜子的一角——这就是说，她不准备把它再吐出来了。她就这样怒目圆睁地躺在地板上，准备死掉。老娼妇在她腿上拧了一把，说道：小婊子，你就等着吧。然后到走廊上去，等着刺客们归来，带来薛嵩的首级。而那个小妓女则闭上了眼睛，忘掉了满嘴的臭袜子味，在冥冥中和红线做爱。她很喜欢这小蛮婆橄榄色的身体——不言而喻，她把自己当成了薛嵩。在她们的头顶上、在一团黑暗之中，那颗亮丽的人头在凝视着一切。

按照通俗小说的写法，现在正是写到那小妓女的恰当时机。我们可以提到她姓甚名谁，生在什么地方，如何成长，又是如何来到这个寨子里；她为什么宁愿被头朝下栽在冷冰冰的潮湿的泥土之中，长时间忍受窒息以及得不到任何信息的寂寞——可以想见，在这种情况下，她一定巴不得老娼妇来搔她的脚心，虽然奇痒难熬，但也可因此知道又过了一天——也不愿变成一棵树。在后一种处置之下，她可以享受到新鲜空气、露水，还可以看到日出日落，好处是不言而喻的。一个人自愿放弃显而易见的好处，其中必有些可写的东西。但作者没有这样写。他只是简单地说道：对那小妓女来说，只要不看到老妓女，被倒放进滚油锅里炸都行。

二

1

夜里，薛嵩的竹楼里点着灯，光线从墙壁的缝隙里漏了出去，整座房子变成了一盏灯笼。因为那墙是编成的，所以很像竹帘子。假如帘子外亮，帘子里暗，它就是一道可靠的、不可透视的屏障；假如里面亮，外面暗，就变得完全透明，还有放大的作用。走进他家的院子，就可以看到墙上有大大的身影——乍看起来是一个人，实际上是两个人，分别是卧姿的红线和跪姿的薛嵩——换句话说，整个院子像座电影院。在竹楼的中央有一根柱子，柱上斜插了一串燃烧中的蓖麻子。对此还可以进一步描写道：雪白的籽肉上拖着宽条的火焰，“噼噼”地爆出火星，火星是一小团爆炸中的火焰，环抱着一个滚烫的油珠。它向地下落去，忽然又熄掉，变成了一小片烟炱，朝上升去了。换句话说，在宁静中又有点火爆的气氛。薛嵩正和红线做爱，与此同时，刺杀他的刺客正从外面走进来。所以，此处说的火爆绝不只是两人之间的事。

后来，红线对薛嵩说：启禀老爷，恐怕你要停一停了。但薛嵩正沉溺在某种气氛之中，不明白她的意思，还傻呵呵地说：贱人！你刚才还说佩服老爷，怎么又不佩服了？后来红线又说：喂！你快起开！薛嵩也不肯起开，反而觉得红线有点不敬。最后红线伸出了手，在薛嵩的胸前猛地一推——这是因为有人蹑手蹑脚地走进了这个电影院，然后又顺着梯子爬进了这个灯笼；红线先从寨里零星的狗叫声里听到了这些人，后从院里马蜂窝上的嗡嗡声里感到了这些人，然后又听到楼梯上的脚步声。最后，她在薛嵩背后的灯影里看到了这个人：乌黑的宽脸膛（可能抹了黑泥），一张血盆大口，手里拿了一把刀，正从下面爬上来。此时她就顾不上什么老爷不老爷，赶紧把薛嵩推开，就地一滚，摸到了一块磨刀石扔了出去，把那个人从楼梯上打了下去。对此薛嵩倒没有什么可惭愧的：女人的听力总比男人要好些，丛林里长大的女孩比都市里长大的男人听力好得更多；后者的耳朵从小就泡在噪声里，简直就是半聋。总的来说，这属动物本能的领域，能力差不是坏事。但是薛嵩还沉溺在刚才的文化气氛里，虽然红线已经停止了拍他的马屁，也无法立刻进入战斗的气氛。

就这样，红线在保卫薛嵩，薛嵩却在瞎比画，其状可耻……

薛嵩眼睁睁地看着红线抢了一把长刀，扑到楼口和人交了手，他还没明白过来。而第二个冲上来的刺客看到薛嵩直愣愣地跪在那里，也觉得可笑，刚“嗤”了一声，就被红线在头上砍了一刀，鲜血淋漓地滚了下去。对这件事还有补充的必要：薛嵩跪在那里，向一片虚空做爱，这景象的确不多见；难怪会使人发呆。薛嵩也很想参战，但是找不着打仗的感觉，满心都是做老爷的感觉。这就如他念书，既已念出了“子曰”，不把一章念完就不能闭嘴。但是，老爷可不是做给男人看的，那个被红线砍伤的刺客滚下楼去，一路滚一路还在傻笑着说：臭比画些什么呀……

但刺客还在不断地冲上来，红线在拦阻他们，虽然地形有利，也觉得寡不敌众。她就放声大叫：老爷！老爷！快来帮把手！薛嵩还是找不到感觉。后来她又喊：都是来杀你的！再不来我也不管了啊！但薛嵩还是挣不出来。直到红线喊：兔崽子！别做老爷梦了！你想死吗！他才明白过来，到处找他的枪，但那枪放在院子里了。于是他大吼了一声，撞破了竹板墙，从二楼上跳了出去，去拿他的铁枪，以便参加战斗。这是个迎战的姿态，但看上去和逃跑没什么两样。

我越来越不喜欢这故事的男主人公——想必你也有同感。因为你是读者，可以把这本书丢开。但我是作者，就有一些困难。我可以认为这不是我写的书，于是我就没有写过书；一点成就都没有——这让我感到难堪。假如我认为自己写了这本书，这个虚伪、做作的薛嵩和我就有说不清楚的关系。现在我搞不清，到底哪一种处境更让我难堪……

在上述叙述之中，有一个谜：为什么红线能马上从做爱的状态进入交战，而薛嵩就不能。对此，我的解释是，在红线看来，做爱和作战是同一类的事，感觉是同样的火爆，适应起来没有困难。薛嵩则是从暧昧的文化气氛进入火爆的战斗气氛，需要一点时间来适应。当然，假如没有红线在场，薛嵩就会被人当场杀掉。马上就会出现一个更大的问题：在顷刻之间，薛嵩会从一个正在做爱的整人变成一颗人头，这样他就必须适应从暧昧到悲惨的转变，恐怕更加困难。但总的来说，人可以适应任何一种气氛。虽然这需要一点时间。

薛嵩从竹楼里撞了出去，跳到园子里，就着塌了墙的房间里透出的灯光，马上就找到了他的铁枪，然后他就被十几个刺客围住了。这些刺客擎着火把，手里拿着飞快的刀子，想要杀他。薛嵩把那根大铁枪舞得呼呼作响，自己也在团团旋转，好像一架就要起飞的直升飞机，那十几个人都近他不得，靠得近的还被他打倒了几个。这样他就暂时得到了安全。但也有一件对他不利的事情：这样耍着一根大铁棍是很累的。这一点那些刺客也看出来了。他们围住了他，却不向他进攻，反而站直了身子说：让他多耍一会儿。并且给他数起了圈数，互相打赌，赌薛嵩还能转几圈。薛嵩还没有累，但感到有点头晕，于是放声大叫道:来人！来人！这是在喊他手下的士兵。但是喊破了嗓子也不来一个人。后来他又喊红线：小贱人！小贱人！但是红线也自顾不暇。她和三条大汉对峙着，如果说她能打得过，未免是神话；但对方想要活捉她，她只要保住自己不被抓住就可以。就是这样,也很困难。所以她就答道:老爷，请你再坚持一下。后来他又指望树上的马蜂窝，就大叫道：马蜂！马蜂！但那些昆虫只是嗡嗡地扇动翅膀，一只也不飞起来。这是因为所有的马蜂，不管是温带的马蜂还是热带的马蜂，都不喜欢在天黑以后起飞螫人，它们都患着夜盲症。这些刺客也知道这一点，所以他们虽然在数量上有很大的优势，还是等到天黑了才进攻，以防被螫到。还有一个指望就是逃走，但薛嵩在团团的旋转中，早已不辨东西南北，所以无法逃走。假如硬要跑的话，很可能掉进水塘里，那就更不好了。那些刺客们一致认为，这小子再转一百圈准会倒，但没有人下注说他能转一百圈以上；这也不是赌了。薛嵩觉得自己要不了一百圈就会倒。他陷入孤立无援的境地，被困住了。

最后薛嵩总算是逃脱了。后来他说，自己经过力战打出了一条血路。但一面这样说，一面偷偷看红线。此种情形说明他知道自己在说谎，事实是红线帮他逃了出来。但红线也不来拆穿他。久而久之，他也相信自己从大群刺客的包围中凭掌中枪杀出了一条血路——这样他就把事实给忘了。所有的刺客都去看薛嵩转圈，没有人注意红线，她就溜掉了。溜到竹楼下面，拣到了一个火把，一把火点着了自家的竹楼，一阵夜风吹来，火头烤到了树上的马蜂窝。马蜂被激怒了，同时院子里亮如白昼，它们也能看见了，就像一阵黄色的旋风，朝闯入者扑去，螫得他们落荒而逃。红线趁势喝住了薛嵩（他还在转圈子），钻水沟逃掉了。这一逃的时机掌握得非常好，因为被烧了窝的马蜂已经不辨敌我，逢人就螫。红线还干了件值得赞美的事，她退出战场时，还带走了薛嵩的弓箭。这就大大增强了他们的力量。现在，在他们手里，有一条铁枪、一口长刀，还有了一张强弓。而且他们藏身的地方谁也找不到。那地方草木茂盛，哪怕派几千人去搜，也照样找不到。更何况刺客先生们已经被螫了一通，根本就不想去找。

2

凤凰寨里林木茂盛，夜里，这地方黑洞洞的。也许，只有大路上可以看到一点星光，所以，这条路就是灰蒙蒙的，有如夜色中的海滩。至于其他地方，好像都笼罩在层层黑雾里。这些黑雾可以是树林，也可以是竹林，还可能是没人的荒草，但在夜里看不出有什么区别。那天夜里，有一瞬间与众不同，因为薛嵩的竹楼着了火。作为燃料，那座竹楼很干燥，又是枝枝杈杈地架在空中，所以在十几分钟之内都烧光了；然后就只剩了个木头架子，在夜空里闪烁着红色的炭火。在它熄灭之前，火光把整个寨子全映红了；然后整个寨子又骤然沉没在黑暗之中。这火光使老妓女很是振奋，她在自己的门前点亮了一盏纸灯笼，并且把它挑得甚高，以此来迎接那些刺客。而那些刺客来到时，有半数左右脸都肿着，除此之外，他们的表情也不大轻松。这就使那老女人问道：杀掉了吗？对方答道：杀个屁，差点把我们都螫死！她又问：薛嵩呢？对方答道：谁知道。谁知道薛嵩。谁知道谁叫薛嵩。那个老女人说：我是付了钱的，叫你们杀掉薛嵩。对方则说：那我们也挨了螫。这些话很不讲理；刺客们虽然打了败仗，但他们人多势大，还有讲这些话的资格。

那个老女人把嘴瘪了起来，呈鲇鱼之态，准备唠叨一阵，但又发现对方是一大伙人，个个手里拿着刀杖，而且都不是善良之辈，随时准备和她翻脸；所以就变了态度，低声下气地问他们薛嵩到底在哪里。有人说，好像看见他们钻了树棵。于是她说，她愿再出一份钱，请他们把薛嵩搜出来杀掉。于是他们就商量起来。商量的结果是拒绝这个建议，因为这个寨子太大，一年也搜不过来。于是他们转身就走。顺便说一句，这些人为了不招人眼目，全都是苗人装束：披散着头发，赤裸着身体，挎着长刀。当他们转过身去时，就着昏暗的灯光，那个老女人发现，有好几个男人有很美的臀部。对于这些臀部，她心里有了一丝留恋之情。但是那些男人迈开腿就走。假如不是寨里住的那些雇佣兵，他们就会走掉了。

现在我们要谈到的事情叫做忠诚，每个人对此都有不同的理解。当那些刺客在寨子里走动，引起了狗叫，这些雇佣兵就起来了，躲在自家屋檐下面的黑暗里朝路上窥视。等刺客走过之后，又三三五五地串连起来，拿着武器，鬼鬼祟祟地跟在后面，但为了怕刺客看见引起误会，这些家伙小心翼翼地走在路边的水沟里。如前所述，薛嵩在受刺客围攻时，曾经大叫"来人"，那些兵倒是听到了。他们出来是看出了什么事，手里都拿了武器，只是要防个万一；所以谁也不去救薛嵩。相反，倒盼着他被刺客杀死。红线放火，马蜂把刺客蜇走，他们都看到了，但都一声不吭。薛嵩他们不怕，但不想招惹红线。然后这些刺客到寨中间去找那个老妓女，他们也跟在后面，始终一声不吭。等到这些刺客要走时，他们才从路边的浅沟里爬出来，把路截住，表现出雇佣兵的忠诚。这种忠诚总是要使人大吃一惊。

如前所述，雇佣兵的忠诚曾使薛嵩震惊。当他上山去打苗寨时，后面跟了几十个兵，他觉得太多了，多得让他不好意思。现在这种忠诚又使那个老妓女吃了一惊，她原以为在盘算刺杀薛嵩时，可以不把雇佣兵考虑在内的，现在觉得自己错了。当然，最吃惊的是那些刺客，雇佣兵来了黑压压的一片，总有好几百人，手里还拿了明晃晃的刀，这使刺客们觉得脖子后面有点发凉，不由自主地往后退。薛嵩不在这里，要是在这里，必然要跳出去大叫:你们怎么才来？噢，说错了。来了就好。假如事情是这样，薛嵩马上就需要适应悲惨的气氛；因为这些雇佣兵站了出来，可不一定是站在他这一方。总而言之，那些刺客见到他们人多，就很害怕，就想找别的路走。这寨子里路很多，有人行的路、牛行的路、猪崽子行的路。不管他们走哪条路，最后总是发现被雇佣兵们截在了前头。好像这寨子里不是只有一百来个雇佣兵，而是有成千上万个雇佣兵，到处都布满了。

最后，这些刺客也发现了这一事实：雇佣兵比他们熟悉这个地方。于是，刺客群里站出一个人（他就是刺客的头子），审慎地向拦路的雇佣兵发问道:好啦,哥们儿。你们要干什么？对方一声不吭。他只好继续说道：我知道你们人多路熟……这句话刚出口，马上就被对方截断道：知道这个就好。别的不必说了。他们就这样拦住了外来的刺客，不让他们走。至于他们要做些什么,没有人能够知道。好在这一夜还没有过完，天上还有星星。

3

我的故事又到了重新开始的时刻，面对着一件不愿想到的事，那就是黎明。薛嵩和红线坐在凤凰寨深处的树丛里，这时候黎明就来到了。红线是个孩子，折腾了一夜，困得要命，就睡着了；在黎明前的寒冷之中，她往薛嵩怀里钻来。黎明前的寒冷是一层淡蓝色稀薄的雾。薛嵩有时也喜欢抱住红线，但那是在夜里，现在是黎明，在淡蓝色的黎明里，他觉得搂搂抱抱的不成个样子。但他想到红线又困又冷，也就无法拒绝红线的拥抱。在睡梦之中，红线感到前面够暖和了，就翻了一个身，躺到了薛嵩怀里。薛嵩此时盘腿坐在地下，背倚着一棵树，旁边放着他的铁枪；而红线则横躺着睡了，这样子叫薛嵩实在开心不起来。假如他也能睡着，那倒会好些。但是蚊子叮得太凶，他睡不着。他只好睁大眼睛，看每一只飞来的蚊子，看它要落在谁的身上。很不幸的是，每个蚊子都绕过了红线，朝他大腿上落过来，这使他满心委屈和愤恨。他不敢把蚊子打死，恐怕会把红线惊醒，就任凭蚊子吸饱了血又飞走。更使他愤恨的是红线睡得并不死，每十分钟必醒来一次，咂着嘴说道：好舒服呀。然后往四下看看，最后盯住薛嵩，含混不清地说：启禀老爷，小奴家罪该万死——你对我真好。然后马上又睡着了。

黎明可能是这样的：红线倒在薛嵩怀里时，周围是一片淡淡的紫色。睡着以后，她那张紧绷绷的小脸松懈下来。然后，淡紫色就消散了。一片透明的浅蓝色融入了一切，也融入红线小小的身体。此时红线觉得有一点冷，就抬起一只手放在自己的乳房上。在天真无邪的人看来，这没有什么。但在薛嵩看来，这景象甚是扎眼。有一个字眼从他心底冒起，就是“淫荡”。后来，一切颜色都褪净了，只剩下灰白色。不知不觉之中，周围已经很亮。熟睡中的红线把双臂朝上伸，好像在伸个懒腰。她在薛嵩的膝上弯成个弧度很大的拱形——这女孩没有生过孩子，也没有干过重活，腰软得很。这个慵懒的姿势使薛嵩失掉了平常心。作为对淫荡的反应，他的把把又长又硬，抵在红线的后腰上。

在不知不觉之中，我把自己当做了红线，在一片淡蓝色之中伸展开身体，躺在又冷又湿的空气里。与此同时，有个热烘烘硬邦邦的东西抵在我的后腰上。这个场景使我感到真切，但又毫无道理。我现在是个男人，而红线是女的。假如说过去某个时刻我曾经是女人，总是不大对……

三

1

“早晨，薛嵩醒来时，看到一片白色的雾。”我的故事又一次地开始了。醒来的时候，薛嵩抱着自己的膝盖，蜷着身体坐在一棵大树下，屁股下面是隆起的树根，耳畔是密密麻麻的鸟鸣声。有一个压低的嗓音说：启禀大老爷，天明了。薛嵩抬头看去，看见一个橄榄色的女孩子倚着树站着，脖子上系了一条红色的丝带，她又把刚才的话重说了一遍。薛嵩不禁问道：谁是大老爷？红线答道：是你。你是大老爷。薛嵩又问道：我是大老爷，你是谁？红线答道：我是小贱人。薛嵩说：原来是这样，全明白了。虽然说是明白了，他还是不明白自己为什么会醒在这里。他也不明白红线为什么老憋不住要笑。这地方四周是密密麻麻的野菊花和茅草，中间只有很小的一片空地，这就是说，他们被灌木紧紧地包围着。后来，红线叫他拿起自己的弓箭，出去看看——她自己当先在前面引路，小心地在草丛里穿行,尽量不发出响声。薛嵩模仿着她的动作，但不知为什么要这样做，也不知要到哪里去；但他紧紧地跟住了红线，他怕前面那个橄榄色的身体消失在深草里。

黎明对我来说，也是个艰涩的时刻。自从我被车撞了以后，早上都要冥思苦索，自以为可以想起些什么，实际上则什么都想不起——这是一种痛苦的强迫症。克制这种毛病的办法就是去想薛嵩。早上起雾时，红线和薛嵩在林子里潜行。红线还不断提醒道：启禀老爷，这里有个坑。或者是：老爷，请您迈大步，草底下是沟啊。所到之处，草木越来越密，地形越来越崎岖，一会儿爬上一道坎，一会儿下到一条沟里。薛嵩觉得这里很陌生，好像到了另一个星球。转了几个弯，薛嵩觉得迷迷糊糊的，头也晕起来了——人迷路后就有这种感觉，而薛嵩此时又何止是迷路。红线忽然站住了脚，拨开草丛。顺着她指的方向看去，里面躺着一条死水牛，已经死得扁扁的了，草从皮破的地方穿了出来。牛头上站了一只翠羽红冠的鸟，脚爪瘦长，有点像鹭鸶。这种鸟大概是很难看到的，薛嵩就说：小贱人，你带我来看鸟吗？红线说不是；然后又捂着嘴笑起来，说道：老爷，您真逗。薛嵩有一点恼怒，小声喝道:什么叫真逗？红线就收起笑容，往后退了半步，福了一福道：是，小贱人罪该万死。然后她继续引路，但是肩头乱抖，好像在狂笑。薛嵩跟着她走去，心里在想：今天早上的事我怎么一点都不懂了？

我说过，薛嵩在一个老娼妇的把握下长大成人，然后就出发去建功立业。这件事他记得很清楚，以后的事就有点不清不楚。比方说，他怎样来到这片红土山坡，又怎样被手下的兵揪下马来大打凿栗，等等。他还影影绰绰记得自己昨天被人砍了一刀，然后就中了暑。夜里又被二十个人围攻，差点死掉了。今天早上又在草丛里醒来，在灌木丛里跋涉，鼻子里吸进了冰冷的雾气，马上就不通气了。这些事和建功立业有什么关系，叫人殊难领会。他也搞不清现在是要去哪里。后来他着了凉，开始打喷嚏。红线就说：请老爷悄声。后来又说，启禀老爷，请不要打喷嚏，别人也有耳朵。最后她干脆转过身来，一把捂住了薛嵩的嘴，对着他的耳朵喝道：兔崽子！打喷嚏时捂着嘴，转过身去！你要害死我们吗？薛嵩觉得眼前这个小贱人真是古怪死了。

早上，那颗挂起来的人头从梦中醒来，骤然发现自己高高跃起在高空，下面是一片白茫茫的雾气。它感到惊恐万状，觉得自己正在落下去。如前所述，它被吊在了树枝上，是掉不下去的。所以它马上又觉得自己从脑后被揪住，悬在空中了。这一瞬间，它觉得整个头皮都在麻酥酥地疼痛。与此同时，它也发现自己自脖子往下是空空荡荡的。一团团的雾气被难以察觉的微风推动，穿过它原来身体的所在，引起强烈的恐惧。醒来时失掉了身体和醒来时失掉了记忆相比，哪种更令人恐惧，我还没有想清楚。总而言之，那颗人头在回忆自己那个亮丽的身体，觉得它是红蓝两色组成的。有一种可能是这样的：这个身体发着浅蓝色的光，只在乳头、指甲等部位留有暗红色的阴影。另一种可能是身体发着粉红色的光，阴影是青紫色。这两种回忆哪种更真实它已经搞不清楚了。

与此同时，那个小妓女也从梦里醒来，发现自己被捆得紧绷绷，嘴里还塞了一条臭袜子，也觉得难以适应。然后她就低下头去，看自己身上那些触目惊心的绳索。总而言之，黎明是个恐怖的时分，除非彻夜未眠，你可能发现自己此时失掉了过去，失掉了身体，或者发现自己像一条跳上了案板等待宰割的鱼。

早上，那个老娼妇坐在木板房的走廊下，身上穿着麻纱褂子。她觉得很困，但又不能去睡，所以就把一把铜夜壶拿了出来，练习往里投石子，那个夜壶也发出叮叮咚咚的声音；同时，她斜眼看那些刺客和雇佣兵在壕沟边上拉锯。她的处境不妙：她请人杀薛嵩，但薛嵩并没有死；所以她已经完全败露了。但她也一点都不着急。虽然她的命运难以预测，但既然已经完全败露，也就不用急了。有一些人很急，他们是被围困的刺客。雇佣兵和刺客在寨中心对峙着。这些兵是一些披头散发、赤身裸体的彪形大汉，站在壕沟边上，挺着胸膛，腆着大肚子，脸上带着蒙娜·丽莎似的微笑；双手环抱于胸，把长刀夹在腋下。有一点必须说明，在他们挺出的肚子上，肚脐眼不是凹下去，而是凸出来的。这说明不是脂肪丰厚的肚子，而是惯吃粗食、大肠粗大的肚子。这些人的脑袋又圆又大，都长着络腮胡子。而那些刺客也是同样的一批彪形大汉，退到了壕沟的里面，神情紧张，把刀拿在手里。就这样，黎明在他们头上出现了。开头，最初的阳光在林梢上闪耀，再过一会儿就起雾了。就在起雾时，那些雇佣兵退走了。但他们不是各回各家，而是退到寨外去把守路口；走的时候还说：既然来杀薛嵩，就把薛嵩杀掉；杀不掉别想走。现在这些兵的态度总算是明朗了：他们希望薛嵩死掉，但不肯自己动手去杀。所以，假如有人来杀薛嵩，他们是不管的。那些人杀死了薛嵩退走时，他们也不管。并且仅当那些人没有杀掉薛嵩就想走时，他们才出来挡道。因为有了这些兵，这座寨子成了个捕鼠笼，进来时容易，出去就有点困难了。

2

晨雾正在消散时，那颗挂着的人头看到它的刺客兄弟们在用刀把敲打那个老妓女的头，逼问她薛嵩在哪里。它觉得这件事很怪：她怎么会知道薛嵩在哪里？但她明白，那些人被困在凤凰寨里，心情很坏，总要找个借口来揍人。如前所述，她把头发剃掉了，秃头缺少保护，一敲一个包。在这种情况下，她很想说出薛嵩在哪里，但说不出来。于是她心生一计，说那小妓女和薛嵩比较要好，肯定知道薛嵩在哪里。对此需要解释一下，这个老妓女就喜欢把一切不愉快的事都推到小妓女身上。这个局面有一定的复杂性：刺客揍老妓女，让她说薛嵩在哪里；老妓女就让他们去揍小妓女，并且说她知道薛嵩在哪里；其实大家都知道，无论是老妓女还是小妓女，都不知道薛嵩在哪里。所以，实际上是刺客想要揍人，所以找上了老妓女。老妓女想不挨揍，就说出了小妓女，根据经验她知道，男人一定对揍后者有更大的兴趣。当然，假如谁也不揍谁，那就更好了。

于是，刺客们回到了屋里，把小妓女抬了出来，拔去她嘴里的臭袜子，恢复了她说话的能力。那女孩先呼吸了几口新鲜空气，然后开始和刺客打招呼：各位大叔，早上好。你们是要活埋我，还是把我填在树心里？因为被捆在了房子里，外面发生的很多事她都不知道。刺客说：都不是的。想请你带我们去找薛嵩。小妓女看到人群里的老娼妓，发现她已头破血流，就笑了起来，朝她努嘴说道：我不知道，她（即那个老妓女）才知道。老妓女听见她这样说，很生气，就说道：你怎能这样说话？咱们是邻居呀。那个小妓女则说：噢！我们是邻居！我还不知道呢。又过了一会儿，那些刺客也会意到了这其中的可笑之处，也跟着笑了起来。那个老娼妓在大家的耻笑之中面红耳赤，马上就提议对小妓女用严刑来逼供。她觉得这帮刺客急了只会用刀把子敲人，在这方面没有想像力，就出了一个主意：把那个小妓女倒吊起来，用青蒿烧烟来熏她的口鼻。假如这招不灵，还有别的招数。严刑拷问有两种不同的效果：一种是让意志坚定的人招出真话，还有一种是让意志不坚定的人招出假话。不管得到哪一种结果，她都能满意。刺客的头子听了以后，抹了抹鼻子，说道：很好。你来做这件事。说完他笑了笑，就和手下的人向后退去，围成一个圆，把这两个女人围在里面。过了一会儿，他又催促道：快动手！我们没时间等你！

此时这个老妓女只好动手去搬小妓女，准备把她倒吊起来。搬了两下，发现她很重。假如有滑轮组、钢丝绳、手推车等机械，还有可能做成此事。现在的问题是没有这些东西。老妓女说：哪位大爷来帮把手？但没人理她。只有刺客头子咳嗽了一声说：别磨蹭了，快点动手吧。她又和小妓女商量道：我把你扶起来，你自己跳到树边上，然后我把你吊起来——这样可好？小妓女冷冷地答道：你搞清楚些，是你要熏我，不是我要熏你。我为什么要跳到树边上？难道因为我们是邻居？围观的刺客对她的回答报以哄笑和掌声。现在这个老妓女真正感到了孤立无援，四周都是催促之意。

3

天明时分，凤凰寨里满是冷牛奶般的雾。这种东西有霜雪的颜色，但没有霜雪那样冷。在清晨，雾带来光线——雾里有很多细小的水点，每一粒都发着白光，合起来就是白茫茫的一片。在这白茫茫的一片里，那个老妓女拖着地上一个捆成一束的女孩子，要把她吊到树上去。那地上长满了青苔，相当滑，但那老女人还觉得女孩像是陆地上的一条船，太沉、拖不动。虽然天凉，但空气潮湿，所以那老妓女汗下如雨，像狗一样喘了起来。从吊在树上的人头看来，脚下的空场上虽然留下了一条弯弯扭扭的拖出的痕迹，但这痕迹还不够长，不足以和任何一棵树联系起来。最糟的是那老女人总在改变主意，一会儿想把女孩拖向这棵树，一会儿想把她拖向另一棵树，结果是哪棵也没有拖到；最后她自己也歪歪倒倒地站不直，而且像一座活火山一样呼出很多烟雾。后来，她把女孩撇下，走近刺客头子说：我看不用把她吊起来用烟熏，就放在地下揍一顿也可以。刺客头子想了一想，说道：很好。那个老妓女也觉得很好，就停下来歇口气。过了一会儿，那个刺客头子看到没人动弹，就对老娼妓说：你去揍。那个老妓女也愣了一阵，也很想对那小妓女说你去揍，但又觉得让人家自己揍自己是不合适的。她只好转头去找可以用来揍人的东西，找来找去找不到。最后，她居然跑到了屋侧，用双手在拔一棵箭竹。别人都觉得她有毛病：谁要是能把一棵活竹子从土里拔出来，那他就不是人，而是一个神。最后她总算是想出了办法:她找一个刺客借了一把刀，砍下了一根箭竹，并把枝杈都用刀修掉。这样她手里就有了一根足以揍人的东西。她决定用这根青竹来揍女孩的屁股。她拿着这根竹子走过去时，那个女孩自动地翻滚过来，露出了身体背面的绿泥。因为她总在挨揍，所以有些习惯成自然的举动。

后来，老妓女就动手揍她，一连抽了十下，打得非常之疼。那个老妓女当然还想多打几下，但是她用力过猛，手上抽了筋，只好停下来歇歇气，而那个小妓女则伏在地下，嘴里啃着青苔。就在此时，那伙刺客从她身后走过来，揪住她的耳朵，把她按在地下说：好了，你也该歇歇了。同时把那个小妓女从地上放了起来，解开了她的手臂，把竹子放到她手里，说:好了，现在轮到你了。她接过这根竹子，呆愣愣地看到那群刺客把老妓女捆住，撩起了她的麻纱裙子，露出了屁股，然后那些刺客就退后，并且催促道：快开始吧。小妓女问：快开始干什么？那些人说：快开始打她。小妓女问：我为什么要打她？那些人解释道：她先打了你嘛。于是她欢呼了一声，把那根竹子舞得呼呼作响，并且说道：太好了！现在就能打了吗？那个老妓女被捆倒在地下，听见这种声音，连脊梁带屁股一阵阵地发凉——这是因为她不知道这女孩要打哪里。她在恐惧之中一口咬住了一根裸露在地面上的树根。但是那个女孩子并没有打下来，她停下手来问道：我能打她几下？刺客头子说：她打你几下，你就打她几下。那女孩就说：大叔，你把我的脚解开了吧。捆着腿使不上劲啊。这些话使老妓女一下感到了心脏的重压：这是因为，她可没有习惯挨打呀。

4

黎明时分，薛嵩和红线走到了寨心附近的草丛里。隔着野草，可以看见寨子里发生的一切。早上空气潮，声音传得远，所以又能听见一切对话。所以，他们对寨子里发生的一切都清楚了。红线说：启禀老爷，该动手了。薛嵩糊里糊涂地问：谁是老爷？动什么手？红线无心和他扯淡，就拿过了他手上的弓箭，拽了两下，说：兔崽子！用这么重的弓，存心要人拉不动……此时薛嵩有点明白，就把弓箭接了过来。很显然，这种东西是用来射人之用的。他搭上一支箭，拉弓瞄向站得最近的一个刺客。此时红线在耳畔说道：你可想明白了，这一箭射出去，他们会来追我们——只能射一箭，擒贼擒王，明白吗？薛嵩觉得此事很明白，他就把箭头对准了刺客头子。红线又说：笨蛋！先除内奸！亏你还当节度使呢，连我都不如！他把箭头对准了手下的兵。红线冷冷地说：这么多人，射得过来吗？现在一切都明白了。薛嵩别无选择，只好把箭头对准了老妓女……与此同时，他的心在刺痛……原稿就到这里为止。

我觉得自己对过去的手稿已经心领神会。那个小妓女是个女性的卡夫卡，卡夫卡曾说：每一个障碍都能克服我。那个小妓女也说：这寨子里不管谁犯了错误，都是我挨打。相信你能从这两句话里看出近似之处。薛嵩就是鲁滨逊，红线就是星期五。至于那位老妓女，绝非外国的人物可比，她是个中国土产的大怪物。但她和薛嵩多少有点近似之处，难怪薛嵩要射死她时心会刺痛。手头的稿子没说她是不是被射死了，但我希望她被射死。这整个故事既是《鲁滨逊飘流记》，又是卡夫卡的《变形记》，还有些段落隐隐有福尔斯《石屋藏娇》的意味。只有一点不明白：我为什么要写下这个故事？我既不可能是笛福，又不可能是卡夫卡，更不可能是福尔斯。我和谁都不像。最不像我的，就是那个写下了这些文字的家伙——我到底是谁呢？

5

下午，我一直在读桌上的稿子；这些手稿不像看起来的那样多，因为它不断地重复，周而复始，我渐渐感到疲惫。后来发生了一件很不应该的事情：在丧失记忆的焦虑之中，我竟沉沉睡去；而后，带着满脸的压痕和扭歪的脖子，在桌子上醒来；想到自己要弄清的事很多，可不能睡觉啊——这样想过以后，又睡着了……

傍晚，我推了一辆自行车从万寿寺里出来，跟随着一件白色的衣裙。这件衣裙把我引到一座灰色的楼房面前。下了自行车，它又把我引入三楼的一套房子里。这个房门口有个纸箱子，上面放了一捆葱。这捆葱外面裹着黄色的老皮，里面早就糠掉了，就如老了的茭白，至于它的味道，完全无法恭维；所以它就被放在这里，等着完全干掉、发霉，然后就可以被丢进垃圾堆。我在门口等了很久，才进到屋里，然后那件白连衣裙就挂上了墙壁。她很热烈地拥抱我，说：才出院就跑来了……这让我有点吃惊，不知如何反应——才出了医院就跑来了，这有何不对？好在她自己揭开了谜底："想我了吧。"这就是说，她以为我很想她，所以一出了医院就跑到单位去看她。我连忙答道：是啊，是啊。其实我根本就没有想过她。我谁都没想过——都忘记了。她的热烈似乎暗示着谜底，但我不愿把它揭开——然后，在一起吃饭，脱掉最后一件内衣，到卫生间里冲澡。最后，在床上，那件事发生了。就在此时此地，我不得不想了起来，她是我老婆。我是在自己的家里……恐怕我要承认,这使我有点泄气。我跟着她来时，总希望这是一场罗曼史。说实在的，我什么都想到了，就是没想到我已经结了婚……老婆这个字眼实在庸俗。好在我还记得怎么做爱。其实，也是假装记得。她说了一句:别乱来啊。我就没有乱来。当然，最后的结果我还是满意的——我有家，又有太太，这不是很好嘛。

我对她的身体也深感满意，她的皮肤上洋溢着一种健康的红色。我也欣赏她对性那种不卑不亢的态度。但她若不是我老婆，是个别的什么人的话，那就更好了。我头疼得厉害。这是因为我不管怎么努力，也想不起她的名字来。户口本上一定有答案，要是我知道它在哪里就好了……这套房子里满满当当塞满了家具，想在这里找到一个小本子也非易事……她温婉而顺从，直到午夜时分。此时她猛地爬了起来，恶狠狠地说道:我要咬你！任何一个男人到了这时，都会感到诧异，并且急于声明自己和食品不是一类东西。但是我没有。我只是坐了起来，诧异地问道：为什么？她很凶暴地说：因为你拿着脑袋往汽车上撞，想让我当寡妇。我想了想，觉得罪名成立——寡妇这个名称太难听了，难怪人家不想当；就转身躺下。如你所知，男人的背比较结实，也比较耐咬。但她推推我的肩膀说，翻过来。我翻过身来，暴露出一切怕咬的部位，在恐惧中紧闭眼睛——但她只是轻轻地咬我的肚子，温柔的发丝拂着侧腹部，还响着带着笑意的鼻息。感觉是相当好的。

因为这些事件，我对自己又满意起来了……

此事发生以后，她问我：上次玩是什么时候了？我假装回忆了一阵，然后说：记不得了。她说：混账！这种事你都记不得，还记得什么。我坦白道:说老实话，我什么都记不得。她嗤地笑了一声道：又是老一套。你脑袋上有个疤，可别吓唬我。我说,好吧,不吓唬你——我桌上那篇稿子到底是谁写的？如你所知，这是我最想知道的问题——我很希望它是别人写的,因为我对它不满意。但她忽然说:讨厌。我不理你了,睡觉。说着她拉过被单,转过身去睡了。我想了想,觉得我“记不得”了的事目前不宜谈得太多，免得她被吓着。所以，就到此为止吧。

尽管心事重重，我又有点择席，但我还是睡着了。顺便说一句，那天夜里起夜，我在黑暗中碰破了脑袋。这说明我虽能想起自己的老婆,还是想不起自己的房子,很有把握地走着,一头撞在墙上了。失掉记忆这件事，很不容易掩饰，正如撞破了的眼眶也很不容易掩饰。

第四章

一

1

清晨，在床上醒来时，我撩开被单，看到有个身体躺在我的身边——虽然我知道她是我老婆，但因为我什么都不记得，只能把她看做是一个身体——作为一个身体，她十分美丽，躺在微红色的阳光里——这间卧室挂着塑料百叶窗帘，挡得住视线，挡不住阳光；所以这个身体呈玫瑰红色。我怀着虔诚之意朝她俯过身去，把我的嘴唇对准她身体的中线，从喉头开始，直到乳房中间，一路亲近下来，直到耻骨隆起的地方——她的皮肤除了柔顺，还带一种沙沙的感觉，真是好极了。此时我发现这身体已经醒来了。此后我就不能把她看做一个身体。此时我抬起头来，看到她的眼睛，她眼睛里流露出的，与其说是新奇，倒不如说满是惊恐之意。她翻过身去，趴在床单上。我又把嘴唇贴在她的脊梁骨上，从发际直到臀部……她低声说道:不要这样,还得上班呢。语气温柔。再后来，她匆匆地用床单裹起身体，从我视野里逃开了。对那个身体的迷恋马上融进我的记忆里。

早上，我来上班，坐在高高的山墙之下自己的椅子上，重读自己的手稿时，马上看出，在这个故事里，有一个人物是我自身的写照。他当然不是红线，也不是老妓女或者小妓女，所以只能是薛嵩，换言之，薛嵩就是我。我不应该如前面写到的那样心理阴暗。我应该是个快乐的青年，内心压抑、心理阴暗对我绝无好处。所以我的故事必须增加一些线索——既然已经确知这稿子是我写的，我也不必对作者客气——人和自己客气未免太虚伪——可以径直改写。

一切如前所述，晚唐时节，薛嵩在湘西做节度使，在红土山坡上安营扎寨。这座寨子和一座苗寨相邻，在旷野上有如双子星座。有一天，薛嵩出去挑柴，看到了红线，他很喜欢她，决定要抢她为妻。他像我一样，是天生的能工巧匠，也不喜欢草草行事。所以他要打造一座囚车，用牛拉着，一起出发去抢红线，抓住她之后，把她关在车里，拉回寨来。如前所述，凤凰寨里的人都抢苗女为妻，把她们打晕后放在牛背上扛回来。那些男人不过是些小兵，而薛嵩却是节度使；那些女人不过是普通的女人，红线却是酋长的女儿。把她关在囚车里运进凤凰寨，才符合双方的身份。

我的故事重新开始的时候，薛嵩已经不是个纨绔子弟，成了一位能工巧匠。这就意味着他到湘西来做节度使，只是为了施展他的才华。所以，他先在红土山坡上造好了草木茂盛的寨子，就进一步忙了起来，给每个人造房子，打造家具；而且从中得到极大的乐趣。等到房子和家具都造好以后，他又忙于改良旧有的用具，发明新的用具，建造便利公众的设施。直到有一天，他到外面去担柴，准备烧一批引自来水用的陶管子，忽然看到了红线，一切才发生了改变。此后，他就抛下一切工作不做，去建造囚禁红线的囚车——虽然凤凰寨里有很多工作等着他做。

冒着雨季将至时的阵雨，薛嵩带着斧子出发，到山上去伐木做这个囚车。如果用山梨一类的木料，寨子里也有。但他已经决定，这座囚车要用柚木来建造。就我所知，不足三十岁的柚树只是些普通的木料，三十岁以上的柚木才是硬木，可以抛出光泽。高龄的柚木抛光之后，色泽与青铜相仿，但又不像青铜那么冷，正是做囚车的合适材料。薛嵩到山上去，找最粗的柚树下手，斧子只会锛口，一点都砍不进去——这是因为树太老，木料太硬，应该用电锯锯，但薛嵩又没有这种东西；细的柚树虽比较嫩，能够砍动，他又看不上眼。最后他终于伐倒了一棵适中的柚树，用水牛拖回家里，此时他已疲惫不堪，还打了满手的血泡。此后他把树放在院里的棚子里，等待木材干燥。雨季到来时，天气潮湿，木头干得很慢，他就在那座棚子里生起了牛粪火，来驱赶潮气。与此同时，他开始画图，设计那座关红线的囚车……我喜欢这样来写。

今天上午，有一个男人到寺院里来找我。他的额头有点秃，身材有点肥胖，左手的无名指上戴着很宽的金戒指，穿着绿色的西服……他说他是我表弟，在泰国做木材生意。虽然明知无望，我还是回忆了一番；但我想不起有过任何表弟。这说明我远远还没恢复记忆。然后他递给我一张名片，这张名片比扑克牌略厚，是柚木做成的，上面有镌出的绿字，陈某某，某某木材出口公司总经理。这张名片在手里沉甸甸的，带有一点檀香气，嗅起来像一块肥皂。我把它放到鼻子下面嗅着，还是记不起有这样一个表弟。于是他就责备道：表哥，你怎么了，真把什么都忘了？小时候咱俩净在一块玩。我说道：是呀，是呀。但口气却没有什么把握。这个自称是我表弟的人拿出皮夹来，里面有一张相片。这是我们小时的合影——一张五寸的黑白相纸，已经有点发黄了，上面有两个男孩子，这张相片引起了我极大的兴趣。

现在我又取出了那张柚木名片，把它夹在指缝中。它好像一块铁板，但比铁要温柔。正是因为这个缘故，薛嵩决定要用它做成一个囚笼，把红线装在里面，运进凤凰寨。这座笼子相当宽敞，有六尺见方，五尺高，截面是四叶的花朵形；上下两面是厚重的木板，抛光，去角；中间用粗大的圆柱支撑。薛嵩还想在笼子里装上一张凳子——更准确地说，是一块架在空中的木板；在木板上放上一块棕织的坐垫。众所周知，在硬木上可以雕花。薛嵩给囚笼的框子设计了一种花饰，是由葡萄藤叶组成。但他有很久没有见过葡萄，画出的葡萄叶和蓖麻叶相似。这样一座笼子可以体现薛嵩的赤诚，也可以体现他的温柔。用笼子的厚重、坚固体现他的赤诚，用柚木的质地和光泽来体现他的温柔……而红线坐在赤诚和温柔中间，双手和双脚各由一块木枷锁住，显得既孤独，又高傲。整个雨季里，薛嵩都坐在那间新建的草房里，在柚树的旁边，烤着牛粪火画图。从柚树砍断的一端不断地流出绿水，不顾外面降落的雨水，草房里温暖如春。有好几个月就这样过去了。

在我表弟拿出的相片上，两个男孩子都穿着蓝布学生制服。我还有点记得那种衣服，它有一个较小的直领，左胸上有一个暗兜；好处是式样简朴，年轻人穿上后，形象清纯一些；坏处是兜太少。两个孩子都留着平头，其中一个站在画面的中央，脸迎着阳光，一副虎头虎脑的模样，体质比较强壮。另一个站在画面右侧，略微低着头，把阴影留在了脸上。瘦长脸，体质也比较瘦弱。我把手指放在中间那个孩子的下巴上说：啊，原来我小时候是这样的。此时我表弟略呈尴尬之色，说道：表哥，你认错了。中间这个是我。后来，我又仔细看了看右边那个孩子，脸相和我有点近似。但我还是觉得，中央那个才是我。他（或者说，是过去的我）神情专注，好像很固执。他的皮肤也比较黑。在我的想象中，就是这个男孩子躲在雨季的屋顶下，在牛粪火边蜷着赭石色的身体，在画着一幅囚车的图样，想把他爱的女孩装进去。

2

薛嵩决定要抢红线为妻，为此他要做一辆囚车，把红线装在里面运进凤凰寨。他把砍倒的木材焙干，又找人帮忙把木头解成板材——因为木头太硬，这件事可不容易。这时候别人都以为他想要打家具，都劝他别用这样硬的木头，但他不听。他还想做两块枷，分头枷住红线的手和脚。后来他又决定从手枷做起，以此来练习他的木匠手艺。这是因为做手枷用的木料有限，做坏了也不可惜；除此之外，还可以让大块的木板继续干一干。这个东西可以分成两半，也可以借助一些卡榫严丝合缝地合为一体。当然，分成两半时，木板上应该有两个半圆形的槽，合起来时形成两个圆洞，这两个洞的尺寸应该和红线的手腕相吻合。做到这里时，薛嵩就开始冥思苦索，因为他不知道红线手腕的尺寸。后来他觉得不妨实际看一看，就丢下木匠活，出发去找红线。

此时雨季已过，原野上到处是泛滥的痕迹——窄窄的小河沟两边，有很宽的、茵茵的绿草带——再过一些时候，烈日才会使草枯萎，绿色才会向河里收缩。此时草甚至从河岸上低垂下来，把土岸包得像个草包。渠平沟满，但水总算是退回了河里。红线就在小河里摸鱼。她站在水里，双手在河岸下摸索，因为鱼总待在岸边的泥窝里——水面平静，好像是一层油；河也不像在流动。这是因为雨季里落下的水太多，只能慢慢地流走。我总觉得自己在热带的荒野地方待过，否则，这个景象也不会如此逼真地出现在我眼前。这片荒原色彩斑斓，到处是被陆地分割后的静止水面，天上有很多云，太阳也看不见。

薛嵩就在这个景象面前，但他全神贯注地看着红线。看了好半天，只看到一个圆滚滚的小屁股；还看见一个脊背，上面有一串脊梁骨。薛嵩把每一块脊梁骨的位置和形状通通记住了，但他还是不知红线的手腕有多粗。这是因为他站在红线的背后，离得还比较远。而红线则躬下身去，闭着眼睛，双手在淤泥中摸索——这些泥是这个雨季里刚刚淤下来的，还没有变成土，所以细腻到几乎温柔，而且是暖洋洋的。有时候，她的指端遇上一股冷流，那就是淤泥下的一小股泉水。有时候她的指端遇上了一股温暖，那就是摸到了自己的脚趾。有时候手指遇上了蠕动中的黄鳝，因为现在天气暖，再加上是在软泥里，就很难把它捉住——这种东西滑得很。红线期待着手忽然伸到一个空腔里，这里有很多尖刺来刺她的手——这就是她要找的鱼窝。那里面有很多高原上的胡子鲇鱼，密密层层地挤在一起，发现有人把手伸起来，就一齐去啄那只手——其实不啄还好些，这一啄把自己完全暴露。假如发现了这种鱼窝，红线就会不动声色地把手抽回去，做好准备，再把它们一举捉光。我不记得自己什么时候在河沟里摸过鱼，但是这个过程我感到十分亲切。红线全神贯注地做这些事，但也感到有一股冷流，就如一股泉水，阴阴地从背后袭来。作为一个小姑娘，她很知道这是有一个臭男人在打她的主意。所以，后来她只是假装在摸鱼，实际上却在听背后的声音：有无压抑的鼻息、蹑手蹑脚的脚步声——她准备等他走近，然后猛一转身，用膝盖朝他胯下一顶——此后的情景也不难想象：那个男人蹲在水里，翻着白眼，嘴里嗷吼嗷吼地乱喊一通。说实在的，我很希望薛嵩被红线一膝盖顶在小命根上，疼得七死八活。但是这件事并未发生。

实际发生的事情是这样的：后来，红线站起身来，用手往前顶了顶自己的腰，就转过身来；发现身后空无一人，只是在小河对面老远的地方，薛嵩坐在草地上。她眯起眼来说：噢！是薛嵩！如前所述，此时雨季刚过，天上布满了密密层层的云朵，好像一窝发亮的白羽毛，天地之间也充满了白云反过的光线。红线发现了薛嵩，就涉过了小河，水淋淋地坐在薛嵩身边，告诉他一些鸡毛蒜皮的事情：比方说，现在雨季刚过，不冷不热，是一年里最好的时节。过一些日子，天气要转为湿热。再过一些日子，天气还会转为干热。这是因为她觉得薛嵩是个新来的人，不知道此地的情况，需要她来介绍一番；还因为她对薛嵩有好感。薛嵩一声不吭地听着，猛地一伸手，捉住了她的左手，用一根棉线量了她的手腕；然后又捉住她的右手，量了右手的手腕。本来量一个手腕就够了，但薛嵩害怕红线两只手的腕子不一样粗，就多量了一只。假如你是一位能工巧匠，就会知道，小心永远不会是多余的。做好了这两件事，薛嵩满脸通红，起身拔脚就走，对自己的所作所为未加解释。他也觉得自己的行径太过突兀。但不管怎么说，红线手腕的尺寸他已知道了。剩下红线一人坐在草地上，她觉得薛嵩的举动像一个谜。她想了一会儿，没想出他要干什么，就起身下河去，继续摸鱼。据我所知，那一天她找到了好几个鱼窝，不但满载而归，还有几个鱼窝原封未动地留着，只是在岸上做了标记。这种标记是一根竹篾条，上面用她的牙咬过。以后别人在河里摸到了这个鱼窝，看到了岸上有这种标记，就知道这是红线先发现的，是她的财产，就不摸坑里的鱼。而红线原准备第二天来摸这些鱼，但第二天她把这些鱼窝通通忘记了，总也不来摸，这些泥坑里的鱼因而长命百岁，比那些被捉住的鱼幸福得多。据我所知，后者被逮到了篓子里还继续活着，直到红线烧熟了一锅粥，把那些鱼倒进去，才被活生生地烫死了。据说这种粥很是鲜美，而且是补的。但那些被烫死的鱼不见得会喜欢这样的粥。

等到天气热了起来，红线每天早上到草地上去捉蝗虫，用细竹签把它们穿起来。那些蝗虫被扎穿以后，还在空中猛烈地蹬着腿，嘴里吐出褐色的粘液。每捉到三五串，她就在草地上生一堆火，把蝗虫放上去烤，那些虫子猛蹬了几下腿，就僵住不动了；但它们的复眼还瞪着，直到被火烤爆为止。红线继续烤着蝗虫，直到它们通体焦黄而且吱吱地冒油，就把它们当羊肉串吃掉。蝗虫又香又脆，但这些蝗虫对自己是如何又香又脆这一点，肯定缺少理解。然后这个小女孩就到干涸的水田里去挖黄鳝，挖到以后放到干草里烧。黄鳝在被烤着以后会往地下钻去，但是遇上了一片硬地，变成螺旋状，就被烧死在那里。此后红线把它的尸体拿起来，吹掉上面的灰，然后吃掉。假如她逮住了一条蛇，就把它的皮扒掉，扔到滚开的水里；蛇的身体就在锅里翻翻滚滚。总而言之，她是这片荒原上的一个女凶手。而薛嵩却躲在家里，给这个凶手制造枷锁。

3

知道了红线手腕的尺寸，薛嵩很快把手枷造成了。那东西的形状像一条鲤鱼，不仅有头、有身子、有尾，嘴上还有须。但是它身上有两个洞，这一点与鱼不同。薛嵩以为，红线把它戴在手上时，会欣赏到他的雕刻手艺。他还想把红线的脚也枷住，并且要把足枷做成圆形，像莲花的模样。但他又不知道红线脚腕的尺寸，所以又出发去找红线。这一回他看到红线在对付白蚁，把耳朵贴在蚁冢上听里面的动静。她告诉薛嵩，假如蚁窝里闹哄哄的，就是到了繁殖的时刻。当晚会有无数春情萌动的繁殖蚁飞出来，互相追逐、交配。配好以后落在地下，咬掉翅膀，钻到地下去，就形成一窝新的白蚁。不幸的是，当它们飞出蚁巢时，红线会在外面等着，用一个大纱袋把它们全部兜住；等它们在里面交配完毕，咬掉了翅膀，就把它们放到锅里去炒。据说这种炒白蚁比花生米还要香；要用干锅去爆炒，以后还能出半锅油。她还说，假如今晚薛嵩也来帮助捉白蚁，她就把炒白蚁分他一半。可是薛嵩另有主意，他猛地蹲下身来，用棉线量了她脚腕的尺寸，然后又跑掉了。虽然红线不知道薛嵩的种种设计，但也隐隐猜到了他要干什么——就像一个人想到自己早晚会死掉一样。对此她有点忧伤。此后红线继续在山坡上嬉戏，但心里已经有了一点隐患。因为她已知道，薛嵩早晚要抢她为妻。

我表弟说，小时候我的手很巧，喜欢做航模、半导体收音机一类的东西。我的手很嫩，只有左手中指上有点茧子；这说明起码有十年我没做过手工活。从这点茧子上可以看出我原是左撇子，用左手执笔。但我现在不受这种限制，想用哪只手就用哪只手：一般情况下我尽量用右手，急了用左手，因为左手毕竟灵活些。不管怎么说吧，我喜欢知道自己小时候手巧。我表弟还说，我从小性情阴沉，寡言少语，总是躲人，好像有些不可告人的秘密；这个消息我就不大喜欢。我想象中的薛嵩有一双巧夺天工的手，用一把雕刻刀把一块木头雕成一只木枷，然后先用粗砂打，后用细砂抛光，又用河床里淘出的白膏泥精抛光，这时候那个木枷已被抛得很明亮。最后一道工序是用他自己的手来抛光——薛嵩的皮肤是棕色的，但手心的皮肤和任何人一样是白的——说来也怪，经手心的摩挲，那枷就失去了明亮的光泽，变得乌溜溜的，发着一种黑光；但也因此变得更温和。就这样，他把手枷和足枷都做好了，挂在墙上。有了这两件成品，薛嵩的信心倍增。开始做囚笼的零件——首先从圆笼柱做起。但无论用斧用刨，都做不出好的圆形，为此薛嵩煞费苦心，终于决定要做一架旋床。他先设计出了图样，又砍了一棵野梨树，把它做成了。但是这旋床上第一件成品却不是柱子，而是一个棒槌形的东西，是用柚木枝杈车成的，沉甸甸的很有点分量。

薛嵩在棒端包好了软木，在自己头上试了一下，只在脑后轻轻一碰，就觉得天旋地转，一头栽倒在地上，过了一小时才爬起来。拿这么重的一根棍子去打个小姑娘，薛嵩自己也觉得不好意思。他只好另做了一根，这回又太轻，打在后脑勺上毫无感觉。后来他又做了很多棍子，终于做出了最合适的木棍。这棍子既不重，又不轻，敲在脑袋上晕晕乎乎的挺舒服；晕倒的时间正好是十五分钟。薛嵩在这根棍子上拴了一根红丝线作为标记。这使别人猜到了他的目标是红线。于是就有人去通知她说：大事不好了，我们那位薛节度使造了十几根棍子，要打你的后脑勺！红线此时正手执弹弓看树上的鸟儿，背朝着传话的人。她也不转过身来，就这么说道：是嘛——口气有点随意。但传话的人知道，她不是漠不关心，于是就加上了一句：他要来抢你！红线耸耸肩说：抢就抢吧。等到那人要走时，她才加上一句：劳你问他一句，什么时候来抢我。传话的人没想到她会是这样，简直气坏了，所以不肯替她去问薛嵩。红线那天射下了好几只翠羽的鹦鹉，活生生地拔掉了它们的毛，放在火上烤得半生不熟，然后全都吃下去了。然后她就回家去，在草地上剩下一堆黑色的灰烬，还有一堆根上连着血肉的绿色羽毛。

后来，薛嵩把放柚木的草棚改成了工作间。这是因为他不想让别人看见他在做什么。他用竹片编了四面墙，把它悬挂在四根柱子上，棚子就变成了房子。他用搀了牛粪的泥把墙里抹过，再用石灰粉刷一遍，里面就亮了很多；对于外墙，他什么都没有做。这间房子的可疑之处在于既没有门，也没有窗子，要顺着梯子爬到墙上面，再从草顶和墙的接缝处钻进去——当然，里面也有一把梯子，这样他就避免了跳墙。他在地上生了两堆火，一堆是牛粪火，用来熬胶。在牛粪火里，放了好多瓦罐，熬着牛皮鳔、猪皮鳔、鱼鳞鳔、骨鳔，这些胶各自有不同的用处，但我没做过木匠，不太清楚。另外一堆是炭火，用来制作铁工具。薛嵩没有风箱，用个皮老虎来代替。在牛粪火边上是木匠的工作台，在炭火边上是铁砧子。薛嵩在这两个地点之间来回奔走，到处忙碌。虽然忙，但他绝不想请帮手，他在享受独自工作的狂喜。像这样的心境，我也仿佛有过。寨子里的人只听到铁锤打铁，斧子砍木头，却见不到薛嵩。因此就有种传闻，说他已经疯了。直到有一天，他把工作间的墙推倒，人们才知道他做了一个木笼子，有八尺见方，一丈来高。到了此时，他也不讳言自己的打算：他想把红线逮住关在里面。别人说，要关一个小女孩，用不着把笼子做那么高。薛嵩只简单地回答说：高了好看。我以为他的看法是对的。

4

有人跑去告诉红线薛嵩造了个笼子，还补充道：看样子他想把你关在里面，一辈子都不放出来。红线有点紧张，脸色发白，小声地说道：他敢！告诉她这件事的人说：有什么他不敢干的事？你还是快点跑了吧。然后，这个人看到红线表现出犹豫的神情，感到很满意。这是早上发生的事。到了中午，红线就潜入薛嵩的后院，看他做的活。结果发现那座笼子比她预料的还要大，立在草棚里，像一个高档家具。在笼子的四周还搭了架子，薛嵩在架子上忙上忙下，做着最后的抛光工作。在笼子后面，还残留着最后一堵墙，上面挂着好几具木枷，还有数不清的棍棒。红线大声说道：好哇！你居然这样地算计我！薛嵩略感羞愧，但还可以用勤奋工作来掩饰。此时还有两根笼柱没有装上，红线就从空档中钻进笼子里。如前所述，笼子里有一条长凳，这凳子异常的宽，所以说是张床也可以，上面铺着棕织的毯子。红线就躺到长凳上，双手向后攀住柱子，说道：这里面不坏呀。好吧，你就把我关起来吧。但上厕所时你可要放我出来呀。薛嵩听了倒是一愣，他根本就没打算把红线常关在笼子里。他把墙打掉，是想给这笼子装车轮。总而言之，这囚笼只是囚车的一部分，不是永久的居室。

愣过了以后，薛嵩想到：既然人家提了出来，就得加以考虑，给这笼子装个活门。但到底装在哪里，只有在笼里面能看清。所以他叫红线出来，自己钻到笼里，上下左右地张望。而红线在外面溜溜达达，抄起一具木枷，往自己身上比画了一下说，好哇薛嵩，这种东西你也好意思做。薛嵩的脸又红了一下，他没有回答。后来红线就帮薛嵩干活——帮他造那些打自己、关自己、约束自己的东西。孩子毕竟是孩子，就是贪玩，也不看看玩的是什么。有了两个人，工程的进度就加快了。但直到故事开始的时候，这囚车还没有完工，但已在安装抽水马桶。薛嵩给红线做了一张很大的梳妆台，台上装了一面镀银的铜镜，引得全凤凰寨的人都来看。有人说，薛嵩对红线真好。也有人说，薛嵩太过奢华，要遭报应。

二

1

在故事开始时，我提到有个刺客（一个亮丽的女人）来刺杀薛嵩。据说此人在设计狙杀计划、设伏、潜入等等方面，常有极出色的构思，只是在砍那一刀时有点笨手笨脚；所以没有杀死过一个人。她也没能杀死薛嵩，只砍掉了他半个耳朵。还有一种说法是，这个女人的目标根本就不是薛嵩，而是红线。只是因为被薛嵩看到，才不得不砍了他一刀。后来她再次潜入薛嵩的竹楼，这回不够幸运，被红线放倒了。这件事很简单：红线悄悄跟在她身后，拿起敲脑袋的棍子（这种东西这里多得很）给了她一下，就把她打晕了。等到醒来时，她发现自己的手脚都被木头枷住，躺倒在地上，身前坐了一个橄榄色的女孩子，脖子上系着一条红带子，坐在绿色的芭蕉叶上。这女孩吃着青里透黄的野樱桃，把核到处乱吐，甚至吐到了她身上；并且说：我是红线，薛嵩是我男人。那女刺客蜷起身子，摇摇脑袋，说道：糟糕。她记得自己挨了一闷棍，觉得自己应该感到头晕，后脑也该感到疼痛，但实际上却不是，因为那个棍子做得很好——这个故事因此又要重新开始了。但在开始之前，应该谈谈这囚车为什么没完工。照薛嵩原来的构思，完成了囚笼就算完成了囚车的主体部分。但后来发现不是这样，主体部分是那对车轮。笼子这样大，车轮也不能小。按薛嵩的意见，车轮该用柚木制造；但木材不够了，又要上山砍树。但红线以为铁制的车轮更好。经过争论，红线的意见占了上风，于是他们就打造轮辐、车轴，还有其他的零件。做到一半，忽然想到连轮带笼，这车已是个庞然大物，有两层楼高，用水牛来拖恐怕拖不动。于是又想到，由此向南不过数百里，山里就有野象出没。在打造车轮的同时，他们又在讨论捕、驯、喂养大象的事。他们做事的方式有点乱糟糟，就像我这个故事。但是可以像这样乱糟糟地做事，又是多么好啊。

在这个乱糟糟的故事里,我又看到了我自己。我行动迟缓,头脑混乱，做事没有次序。有时候没开锁就想拉开抽屉，有时没揭锅盖就往里倒米。但那个自称是我妻子的女人并不因此而嫌弃我。现在就是这样，我乱拔了一阵抽屉，感到筋疲力尽，就坐下来，指着它说：抽屉打不开。她走过来，拧动钥匙，然后说，拉吧——抽屉应手而开。我只好说:谢谢。你帮我大忙了。这是由衷的，因为刚才我已经想到了斧子。她从我身边走开，说：你这都是故意的。我问：为什么呢？她说：你想试试我到底是不是你老婆。这就是说，我故意颠三倒四。假如她不是我老婆，就会感到不耐烦；假如是我老婆，就不会这样。所以，结论是：她是我老婆，虽然我自己想不起来了……她想的是有道理的。我说:原来是这样，我明白了。她又折了回来，一把搂住我的头，把它压在自己的乳房上，说道：你真逗……我爱你。然后把我放开，一本正经地走开。这件事的含义我是明白的:不是我老婆的女人，不会把我的头压在自己乳房上。所以，结论还是：她是我老婆。不会有别的结论了。白天的结论总是这样。晚上则相反。按夫妻应有的方式亲近过之后，我虔诚地问：我没有弄疼你吧？你还没有讨厌我吧？回答是：讨厌！你闭嘴！这不像是夫妻相处的方式。因为有晚上，我已经彻底糊涂了。

我的故事又可以重新开始道：某年某月某日，在凤凰寨薛嵩家的后院里，那个亮丽的女刺客坐在一捆稻草上，手脚各有一道木枷锁住。她的身体白皙，透着一点淡紫色。红线站在她面前，觉得这个身体好看，就凝视着她。这使她感到羞涩，就把手枷架在膝盖上，稍微遮住一点；环顾四周，所见到的都是庄严厚重的刑具，密密麻麻。身为刺客，失手被擒后总会来到某个可怕的地方，她有这种思想准备。但她依然不知人间何世。同时，因为这个刺客的到来，红线和薛嵩生活的进程也中断了……我真的不知道，这个故事会把我引向何处。

2

我的故事从红线面对那个女刺客时重新开始。她对她有了好感，就说：来，我带你看看我们的房子。世界上任何地方的人招待客人，都从领他看房子开始。那个女刺客艰难地站了起来，看着自己脚上的木枷，说道：我走不动呀。红线却说：走走试试。然后女刺客就发现，那个木枷看似一体，实际上分成左右两个部分，而且这两部分之间可以滑动，互相可以错开达四分之三左右……总而言之，带着它可以走，只是跑不掉。那刺客不禁赞美道：很巧妙。红线很喜欢听到这样的话。她又说：你还不知道，手也可以动的。于是刺客就发现，手上的枷也是两部分合成，中间用轴连接，可以转动，戴着它可以掏耳朵、擤鼻子，甚至可以搔首弄姿。这些东西和别的刑具颇有不同，其中不仅包含了严酷，还有温柔。刺客因此而诧异。这使红线大为得意，就加上一句：这可是我的东西，借给你戴戴。那刺客明白这是小孩心性，所以笑笑说：是，是，我知道。这使红线更加喜欢她了。她引她在四处走了一遭，看了竹楼，但更多的是在看她和薛嵩共同制造的东西，特别是看那座未完工的囚车。在那个深棕色的庞然大物衬托下，那个女人显得更加出色。看完了这些东西，她回到那堆稻草上，跪坐在自己的腿上，出了一阵神，才对红线说：你们两个真了不起。说实话，真了不起。红线听了以后，从芭蕉叶上跳了起来，说道：我去烧点茶给你——估计得到晚上才能杀你。然后她就跑了。只剩女刺客一个人时，她不像和红线在一起时那么镇定。这是因为红线刚才说了一个“杀”字，用在了她身上；而她只有二十二岁，听了大受刺激。

后来发生的事是这样的：红线提了一铜壶茶水回来，还带来了一些菠萝干、芒果干。她把这些东西放在地下，拿起一把厚大的木枷说：对不起啊……我总不能把滚烫的茶水交在你手里，让你用它来泼我。那女人跪了起来，把脖子伸直，说道：能理解，能理解。红线把大木枷扣在她脖子上，把茶碗和果盘放在枷面上，用一把银亮的勺子舀起茶水，自己把它吹凉，再喂到她嘴里。如此摆布一个成年美女，使红线觉得很愉快。而那个刺客就不感到愉快。她想：一个孩子就这样狡猾，不给人任何机会……然而我的心思已经不在事件的进程之中。在那个枷面上，只有一颗亮丽的人头，还有一双性感的红唇。当银勺移来时，人头微微转动，迎向那个方向……这个场景把我的心思吃掉了。

那个女人在院子里度过了整个白天。早上还好，时近中午，她感觉有点冷，然后就打起了哆嗦。后来她对红线说：喂，我能叫你名字吗？红线说：怎么不可以，大家是朋友嘛。她就说：红线，劳驾你给我生个火。我要冷死了。红线斜眼看看她，就拿来一个瓦盆，在里面放了两块干牛粪，点起火来。那女人烤起火来。当时的气温怕总有三十八九度，这时候烤火……红线问道：你是不是打摆子？女人答道：我没有这种病。红线接着说下去：那你就是怕死。同时用怜悯的目光看她。那女人马上否认道：岂有此理！我也是有尊严的人，哪能怕死？来杀好了……她滔滔不绝地说了起来，但红线继续用怜悯的眼光看她，她就住了嘴。过了一会儿，她又承认道：是。你说得对。我是怕死了。说着她又大抖起来。后来她又说：红线，劳驾给我暖暖背。火烤不到背上啊。红线搂住她的双肩，把橄榄色的身体贴在她背上。如此凑近，红线嗅到了她身上的香气，与力士香皂的气味相仿，但却是天生的。虽然刚刚相识，她们已是很亲近的朋友。但在这两个朋友里，有一个将继续活着，另一个就要死了。

3

有一件必须说明的事，就是对于杀人，红线有一点平常心。这是因为原来她住的寨子里，虽不是总杀人，偶尔也要杀上个把。举例来说，她有一个邻居，是三十来岁一个独身男子，喜欢偷别人家的小牛，在山坳里杀了吃掉。这件事败露之后，他被带到酋长面前；因为证据确凿，他也无从辩解，就被判了分尸之刑。于是大家就一道出发，找到林间一片僻静之地。受刑人知道了这是自己的毙命之所，并且再无疑问之后，就进入角色，猛烈地挣扎起来。别人也随之进入角色，一齐动手，把他按倒在地，四肢分别拴到四棵拉弯的龙竹上，再把手一松，他就被弹向空中，被绷成一个平面，与一只飞行中的鼯鼠相似。此时已经杀完了，大家也要各自回家。但这个人还没死，总要留几个人来陪他。红线因为是近邻，也在被留的人之中。这些被留的人因为百无聊赖，又发现那个绷在空中的人是一张良好的桌子，就决定在他身上打扑克牌。经过受刑者同意，他们就搬来树桩做为凳子，在他身边坐下来。为了对他表示尊敬，四家的牌都让他看，他也很自觉地闭着嘴，什么都不说。但是这里并不安静，因为受刑人的四肢在强力牵引之下，身体正在逐步解体，他也在可怕的疼痛之中，所以时而响起“剥”的一声。这可能是他的某个骨节被拉脱臼，也可能是他咬碎了一颗牙。不管是什么，大家都不闻不问。红线坐在他右腿的上方，右肋之下。伸手拿牌时，右手碰到一个直撅撅、圆滚滚、热烘烘的东西。她赶紧道歉道：对不起，不是有意挑逗你！对方则在牙缝里冷静地答道：没关系！我都无所谓！严格地说，那东西并不直，而是弧线形的，头上翘着；也不太圆，是扁的。红线问道：平时你也这样吗？回答是：平时不这样，是抻的——这就是说，假如一个人在猛烈的拉抻中，他的那话儿也会因此变扁。在牌局进行之中，大家往后挪了几次位子，因为他正变扁平，而且慢慢向四周伸展开来。后来他猛然喝道：把牌拿开！快！然后，他肚皮裂开、内脏迸出、血和体液飞溅；幸亏大家听了招呼，否则那副纸牌就不能要了。

后来，这位偷牛贼说：现在我活不了啦。你们放心了吧？可以走了。此时大家冷静地判断了形势，发现对方已被拉成了个四方框子。肠子、血管和神经在框内悬空交织，和一张绷床相似。像这个样子想再要活下去，当然多有不便。所以大家同意了他的意见，离开了这个地方。走时砍倒了几棵树，封锁了道路；这个地方和这个人一样，永远从大家的视野中消失了。由此，对杀人这件事，可以有一个定义：在杀之前，杀人者要紧紧地盯住被杀者，不给他任何活下去的机会；在杀之后，要忍心地离去，毫不留恋。在“之前”、“之后”中间，要有一个使对方无法存活的事件。对于这位偷牛贼来说，这件事就是被拉成床框。在这个杀法里，事件发生得很快。别的杀法就不是这样。举例来说，有一种杀法是把被杀者的屁股割开，让他坐在一棵竹笋上。此时你就要耐心等待竹笋的顶端从他嘴里长出来。此后，他就大张着嘴，环绕着这棵竹子，再也挣不脱……对于这位女刺客，则是把她的脖子砍断。要如此对待一个朋友，对红线是很大的考验。越是杀朋友，越是要有平常心。身为苗女，她就是这样想问题。她没觉得有什么不对。

还有一件需要补充的事，就是对于让自己被杀掉一事，那个女刺客没有平常心。她对红线抱怨道：你看，我活着活着，怎么就要死了呢？此时红线趴在她的背上，双手抱着她的肩膀，用舌头去舔她的发际，所答非所问地说道：你是甜的哎。然后又鼓励她道：就这么甜甜地死掉，有什么不好？那个女人因此说道：我倒宁愿苦上一些。红线又把鼻子伸到她的背上，就如把鼻子伸进了一个熟透的木瓜，或是菠萝蜜的深处。她不禁赞叹道：很好闻。那个女刺客说，她倒宁愿难闻一些。最后，女刺客终于转过半个身子，朝红线抱怨道：你干吗要杀掉我！红线皱皱鼻子，冷静地答道：谁让你来行刺——这怪不得我。那女人因此低下头来。她也觉得这话不该说。

4

在这个女刺客被红线逮住的事情上，我恐怕没有穷尽一切可能性。这个女人的身体的质地像是一种水果。也许可以说，她像一个白兰瓜，但这种甜瓜在白里透一点绿，或是一点黄色；但她的身体如前所述，是在白色里面透一点玫瑰色。找不出一种瓜果来和她配对——应该承认自己在农业方面的浅薄。红线看着她的身体，总觉得把她一刀杀掉之后不会流出血来，只会流出一种香喷喷的、无色透明的液体。因此她对杀掉这位朋友感到无限的快意。顺便说一句，那个女刺客觉得大家既然是朋友，就没有什么不该说的话，所以总在转弯抹角地求红线放了她。后来，红线觉得不好意思直接推托，就找了个借口道：这家里我做不了主。这样吧，等会儿薛嵩回来你去求他。我也可以帮你说说……那女人听后几乎跳了起来，带着深恶痛绝的态度说：求他？求一个男人？那还不如死了的好！这个腔调像个女权主义者。在唐朝，每个女人都是女权主义者。不但这位女刺客是女权主义者，红线也是女权主义者，她对这位被擒的刺客抱着一种姐妹情谊。但她还是觉得刺客应该被杀掉，不该被饶恕。她还觉得杀掉刺客，免得她再去杀人，也是为她好。

三

1

傍晚，薛嵩回家时，看到那个女刺客心定气闲地等待死亡，她真是惊人的美。此时只有一件事可干，就是把她带出去杀掉；薛嵩也这样做了。那女人在引颈就戮时，处处表现了尊严与优美。这使薛嵩赞叹不已。虽然她砍掉了他半个耳朵，但他决定不抱怨什么。但是薛嵩看到的事件是片面的，还有很多内情他没看见。红线看见了那些内情，但她决定忘掉这些事——记住朋友的短处是不好的。比方说，下午时那个女人曾喋喋不休地说道：她觉得自己有种冲动，一见到薛嵩就要朝他跪拜，苦苦哀求他饶她一命。当然，她也明白向男人跪拜、哀求饶命都是不可能的事情，但她真不知怎样才能抑制这种冲动。而红线把头从她肩后探出来，注视着那女人的胸前。她觉得她的乳房好看，就指着它们说：能让我摸摸吗？刺客答道：怎么不可以？反正我要死了……总而言之，那女人在为死而焦虑着，红线却一点都不焦虑。那女人发现红线心不在焉，就说：你怎么搞的！一点忙都不帮吗？红线把手从她胸前撤了回来，说道：我能做点什么？噢！我去给你烧点姜汤水。说着就要离去。这使刺客发起了漂亮女人的小脾气：喂！你一点主意都不出吗！根据我近日的观察，越漂亮的女人越会朝别人要主意，而我在出主意方面是很糟糕的。红线听了这句抱怨，转过身来，吐吐舌头说：没有办法，我岁数小嘛。然后她就去烧姜汤了。

就我所知，红线不是那种对朋友漠不关心的人。在烧水时，她替刺客认真地考虑了一阵，就带着主意回来了。这主意是这样的：你可以在笼子里住上一段时间，等到不怕了再杀你——不过不能长了，这笼子是我有用的……那女人看了看身后那具棕绿色的囚笼，又看看红线那张嘻笑的小脸，明白了这是对她怯懦的迁就，除了拒绝别无出路了。这就是说，除死之外，别无出路……于是，她跪了起来，摆正了姿势，坐在自己腿上，把手枷放在大腿上，挺直了身体，说道：我明白了。就在今天晚上杀吧。不过，这两块木板可真够讨厌的，杀的时候可得解下来。红线马上答道：没有问题。没有问题。她为她高兴，因为她决定了从容赴死，所以恢复了尊严。

如前所述，那女人被杀时没有披枷戴锁，只是被反拴着双手。这是她自己的选择。红线说，等薛嵩回来，我们就是两个人。两个对一个，谅你跑不掉。可以不捆你的手。那女人想了一下说：捆着吧，不然有点滑稽。她是被一刀杀掉的。红线建议用酷刑虐杀她，还觉得这样会有意思，但她皱了皱眉头说：我不喜欢。这主意又被否定了。当晚薛嵩揪着她的头发，红线砍掉了她的头。这也是她自己的选择。红线自己对揪头发有兴趣，想让薛嵩来砍头，但那女人说：我喜欢你来砍。这件事就这样定下来了。红线不想把她的头吊上树梢；但那女人说：别人都要枭首示众，我也不想例外。一切事情都是这样定的,因为那女人对一切问题都有了自己的主意。最后，红线建议她在脖子上戴个花环，园里有很好的花，那女人说：不戴，砍头时戴花，太庸俗。这件事就这样定下来了。

晚上，薄雾降临时，听到有人从寨外归来，她对红线说：拿篾条来捆手吧——可不要薛嵩用过的。红线就奔去找篾条。回来的时候，红线有点伤感地说：才认识了，又要分手……要不过上一夜，明早上杀你？早上空气好啊。对于这个提议，她倒是没有简单地拒绝，而是从眼睛里浮起了笑意：来摸摸我的腿。红线在她美丽的大腿上摸了一把，发现温凉如玉——换言之，她体温很低。那女人解释道：我已经准备好了，不想重新准备。于是，红线给她卸开手上的木枷，她闭上了眼睛；坦然承认道：整整一天，她都在研究怎样开这个木枷，但没有研究出来；现在看到怎么开，就会心生懊悔。然后她睁开眼睛，对红线说：我很喜欢你。红线说：我能抱抱你吗？那女人狡黠地一笑，说：别抱，你要倒霉的。就转过身去，让红线拴住她的手。就在薛嵩走进院子时，她让红线打开了她的足枷。

就这样，除了杀死她之外，什么都没给薛嵩剩下。

很可惜，这两个朋友走向刑场时，却不是并肩走着。红线走在后面，右手擎着刀，刀头放在肩上；左手推着那女人的肩膀——左肩或右肩——给她指引方向。因为友谊，她没有用手掌去推，觉得那样不礼貌。她只是用指尖轻轻一触。红线说：别想跑啊，这地方我比你熟——这意思是说，她跑不掉。那女人侧着头，躲开自己的散发说：怎么会？我不想失掉你的友谊。她还说，你还保持着警惕，我很喜欢这一点。除了是朋友，她们还是敌人，在这些小事上露出蛛丝马迹。到了地方以后，刺客往地上看了看。这是一片长着青苔的泥地。红线猛然觉得不妥，想去找个垫子来。那女人却说：没有关系，就跪在地下。一般来说，跪着有损尊严，但杀头时例外。这时是为了杀着方便。倘若硬撑着不跪，反倒没有尊严了。

在死之将至时，刺客和红线还谈了点别的。有关男人，刺客是这样说的：男人热烘烘的，有点臭味。有时候喜欢，有时候不喜欢。后来红线时常想起这句话来，觉得很精辟。有关性，前者的评论是：简单的好，花哨的不好，这和死是一样的。这使红线的观念受到了冲击，想到自己期待着被薛嵩打晕，坐在高楼一样的囚车里驶入凤凰寨，也有花哨的嫌疑。有关女同性恋，刺客说：有点感觉，但我不是。红线马上觉得自己也不是同性恋者。有关薛嵩，她说：看上去还可以。红线对这个评价很满意。有关谁派她来杀薛嵩，刺客说：这不能说。红线想，她答得对，当然不能说。总而言之，这些都是红线关心的问题，她一一做了解答。她还说：同样一件事，在我看来叫做死，在你看来叫做杀，很有意思。很高兴和你是朋友。杀吧。此时她跪在地下，伸长了脖子，红线擎着刀。红线虽然觉得还没有聊够，但只好杀。杀过之后，自然就没有可聊的了。

2

对以上故事，又可以重述如下：那个女人，也就是那个刺客，潜入凤凰寨里要杀薛嵩，被红线打晕逮住了。刺客被擒之后，总是要被杀掉的。对于这件事，开始她很害怕，后来又不怕了。怕的时候她想：我才二十二岁，就要死掉了。后来她又想：这是别人要杀我呀；所以就不怕。但她依旧要为此事张罗，出主意，做决定。举例来说，她背过身去，让红线用竹篾条拴她的手，此时红线曾有片刻的犹豫，不知怎样拴更好。那女人的身体表面，有一种新鲜瓜果般的光滑，红线不知怎样把竹篾条勒上去。她就出主意道：先在腰上勒一道，然后把手拴在上面；来，我做给你看。说着她就转过身去，但红线异常灵活地退后了很远，摆了个姿势，像一只警惕的猫；紧张得透不过气来，小声说道：别骗我呀——假如红线不退后，她就要把红线拴住了。

那女人的计谋没有成功。后来，她只好惨然一笑，又转了回去，背着手说：好吧，不骗你。来捆吧。于是红线回来，把她捆住。就按她说的那种捆法，只是捆得异常仔细：不但把两只手腕捆在一起，还把两个大拇指捆在一起。她还想把每对手指都捆在一起，但那女人苦笑着说：这样就可以了吧？再仔细就不像朋友了。红线觉得她说得对，就仔细打了个扣，结束了这项工作。然后她退后了几步，看到细篾条正陷入刺客的腰际，就说：你现在像个男人了。这意思是说，从侧后看，她像个用篾条吊起龟头的男人。那女人明白了这个意思，侧过头来惨然说道：不要拿我开玩笑啊，这样不好。想到这女人就要被杀掉，红线也惨然了一阵，然后又高兴起来——她毕竟是个孩子嘛。

后来，红线转到那女人身前，端详着她浅玫瑰色的身体。在这个身体上，红线最喜欢腹部，因为小腹是平坦的，肚脐眼是纵的椭圆，其中坦坦荡荡地凸起了一些，像小孩子的肚脐。红线走上前去，把手放在上面，然后又谨慎地退开，说道：好看。那女人说：也就是现在好看。再过一些年就不会好看。然后她又补充道：当然，我也不能再过一些年了。此时她神色黯然。但在黯然的神色下面，她还在寻找红线的破绽。红线忽然说道：你跪下好不好？我也安全些。那女人往后挪了几下，向前跪下来；然后勉强笑笑说：待会儿你可得扶我起来啊——其实她在跪下之前就知道这是个狡猾的陷阱。因为脚上有一具木枷并被反拴着手，跪下就难以重新站起来，因而再没有逃走的机会。其实，红线也没有给过她这种机会，不然她已经跑了。有一瞬间，她感到很悲惨，几乎想向红线抱怨。但她最终决定了不抱怨。红线说，她要找几个熟透的樱桃给她吃，就离去了。她独自在院子里，坐在自己腿上，开始感觉到绝望。然而她最终却发现，绝望其实是无限的美好。

“绝望是无限的美好”，这句话引起我的深思。我可能会懂得这句话——如你所知，我失去了记忆，正处于绝望的境界；所以我可能会懂，但还没有懂……红线带着樱桃回来，一粒粒摘去了果梗，放进那个女人嘴里。每一粒她都没有拒绝，然后想把果核吐掉。但红线伸出手来，说：吐在这里。她就把果核吐进红线的掌心。红线把果核丢掉。吃过樱桃以后，这女人又坐在自己的腿上，微微有点心不在焉。而红线在一阵冲动中，在她对面跪下，说道：我想吻吻你。出于旧日的积习，那女人皱了皱眉，感觉自己不喜欢此事。转瞬又发现自己其实是喜欢的。于是她挺直了身体，抿抿嘴唇。红线用双手勾住她的脖子，端详了她一阵，然后把她拉近，开始热吻。此时她们的乳房紧贴在一起，红线发现对方的乳房比自己要坚实，感到很受刺激；但那女人的双唇柔顺，这又让她感到满意。那女人的头微微侧着，起初，目光越过了红线，看着远处。这使红线感到不满意。后来，她的目光又专注于红线，并且露出了笑意。最终红线想道：有满意，有不满意，其实这是最好的。就把她放开。此后那女人甩甩自己的头发，又坐了回去。你可能已经注意到了，她不想说什么。这一点和我是一样的。红线几次想要和她交谈，都碰了壁。后来，她总算给自己找了件事干：磨起刀来。

新刀的样子是这样的：长方形，见棱见角，装着木制的把，带着锻打时留下的黑色，刀口笔直。但这一把的样子颇为不同，它有一点浑圆，像调色板一类的东西，刀口向下凹去，与新月相似。这是一把旧刀，总在石头上磨，变得像纸一样薄，也没剩什么钢火。它有好处，也有不好处。好处是只要在砂石上蹭几下，就变得飞快。不好处是锋锐难以持久。红线磨刀时，那女人看了她一眼。她就比画了一下说：只砍一下，没有问题。那女人点点头说：噢。就把头转回去。红线觉得她心神恍惚，并没有明白。但她还要磨这把刀：用砂蹭出的刀口有点粗糙，割起来恐怕要疼的。她又用细磨石来磨，直到刀口平滑无损。然后，红线仔细端详着几乎看不到的刀口，想着：用这把刀杀人，对方感到的不是疼痛，而是一片凉爽；就像洒在皮肤上的酒精，或者以太——以太就是 ether，红线要是知道这个名词可就怪了——感到的只是快意。她拿了这把刀走过来，平放在那女人赤裸的肩上，并让烂银似的光芒反射在她脸上，给她带去一缕寒意，然后问道：喜欢吗？这是一个明确无误的表示，说明这就是杀她的刀。红线注意到那女人的目光曾有瞬时的暗淡，但马上又明亮了过来。她也明确无误地答道：喜欢。

红线在苗寨里住着时，那里杀人。被杀者神情激动，面红耳赤，肢体僵硬，每根神经和肌肉都已绷紧。每个人都大声说话，虽然说的是什么难以听懂；他们都又撑又拒，有人是和别人撑拒，有人是和自己撑拒。假如是杀头的话，让他们跪下来可不容易，而且每个人都要站着撒一泡热辣辣的尿，在这方面男人和女人颇有不同，但总能看出是做了同一件事。按这个标准来衡量，眼前这个女人颇有差距。她坐在那里，面带微笑，心神恍惚，就像一个人要哼歌时的样子。红线恐怕她已误入歧途，对自己行将被杀一事缺少了解，总想帮她回到正道上来，但没有成功。按照现在的讲法，那刺客没有请红线来摸她的腿，展示她的体温。她什么都没做。直到薛嵩回来，都是这样。但薛嵩依然觉得她是惊人的美。现在没有别的事可做，只好把她杀掉。死掉之前，她也没有和红线闲聊。因此，这是另一个故事了。在此后的日子里，红线经常怀念这个女人：她在她手里时，起初是个被俘的敌人，也是朋友。那时她不能接受被杀一事，总想逃掉。后来她接受了这件事，就既不是朋友，也不是敌人，也不想逃掉，变成了一个陌生人。而一想起这个陌生人，红线就感到热辣辣的性欲，而且想撒尿。

3

现在我想到，不提那刺客被杀的经过总是一种缺失，虽然这件事没有什么可讲的。在林阴里，那个陌生的女人跪在地下，伸直了脖子，颈椎的骨节清晰可见。红线一刀砍了下去，那把薄薄的旧刀不负红线的厚望，切过了骨节中的缝隙，把人头和身体分开。此后，人头拎在薛嵩的手上，身体则向前扑倒，变成了两样东西。身体的目标较大，吸引了红线的注意。它俯卧在地下，双肩上耸，被反绑着的双手攥成拳头，猛烈地下撑，把那根竹篾条拉得像紧绷的弓弦似的。与此同时，一股玫瑰色的液体，带着心脏的搏动从腔子里冲了出来，周围充满了柚子花的香味。当然，也有点辛辣的气味，因为这毕竟是血。这些血带有稀油般的渗性，流到地上马上就消失了，只留下几乎看不出的痕迹。等到血流完以后，那个身体（更准确地说，是脊背和背着的双手）好像叹了一口气一样，松弛了下来；双肩下颓，手也收回，交叉作X形，手指也向后张开。它微微屈起一条腿，就这样静止住。红线立刻上前，解开了竹篾条，因为人既死了，就用不着约束。而在此之前，她的这位朋友一直在她巧妙的约束之中。在这一瞬间，红线回想起她在她手里吃樱桃，觉得这件事非常之好——我很怀疑这样写有滥情的嫌疑，但既然已经写出来，也无从反悔——然后，死者的双手就滑落到身体的两侧，并半握成拳。她把这身体翻了过来。这身体的正面异常安详，似有一股温和的气氛扑面而来。这身体好像有呼吸，但其实是没有的。只是凸起的肚脐以自动武器连发的速度在跳动。红线觉得它以这种方式来承认自己已经死去，于是，就像台湾人说的那样，觉得“它好乖呀”。

然后，红线把那身体扶坐起来，感到它很柔软，关节也很灵活，简直是在追随她的动作。她又扶它站了起来，搀着它走向一个早已掘好的坑。这时红线觉得有人在身后叫她，回头一看，只见那颗人头提在薛嵩手里，瞪大了双眼，正专注地看着她们（含无头身体）。红线忍心地回过头去，搀着身体继续走，并不无道理地想：我也不能两头都顾啊。她把身体扶到坑底坐下，然后又让它躺好，然后捧起又湿又糯的黑色泥土，要把它埋葬。才埋了脚，她就觉得不妥，顺手抓住了一只草蜢，用草叶绑住，丢在坑里给身体陪葬。才埋住这只草蜢，她又觉得不妥当，就从坑里爬了出来，去找她的另一个朋友，也就是前面提到的小妓女，要一张蒲草的席子，想给尸体盖在身上。所以她要从薛嵩身边经过，而那个人头始终在专注地看着她。红线想假做不知地走过，但第三次觉得不妥当。于是她转过身，看那颗人头。那人头朝她一笑，很俏皮，还皱了皱鼻子，伸出舌头舔舔嘴唇。红线知道它在招她过去。她有点不乐意。Anyway，这人可是她杀的呀。

我像一支破枪一样走了火，冒出一个“Anyway”来。现在只好扔下笔，到字典上查它的意思。查到以后才知道，这个词我早就认识。我越来越像破枪，走火也成了常事。红线站在人头面前，看到它把湿润的双唇耸起，就知道它想让她吻它。这一回她有点不喜欢：不管怎么说，你可是死了的呀。但这念头一出现，人头就往下撇嘴，露出了要哭的意思。这使红线别无选择（毕竟是朋友嘛），把泥手往自己背上擦了擦，捧住它的后脑（这时她发现，这位朋友变得轻飘飘的了），吻它的双唇。这样做其实并无不适之处，因为这双唇比从前还温柔了很多。那双眼睛就在面前，它先往下看，看清了红线的面颊，又和红线短暂地对视，然后往上看，看红线的眉毛。最后转回来，满眼都是笑意，既快乐，又顽皮；但红线觉得很要命。她支持了一会儿，才把人头放开：先把它推开，然后放下去。这两个动作都是小心翼翼的，尽量轻柔、准确，把它放置在头发的悬挂之下；然后放开手，人头没有丝毫的摇晃。对方舔了舔嘴，笑了一笑，又眨眨眼。红线明白它在表示感谢。红线不禁想到：这颗人头与它被杀下来前相比，更性感、更甜蜜；其实她更加喜欢它；然后就赶紧不想——但已经想过了。其实红线还有正事要做——埋掉那个身体。但在人头的依依不舍面前，总是犹豫不定。最后她终于下定了决心，留下来陪它——我指的是人头，不是身体。这个故事的寓意是：不要杀朋友，杀成两块你忙不过来。但这故事本身并无寓意。

在那女人被杀时，薛嵩表现得木木痴痴，他只顾偷看人家的身体，特别是羞处，还很不要脸地勃起过几次。这使红线觉得很是丢脸，好在被杀的人并不在意。然后，这个男人用绳子拴住了人头的头发，要把它升起来，它却目不转睛地注视着红线，露出了乞求的神色。红线明白她的意思，她想让红线带着它，和它朝夕相处，起卧相随。事情是这样的：那位女刺客在被红线杀掉之前，只把红线当做朋友。到了被杀之后，就真正爱上她了。

红线实在不喜欢这个主意，也不喜欢被人头爱上，就假装不明白，把这个想法拒之门外。当那颗人头升起来时，满脸都是凄婉的神色。红线硬下心来，举手行礼，目送它升入高空。然后就跑回那个土坑里。就是这短短的几分钟，死尸的脖子上已经爬了一圈蚂蚁。她赶紧把它埋掉，顾不上找草席来盖了。然后她又回来，站在树下看那颗人头。此时林间已经相当幽暗，但树顶上还比较亮，那人头用期待的目光看着她。而红线硬下心来想到：我今天逮住了她，看守了她，把她杀掉，又埋了。而我只是个小孩子，总得干点别的事，比方说，去玩……所以她觉得自己此时没有爬上树梢去陪这位朋友，也蛮说得过去。但红线毕竟是善良的，她决定另找时间来陪这个朋友。但后来发生的事情很多，把她绊住了。

顺便说说，上次杀掉自己的邻居之后，红线也曾回去过，发现在闷热的林子里，那个人的一切都变成了深棕色，除了那对哆出来的眼珠子。那两个东西离开了眼眶，东歪西倒地挂着，依然是黑白分明的样子。其他的东西，包括原来鲜红的肠子，都变得像土一样，悬在空中，显得很不结实。几棵新竹穿过他的肚子，朝天上长着；还有几只捕鸟的大蜘蛛，在他的框架之内结了网。那地方有股很难闻的味儿。红线闭着气，在那里呆了一会儿。后来，她觉得自己要憋死了，对自己表现出的善良感到满意，就转身离开了那地方。

4

现在我发现，这个故事最大的缺失是没有提到那女人的内心。我总觉得这是不言自明的，其实却远不是这样。被反绑着跪在地下时，她终于明白自己这回是死定了。至此，她一生的斗争都已结束，只剩下死。她也可以喜欢这件事，也可以不喜欢这件事。她决定喜欢这件事：对于无法逃避的事，喜欢总比不喜欢要好一些。

此后她就变得轻松，甚至是快乐起来。站在行将死去的人面前，会感到一团好意迎面而来。红线常参加杀人，对这种感觉很熟悉。比方说，上次那个邻居被拉成一张牌桌时，就说：红线，我家里有一张角弓，要就拿去。红线很高兴，说道：谢谢！我会怀念你！打掉一张红心A。等他被拉成一张床框时，红线又到了他面前。这时他嘴里爬了好多蚂蚁，正在吃他的舌头，所以他含混不清地说：我有一把铜鞘的小刀，要就拿去。红线也说：谢谢。随着时间的推移，好意和臭味日重。最后一次他说：想要什么只管拿，别来了，会得病的。但红线毕竟是善良的，还常去看他，直到他变成土为止。这个女刺客也是这样的，漂亮的乳房也好，好看的肚脐也罢，要什么只管拿去。可惜的是，这些东西都拿不走，只能摸摸弄弄。这就是问题的所在。红线摸过了那个美丽的身体，咂咂嘴，就满意了；一刀把她的头颅砍了下来。而薛嵩没有触及这个身体，只是看到她的身体和眉梢眼尾的笑意，感到了她的好意，就受到很大的触动。作为一个思路缜密的人，他马上就想到自己所做的一切都错了。与其用枷锁去控制人的身体，不如去控制她的内心。这才是问题之真正所在。

如前所述，红线和那小妓女是朋友。所以，杀掉了另一个朋友之后，她来到小妓女的家里，并排躺在地板上，抽随手采来、在枕头下风干的大麻烟，并且胡聊一通。此时红线总要说到那辆柚木囚车，谈到里面状似残酷、实则温柔的陈设；还谈到那些巧夺天工的枷锁。当然，谈得最多的是，在未来的某一天，她会被套上这些枷锁，关进囚笼，成为永远的囚徒和家庭主妇，终身和那些柚木为伍，就再也出不来了。在此之前，她要做的是监督薛嵩把周到、细致、温柔和严酷都做到极致，在此之后，她就要享受这些周到、细致和温柔。

举例来说，身为家庭主妇，要管理果园和菜地，所以那辆囚车就有一套自动机构，可以越野行驶。红线在笼子里，透过栅栏，操作着一根长杆，杆顶有一个小小的锄头，可以除去菜地里的一棵野草，但不致伤到一棵邻近的菜苗。考虑到距离很远，红线手上有枷，不那么灵便，这条长杆自然是装在一个灵巧的支架上。听她说的意思，我觉得这好像是雅马哈公司出品的某种钓鱼杆。但她又说，另一根长杆可以装上一个小纱网和一把小剪子，伸到树上，剪下一个熟透的芒果。总而言之，红线把自己形容成一个斯诺克台球的高手。另一方面，你当然也想到了，这座囚车又是一辆旅行车。它可以准确地行驶在菜畦里，把车下废水箱里的东西（也就是红线自己的屎和尿）施到地里做肥料。红线还说，这些都不是这辆囚车的主题。主题是只有薛嵩可以进那辆车，带去周到、细致、温柔和严酷的性爱。所以，薛嵩的性爱才是这辆车的主题。因为薛嵩是如此缜密、苦心孤诣，红线才会住进这辆车。那个小妓女对这个故事不大喜欢，想要给红线泼点凉水，就说：恐怕那车没有你说的那么好。而红线吐了一个烟圈，很潇洒地说道：放心吧，不好我就不进去。我的后脑勺也不是那么容易打的——此时杀人时的感觉还没从红线身上退去。红线隐隐地感到，她对那个女刺客所做的一切，远远不能说把周到、细致、温柔和残酷都做到了极致。但她把这归咎于已死的女刺客；仿佛是说：谁让你被我打晕了。

现在轮到小妓女来炫耀自己，她只能把寨子里的男人说一说：某某和我好；我和某某做爱，快乐极了；等等。在这些男人里，她特别提到了薛嵩，一面说，一面偷看红线的脸色。但红线无动于衷。时至今日，红线还没和薛嵩做过爱，这使小妓女感到特别得意。但她也知道，一大筐烂桃也敌不上一个好桃。没有人对她这样缜密、这样苦心孤诣，大家都是玩玩，玩过就算了。她因此而妒嫉，甚至仇恨；但还不至于找人来把薛嵩杀掉。这是因为她还年轻，保持着善良的天性。假如年龄再大一些就难保了。然后,这两个朋友有一些亲热的举动，在此不便描写。

红线对小妓女说，遇上薛嵩，我已经死定了。说这话时，她已经坐了起来，抽着另一支大麻烟。此时她眉梢眼尾都是笑意，就和那被砍头的女刺客相似。那个小妓女说：我真不明白，死定了有什么好。也许红线应该解释说：虽然已经死定了，但不会马上死；或者解释说：这种死和那种死不同；或者解释说：这是个比方嘛。但她什么都不解释，手指一弹，把烟蒂弹到了门外；然后自己也走了出去；只是在出门时轻描淡写地说了一句：这个你不懂。于是那小妓女嫉妒得要发狂，因为自己没有死定。这个小小的例子使我想到，穷尽一切可能性和一种可能都没有一样，都会使你落个一头雾水。

后来，那女刺客的头就像一朵被剪下的睡莲花那样，在树端逐渐枯萎。莲花枯萎时，花瓣的边缘首先变成褐色，人头也是那样。她的面颊上起了很多黄褐色的斑点，很像是老年斑。当然，假如把斑点扣除在外，还是蛮好看。说实在的，她正在腐烂，发出烂水果那种甜得发腥的味道。但为了不让朋友伤心，红线照常吻她。人头每次见到红线，总要皱皱眉头，嘟起嘴来说一个字，从口形来看，是个“埋”字。红线知道她的意思，她要红线把她埋掉。在这方面，红线实在是爱莫能助。因为只有薛嵩是此地的主人，他说了才能算。于是她硬起心来，假装没有听明白，爬下树去了。这是因为薛嵩在树下练习箭法，红线要去陪他。

现在，薛嵩丢下了手上的木工活，在那棵挂着人头的树上刻了一颗红心，每天用长箭去射它。在红线看来，这应该是一个象征。但她怎么也想不出这象征的是什么。也许，这颗心象征着自己，箭象征着薛嵩的爱情。也许，这颗心象征着自己的那话儿，箭则象征着薛嵩的那话儿。不管象征着什么，反正红线被他的举动给迷住了。她站在薛嵩身边，从箭壶里取箭给他，态度越来越恭敬。起初是用一只手递箭给他，后来用两只手递箭给他。再后来，她屈下一条腿，把双手捧过头顶。在这个故事里，薛嵩没有用繁文缛节去约束红线。他用枷锁把她魇住了。这也是我的选择。拿枷锁和一种没落的文化相比，我更喜欢枷锁。而那位白衣女人读完了这个故事，怒目圆睁，朝我怒吼一声道：瞎编什么呀你！

第 五 章

一

1

早上我来上班时，看到我的办公室门敞开着。在我的办公桌——也就是那张香案——上，放着我的工作计划。除此之外，还有一股马尿的气味——这是领导身上的味，他总抽最便宜的烟卷，把这种气味留在一切他到过的地方。我记得自己把计划认真地修改过，交上去了，现在它又跑了回来，使我大吃一惊，生怕现存不多的记忆也出了问题。打开那个白纸册子，看到我在那页上打的补丁还在，这是个好现象。但有一个更坏的现象：我精心拟定、体现了高尚情操的三个题目上，被人打上了大红叉子。这三个题目是：《老佛爷性事考》《历史脐带考》《万寿寺考》。在这三个大叉子边上，还有四个字的批语："一派胡言！"这使我感到莫名的委屈。虽然这三个题目可能还不够崇高，但已是我能想到的最崇高的题目了。再说，就是这样的题目我也可能做不了。我真不知道领导的意图是什么，也许，他们想要我的命？我尽量达观地看待这件事，但还是难免愤恨。整整一上午都在愤恨中过去了。

将近中午时，白衣女人走进我的房子，见到我的样子，就把眉头挑了起来：怎么了你？我尽量心平气和地答道：没怎么，没怎么。她掏出个小镜来，说道：自己照照吧。镜子里是一张愤怒的灰色人脸，除了咬牙切齿，还是斗鸡眼——我还不知道自己有内斜视的毛病，在心情不好时尤为显著。这下可糟了，别人可以一目了然地看到我的内心——看来我该戴副墨镜。然后她在屋里走动，看到了桌上的表格，就大笑起来：原来是因为这个！你这家伙呀，没气性就不要耍无赖，气不了别人，老是气着你自己。现在我知道了自己是个鼠肚鸡肠的人，这使我很伤心，但又感到冤枉。我拟这三个题目不是想耍无赖、气领导，而是一本正经的。

我的故事重新开始时，一切如前所述。那个小妓女的房前，是一片绿色的世界。绿竹封锁了天空，门前长满了绿草，就是那片空地上，也长满了青苔。时而有剥落的笋壳、枯萎的竹叶飘落在地，在地上破碎地陈列着，老妓女马上就把它们扫掉。因为这个缘故，天黑以后，门前就会变成一片纯蓝色的世界，这个女孩讨厌蓝色。她常在空地上走来走去，把每棵竹子都摇一摇，不但摇下了枯萎的叶子，连半枯萎的也摇了下来。她觉得这没有什么，叶子可以在地下继续枯萎。但等她刚一走回房子，拉上拉门，老妓女就走了出来，提着木板钉成的簸箕，拿着竹枝编成的短笤帚，在空地上走上一圈，把所有的叶子（包括全枯萎的和半枯萎的）通通扫掉，然后嘟嘟囔囔地走回去。在做这件事时，老妓女赤裸着身体，弓着腰，在绿色之中留下白色的反差，所以像一只四肢着地的北极熊。然后，小妓女又跑出去摇竹子，老妓女又跑出去扫地，并且嘟囔得越来越厉害。这个小妓女因为年轻，而且天性快乐，所以把这当做一种游戏，没有想到这会给自己招来杀身之祸。

在我新写的故事里，也有一帮刺客受老妓女的雇佣，来到了凤凰寨里。但老妓女请他们来，不是要杀薛嵩，而是要杀死红线。这个故事的正确之处在于：同性相斥，异性相吸。老妓女既是女人，就不该要杀男人，应该是想杀女人才对。她给刺客先生们的任务是：红线必须杀死，薛嵩务必生擒。假如你说，刺客先生是男人不是女人，他们有自己的主见，会以为薛嵩必须杀死，红线务必生擒；那么你就是站在了正确的一面。更正确的意见是：老妓女请人杀红线，应该请女人来杀，女人更可靠。你说得对。老妓女这样干了一次，那个正确的刺客的脑袋已经被挂起来了。这说明请刺客时，不仅要找可靠的人，还要注意对方的业务水平。起初，老妓女想请一个可靠的人，就请来了那位漂亮的女刺客，但她业务水平低，没有杀着红线，只砍掉了薛嵩半个耳朵，还把自己的命送掉了。后来，她又请来了声誉最高的刺客，但这些人却很不可靠。

因为这个缘故，等到漫长的一天过去，暮色降临时，就会有一个纯蓝色的男人从空地上走过。此人头很大，还打着缠头，像一个深海里的水母，飘飘摇摇地过去，走进老妓女的屋子。从门缝里看到这个景象以后，那女孩明白了老妓女为什么要扫地——倘若地上有枯枝败叶，人脚踩上就会有很大的响动，小妓女听到之后，就知道隔壁来了不明身份的男人，而老妓女不愿意让人知道——这是女孩的理解。实际上来的不是嫖客而是刺客头子，来和老妓女商讨杀薛嵩的事；所以这是一个很大的误解。因为老去摇叶子，老太太觉得她是薛嵩的眼线，所以决定在杀薛嵩的同时把她也杀掉。因为这个缘故，这个小妓女也落到了死定了的地步，这使她感觉很坏。

那天晚上她睡在门口，把拉门留了一个缝，把一只眼睛留在门缝里。这样，就是睡着了也能看见。夜里她在睡梦中看到有二十多个蓝色的人经过，醒来时很是吃惊，自己扳指头算了一遍，不禁脱口惊叹道：我的妈呀，这老太太不要命了！她爬起来，想去看看热闹，就溜出了门，溜上了人家的走廊。在她面前的是一个从里面被照亮的纸拉门。当她伸出舌头，想要舔破窗户纸时，被一只大手捂住了嘴，另有一只大手，箍住了她的脖子，更多的手正在她身上摸着，这些手又冷又湿，掌心似有些黏液。这女孩最怕这个。虽然如此，她还挣扎着回了一下头，看清了身后那些蓝色的人影，小声嘀咕了一句：全是那老东西害的！才无可奈何地晕过去了。

2

中午吃饭时，我对那白衣女人发起了牢骚：领导在我新拟的题目上打叉，叉掉《老佛爷性事考》我无话可说；为什么把《历史脐带考》也叉掉？他根本就不知我在说什么！前面所引的旧稿里已经提到，历史的脐带是一条软掉的鸡巴，这是很隐晦的暗语，从字面上看不出来的……那白衣女人沉下脸来说：这就要怪你自己长了一张驴嘴，什么话都到处去说！这话让我一激灵：原来我这么没城府，与直肠子驴相仿。我连忙压低嗓音问：我对领导也说了历史的脐带啦？她哼了一声说：还用和他说！别人就不会打小报告了？说起来就该咬你一口，只要能招女孩笑一笑，你能把自己家祖坟都揭开……

此时我出了一身冷汗：我不但是直肠子驴，还是好色之徒！等我问起是谁出卖了我时，她却不肯说：我从不挑拨离间，你自己打听去吧……我不需要去打听了，因为我已经下定了决心，今后除她之外，什么女人我都绝不多看一眼，更不会和她们说话。但我还有一个问题：《万寿寺考》是我顺笔写上的，写时觉得挺逗，但不知逗在哪里。我把这问题也提了出来，那白衣女人不回答，只是用筷子敲碗，厉声喝道：讨厌！讨厌！我在吃饭！我也不敢再问了。但我知道“万寿寺”也是个典故，这典故是我发明的，人人都知道，只有我不知道。

在我新写的故事里，我决心把线索集中在那小妓女的身上。从外表看，她和红线很像，都长着棕色的身体，远看带点绿色，近看才不绿；但从内心来看就很不一样。主要的区别是，她还没被某一个男人盘算住，天真烂漫，心在所有的男人身上；当然，蓝色的男人例外。这种颜色的人她都送给了老妓女。这就是说，除了反对蓝色，她的内心是一片空白。

这个女孩子最怕冷和粘，因为她害怕蛇和青蛙。但是红线却不怕冷血动物，她常用左手拿住青蛙的腿，右手捏住一条蛇的脖子，让右手的蛇吞掉左手的青蛙。再把蛇嘴捏开，把青蛙拖出来。这样折腾上十几次，再把它们放开。以后蛇一见青蛙就倒胃；而青蛙见到了蛇，就狂怒起来，跳到它头上去撒尿。所以，假如用冷冰冰的手去摸红线，不仅不能吓晕红线，还会被她在睾丸上踢上一脚。但红线也并非无懈可击：她最怕耗子。用热烘烘、毛扎扎的手去摸她，就能把她吓晕。但小妓女却不怕耗子。她把耗子视为一种美味，尤其是活着的。她养了一箱小白鼠，常常抓出一只，用蜜抹遍它的全身，然后拎着尾巴把这可怜的小动物放到嘴里，作为每餐前的开胃菜。假如用热烘烘的手去摸小妓女，她不仅不怕，还会转身咬掉你的鼻子。这两个女孩有时拿同性恋作为一种游戏，但她们互相不信任。红线总要问:你今天吃没吃耗子？小妓女撒谎道:好久没吃了，我的嘴是干净的。她也问红线：你今天有没有用手去拿蛇？红线说:拿过，可我洗手了。我的手也是干净的。其实她根本就没洗手。她们互相欺骗,像一对真正的恋人一样。不知为什么，那些刺客做好了一切准备，要用凉手去摸小妓女(已经得逞了),还要用热手去摸红线(尚未得逞)。这就是说，他们在寨子里有内线，知道些内幕消息。

每个女孩都有弱点，当男人不知道这个弱点时，她才是安全的。但假如她的弱点为男人所知，必是因为另一个女人的出卖。小妓女在晕过去之前，认为自己是被老妓女出卖了。这种想法当然是很有道理。被人摸晕以后,她就被人捆了起来，嘴里塞了一只臭袜子，抬进老妓女的屋里。醒来以后，她就在心里唠叨道：妈的，怎么会死在她手里？真是讨厌死了！

在我的记忆中，夜有不同的颜色。有些夜是紫色的，星星和月亮就变得惨白。有的夜是透明的淡绿色，星星和月亮都是玫瑰色的。最惨不忍睹的夜才是如烟的蓝色，星星和月亮像一些涂上去的黄油漆。在这样的夜里摸上别人家的走廊去偷听，本身就是个荒唐的主意；因此丧命更是荒诞不经。自从到了湘西，小妓女就没有穿过衣服。现在她觉得穿着衣服死掉比较有尊严。她有一件白色的晨衣，长度只及大腿，镶着红边，还配有一条细细的红腰带，她要穿着这件衣服死去。她还有一个干净的木棉枕头，从来没有用过，她想要被这个枕头闷死。具体的方法是这样的:由一个强壮的男人躺在地上，她再躺在此人身上。此人紧紧抱住她，箍住她的双手，另一人手持枕头来闷死她，而且这两个男人都不能是蓝的。就是这样的死法，她也不觉得太有意思。

3

在我自己的故事里，我刚刚遭人出卖，被领导用红笔打了三个大叉子，虽然没有被人捆倒，没有被在嘴里塞上臭袜子，更谈不到死的问题，但心情很沮丧。按那白衣女人的说法，我是被女孩出卖的。这使我更加痛苦。这种痛苦不在小妓女的痛苦之下。逮住了小妓女，那些刺客就出发去杀红线。在他们出发前，老妓女特别提醒他们，这个小贼婆很有点厉害。那些人听了哈哈大笑，说道：一个小贼婆有什么了不起？嘻嘻哈哈地走了出去，未加注意，结果是吃了大亏。此后，只剩下小妓女和老妓女待在一个房子里，那个女孩就开始起鸡皮疙瘩，心里想着：糟了，这回落到贞节女人的手里啦。

妓女这种职业似乎谈不上贞节，这种看法只在一般情况下是对的。有些妓女最讲贞节，老妓女就是这种妓女中的一个。她从来不看着男人的眼睛说话，总是看着他的脚说话；而且在他面前总是四肢着地地爬。据她自己说，干了这么多年，从来没见过男人的生殖器官。当然，她也承认，有时免不了用手去拿。但她还说：用手拿和用眼看，就是贞节不贞节的区别。老妓女说，她有一位师姐，因为看到了那个东西，就上吊自杀了。上吊之前还把自己的眼睛挖掉了。有眼睛的人在拿东西时总禁不住要看看，但拿这样东西时又要扼杀这种冲动。所以还不如戴个墨镜。顺便说一句，老妓女就有这么一副墨镜，是烟水晶制成的，镶在银框子上。假如把镜片磨磨就好了，但是没有磨，因为水晶太硬，难以加工。所谓镜片，只是两块六棱的晶体。这墨镜戴在鼻子上，整个人看上去像穿山甲。当然，她本人的修为很深，已经用不着这副眼镜，所以也不用再装成穿山甲了。

另一件重要的事是决不要吃豆子，也不要喝凉水，以免在男人面前放屁。她还有一位师妹，在男人面前放了一次响屁，也上吊而死，上吊之前还用个木塞子把自己钉住。总而言之，老妓女有很多师姐妹，都已经上吊自杀了。她有很多经验教训，还有很多规矩，执行起来坚定不移。按照她的说法，妓女这个行业，简直像毕达哥拉斯学派一样，有很多清规戒律。顺便说一句，毕达哥拉斯学派也不准吃豆子，也不知是不是为了防止放屁。但我必须补充说，只要没有男人在场，老妓女就任何规矩都不遵循。她赤身裸体，打响嗝，放响屁；用长长的指甲扒搔自己的身体来解痒，与此同时，侧着头，闭着眼，从下面的嘴角流出口水——也就是俗称哈喇子的那种东西。更难看的是她拿把剃头刀，叉开腿坐在走廊上，看似要剖腹自杀，其实在刮阴毛。那女孩把这些事讲给男人们听，自然招致那老妓女最深的仇恨。其实她本心是善良的，也尊敬前辈，只是想和老太太开个玩笑。但从结果来看，这个玩笑不开更好。

综上所述不难看出，在唐朝，妓女这个行业分为两派。老妓女所属的那一派是学院派，严谨、认真，有很多清规戒律，努力追求着真善美。这不是什么坏事，人生在世，不管做着什么事，总该有所追求。另一派则是小妓女所属的自由派，主张自由奔放，回归自然，率性而行。我觉得回归自然也不是坏事。

身为作者，对笔下的人物应该做到不偏不倚。但我偏向自由派，假如有自由派的史学，一定会认为，《老佛爷性事考》、《历史脐带考》都是史学成就。不管怎么说吧，这段说明总算解释了老妓女为什么要收拾小妓女——这是一种门派之争。那位白衣女人看到这里，微微一笑道：瞎扯什么呀！就把稿子放下来，说道：走吧，你表弟在等我们呢。对这些故事，她没说好，也没说不好，我也不知该因此而满意呢，还是该失望。

白衣女人后来指出，我有措辞不当的毛病。凡我指为学院派者，都是一些很不像我的人。凡我指为自由派者，都是气质上像我的人。她说得很有道理，但对我毫无帮助。因为我对自己的气质一无所知。古人虽说人贵有自知之明，但这种要求对一个只保有两天记忆的人来说，未免太过分。所以，我只好请求读者原谅我辞不达意的毛病。

在谈我表弟的事之前，我想把小妓女的故事讲完。如前所述，小妓女在男人面前很随便。她属于那种没有贞节的自由派妓女，和有贞节的学院派妓女住在一起多有不便。她和薛嵩说了好几次，想要搬家。但薛嵩总说：凑合凑合吧，没时间给你造房子。

那个老妓女也说过，她不想看到小妓女，要薛嵩在两座房子之间造个板障。薛嵩也说，凑合凑合吧，我忙不过来呀！以前薛嵩可不是这个样子，根本不需要别人说话，他自己就会找上门去，问对方有什么活要做；他会精心地给小妓女设计新家，用陶土和木头造成模型，几经修改，直到用户满意，然后动工制作；他还会用上等的楠木造出老妓女要的板障，再用腻子勾缝，打磨得精光，在上面用彩色绘出树木和风景，使人在撞上以前根本看不出有板障。

不但是妓女，寨子里每一个人都发现少了一台永动机，整个寨子少了心脏——因为薛嵩迷上了红线，不再工作，所以没有人建造住房、修筑水道、建造运送柴火的索道。作为没有贞节的女人，小妓女还能凑合着过，而老妓女则活得一点体面都没有了。原来薛嵩造了一台搔痒痒的机器，用风力驱动四十个木头牙轮，背上痒了可以往上蹭蹭，现在坏了，薛嵩也不来修。原来薛嵩造了一架可以自由转动的聚光灯，灯架上还有一面镜子，供老妓女在室内修饰自己之用。现在也转不动了，老妓女的一切隐私活动只好到光天化日下来进行。这就使老妓女的贞节几乎沦为笑柄。假如不赶紧想点办法，那就只有自杀一途了。

寨子里没有了薛嵩的服务，就显出学院派的不利之处。这个妓女流派只擅长琴棋书画，对于谋生的知识一向少学。举例来说，风力搔痒机坏了，那个小妓女就全不顾体面，拿擦脚的浮石去擦背。这种不优雅的举动把老妓女几乎气到两眼翻白；而她自己也痒得要发疯，却找不到地方蹭。供水的管道坏了，小妓女自会去提水，而那个老妓女则只会把水桶放在屋檐下面，然后默默祈祷，指望天上下雨，送下一些水来。至于送柴的索道损坏，对小妓女毫无影响。随便拣些枯枝败叶就是柴火。就是这样的事，老妓女也不会，她只会从园子里割下一棵新鲜蔬菜，拿到走廊上去，希望能把一头到处游荡的老水牛招来。把它招来不是目的，目的是希望它在门前屙屎。牛粪在干燥之后,是一种绝妙的燃料。很不幸的是，那些水牛中有良心的不多，往往吃了菜却不肯屙屎。当老妓女指着水牛屁股破口大骂时，小妓女就在走廊上笑得打滚——像这样幸灾乐祸，自然会招来杀身之祸……

4

我和我表弟媳是初次见面。那女孩长得圆头圆脸，鼻子上也有几粒斑点。和我说话时，她一刻不停地扭着身体。这是一种异域风情,并不讨厌。她很可能属于不拘小节的自由派。她不会说中国话，我不会说泰国话，互相讲了几句英文。她和我表弟讲潮汕话，而我表弟却不是潮汕人。她自己也不是潮汕人，但泰国潮汕人多，大家都会讲几句潮汕话。小妓女和薛嵩相识之初，也遇到了这个问题。他不会讲广东话，她不会讲陕西话。于是大家都去学习苗语，以便沟通。虽然会说英语，我也想学几句潮汕话。只可惜这种语言除了和表弟媳攀谈，再没有什么用处了。

我表弟现在很有钱，衣冠楚楚，隐隐透着点暴发户的气焰。从表面上看，他很尊敬我，站在饭店门口等我们，还短着舌头叫道：表嫂，很漂亮啦！接下来的话就招人讨厌：他问我们怎么来的。混账东西，我们当然是挤公共汽车来的！我觉得自己身为表哥，有骂表弟的资格。但白衣女人不等我开口就说：bus 上不挤，很快就到了。我表弟对我们很客气，但对我的表弟媳就很坏，朝她大吼大叫，那女孩静静地听着，不和他吵。我能理解她的心情：今天请你的亲戚，只好让你一些，让你做一回一家之主。等把我们往包厢里让时，我表弟却管不住自己的肛门，放了个响屁。那女孩朝我伸伸舌头，微微一笑。我很喜欢她的这个笑容，但又怕她因此招来杀身之祸。

在凤凰寨里，等到刺客们走远，那个老妓女想要动手杀掉小妓女。所以等到现在，是因为她觉得不在男人面前杀人，似乎也是贞节的一部分。她要除掉本行里的一个败类，妓女队伍中的一个害群之马。干这件事时，她没有一丝一毫的犹豫，只是有点不在行。她找出了自己的匕首，笨手笨脚地在人家身上比画开了。她虽不常杀人，对此事也有点概念，知道应该一刀捅进对方心窝里。问题是：哪儿是心窝。开头她以为胸口的正中是心窝，拿手指按了以后，才知道那里是胸骨，恐怕扎不动。后来她想到心脏是长在左边，用手去推女孩的左乳房；把它按到一边去，发现下面是肋骨。这骨头虽然软些，但她也怕扎不动。然后她又想从肚子上下手，从下面挑近心脏的所在。就这样摸摸弄弄，女孩的皮肤上小米似的斑点越来越密了。后来，她猛地坐了起来，把臭袜子吐了出来，说道：别摸好吗！我肠子里都长鸡皮疙瘩了！老妓女吃了一惊，匕首掉在地上，过了很久，才问了一句：肠子里能起鸡皮疙瘩吗？那女孩毅然答道：当然能！等我屙出屎来你就看到了！老妓女闻言又吃一惊，暗自说道：好粗鄙的语言啊！这小婊子看来真是不能不杀。她的决心很大，而且是越来越大。但怎么杀始终是个问题。

别的不说，怎么把臭袜子塞回女孩嘴里就是个很大的难题。她试了好几次，每次都被对方咬了手。那女孩还说：慢着，我有话问你。为什么要杀我？老妓女说道：因为你不守妇道，是我们这行的败类。女孩沉吟道：果然是为这个。但是你呢？勾结男人杀害同行姐妹，难道你不是败类？这话很有力量，足以使老妓女瞠目结舌。但那老女人及时地丢下刀子，把耳朵堵上了。

我知道把老妓女要杀小妓女的事和我表弟请我们吃饭的

事混在一起讲不够妥当，但又没有别的办法，因为这些故事是我在餐桌上想出来的。小妓女的样子就像我的表弟媳，老妓女就像我表弟。那个老妓女和一切道德卫道士一样，惯于训斥人，但不惯于和人说理。我表弟就常对弟媳嚷嚷。而那女孩和一切反道德的人一样，惯于和人说理，却不惯于训斥别人。表弟媳总是和颜悦色地回答表弟的喝斥。

老妓女和小妓女常有冲突，每次都是老妓女发起，却无法收场。举例来说，只要她们同时出现在两个不同的回廊上，那老妓女就会注视着地面，用洪亮的嗓音慢声吟哦道：阴毛该刮刮了，在男人面前，总要像个样子啊。老妓女就这样挑起了道德论争，她却不知如何来收场。那女孩马上反唇相讥道:请教大姐，为什么刮掉阴毛就像样子？她马上就无话可答。其实明路就在眼前，只消说，这是讲卫生啊！小妓女就会被折服；除非她愿意承认自己就是不讲卫生。但老妓女只是想：这小婊子竟敢反驳我！就此气得发抖，转身就回屋去了。相反，假如是小妓女在走廊上说：别刮那些毛，在男人面前总要像个样子啊。那老妓女也会收起剃刀、蓄起阴毛。她们之间的冲突其实与阴毛无关，只与对待道德训诫的态度有关。顺便说一句，我表弟和表弟媳在争些什么，我一句也没听懂，好像不是争论阴毛的问题。但从表弟的样子来看，只要我们一走，他就要把表弟媳杀死。

5

不管怎么说吧，老妓女已经决定杀小妓女，而且决心不可动摇。但小妓女还不甘心，她把反驳老妓女的话说了好几遍，还故意一字一字，鼓唇作势，想让她听不见也能看见。但老妓女只做没听见也没看见，心里却在想反驳的道理，终于想好了，就把手从耳朵上放下来，说道：小婊子，你既是败类，就不是同行姐妹。我杀你也不是败类。说毕，把刀抢到手里，上前来杀小妓女。要不是小妓女嘴快，就被她杀掉了。她马上想到一句反驳的话：不对，不对，我既不是同行姐妹，就和你不是一类，如何能算是败类。所以和你还是一类。老妓女一听话头不对，赶紧丢下刀子，把耳朵又捂上了。我老婆后来评论道,这一段像金庸小说里的某种俗套。但我不这样想。学院派总是拘泥于俗套，这是他们的弱点，可供利用。可惜自由派和学院派斗嘴，虽然可以占到一些口舌上的便宜，但无法改善自己的地位，因为刀把子捏在人家的手里。

这故事还有另一种讲法，没有这么复杂。在这种讲法里，老妓女没有和小妓女废话，小妓女也没把臭袜子吐出来。前者只是想把后者拖出房子去杀，以防血污了地板；她可没想到这件事办起来这么难。起初她想从小妓女上半身下手来拖，没想到那女孩像条刚钓出水面的鱼一样狂翻乱滚，一头撞在她鼻子上；撞得她觉得油盐酱醋一起从口鼻里往外淌——这当然是个比方，她嘴里没有淌出酱油和醋，实际上，淌出来的是血。后来,她又打算从脚的方向下手。这回女孩比较文静，仰卧在地板上，把脚往天上举，等老妓女走近了，猛一脚把她从房间里蹬出去。天明时,刺客们吃了败仗从薛嵩那里回来时，发现老妓女的房子外观有很大的改变;纸窗、纸门、纸墙壁上，到处留下人形的窟窿。说话之间，老妓女又一次从房子里摔了出来，栽倒在地下。这使那些刺客很是惊讶，赞叹道：你这是干吗呢？她答道:我要把那小婊子拖出去杀掉。他们就说:

是吗？看不出是你拖她呀。那些人都被土蜂螫得红肿，在蓝颜色的烘托下，变成紫色的了。

我应该从头说起这个小妓女。在我心中，这个女孩是这个样子：在她棕色的脸中央，鼻头上有几粒细碎的斑点，眼睛大得惊人。当你见到她时，心情会很好，分手后很快就会忘记了。如果你说像这样的人很适合被杀死，我就要声明，这不是我的本意。总而言之，她和老妓女一起跟薛嵩来到湘西，同为凤凰寨的创始人，地位没有尊卑之分。从老妓女的立场出发，杀掉一位创始人，逮住另一位创始人，剩下一个创始人，就是她自己。此后她就是凤凰寨的当然主人。现在这种写法比以前无疑更为正确。

天明时分，小妓女被老妓女和一群蓝色的刺客围在凤凰寨的中心。那些人既没杀掉红线，也没逮住薛嵩，就想把她杀掉充数。那女孩听到了他们的打算，叹了一口气说：好吧，我同意。看来我想不同意也不行了。可你们也该让我知道知道，薛嵩和红线到底怎么样了。从昨天晚上开始，她既没有见到红线，又没见到薛嵩；而前者是她的朋友，后者是她的恋人。关心他们的下落，是理所当然的事情。连老妓女带刺客头子，都以为这种要求是合情合理的。但他们也不知红线和薛嵩到底怎样了。既然不知道，也就不能杀掉她。

现在可以说说那个女孩为什么讨厌蓝色。在湘西的草地上，蓝色如烟，往事也如烟。清晨时分，被露水打湿的草地是一片殷蓝，直伸到天际；此时天空是灰蒙蒙的。这种蓝色和薄暮时寨子上空悬挂的炊烟相仿。诚然，正午时的天空也是蓝色，此时平静的水面上反光也是蓝色，但这两种蓝色就没有人注意。因此就造成了这样的局面：只有如烟的股蓝色才叫做蓝色，别的颜色都不叫蓝色。每天早上，小妓女双手环抱于胸，走到蓝色的草地上，此时往事在她心里交织着。因为她讨厌往事，所以也讨厌蓝色。既然她讨厌回忆往事，又何必到草地上来——这一点我也无法解释。我能够解释的只是蓝色为什么可鄙：我们领导总穿蓝色制服。后来，她躺在老妓女家里的地板上时，就是这样想的：既然被蓝色如烟的人逮住，就会得到一个蓝色如烟的死。具体地说，可能是这样：她被带到门外，浑身涂满了蓝颜色，头朝下地栽进一个铁皮桶，里面盛着蓝墨水。此后她就从现在消失，回到往事……

按照以前留下的线索，那些刺客和老妓女要杀掉这个小妓女，她以一种就范的态度对他们说：好吧，随你们的便吧；但你们得告诉我，薛嵩和红线怎样了。但她又摆出了个不肯就范的姿势，整个身体呈S形。在S形的顶端是她捆在一处的两只脚，然后是她的小腿和蜷着的膝盖。大腿和屁股朝反方向折了回来。这个S形的底部是她的整个躯体。她拿出这个姿势来，是准备用脚蹬人。当然，这个姿势有点不够优雅，因为羞处露在外面，朝向她想蹬的那个人。老妓女训斥她说：怎么能这样！在男人面前总要像个样子！但那小妓女毅然答道：我就不像样子了，你能怎么样吧！不告诉我薛嵩怎样了，我就不让你们杀！当然，那些刺客可以一拥而上，把这小妓女揪住，像对付一条鳝鱼一样，把她蜷着的身体拉开，一刀砍掉她的脑袋。但那些刺客觉得这样做不够得体：大家都是有教养的人，人家不让杀怎么能杀呢——除此之外，刺客都是男人，对女人总要让着一些。但要告诉她薛嵩怎样了，又是不可能的事，因为他们也不知道。当然，他们也可以撒句谎，说：他们俩都被我们杀掉了;但这又是不可能的事，大家都是有教养的人，怎么能说谎呢。刺客头子不好意思地笑了一下说：好吧，那就暂时不杀你。小妓女很高兴，说道:谢谢！就放下腿，翻身坐了起来。当然，现在是杀掉她的大好时机，可以猛冲过去，把她一刀杀死。但那刺客头子又觉得这样做不够得体。所以，他们就没杀掉那个小妓女。

二

1

我该把和表弟吃饭的事做一了结。吃饭时他把手放在桌子上。这只右手很小，又肥又厚，靠近手掌的指节上长了一些毛。人家说，长这样的手是有福的。这种福分表现在他戴的金戒指上：他有四根手指戴有又宽又厚的金戒指，我毫不怀疑戒指是真金的，只怀疑假如我们不来，他会不会把这些戒指全戴上——当小姐给他斟酒时，他用手指在桌面上敲着。饭后，我开始犹豫：既然我是表哥，是不是该我付账……但我表弟毫不犹豫,掏出一张信用卡来。是VISA卡,卡上是美元。后来，我们走到马路上，表弟和他太太要回王朝饭店，我开始盘算他们该坐哪路车——要知道，路径繁多，既可以乘地铁，也可以乘电车、公共汽车、双层巴士（特1路），假如不怕绕路的话，还可以乘市郊车。但我表弟毫不犹豫，拦住了一辆黄色的出租车，递给司机一张百元大票，大声大气地说：

送我表哥表嫂到学院路。我对他的果决由衷佩服。回到家里，我们并排坐在床上。我老婆也堕入了沉思之中。后来，她拥抱了我，在我耳畔说道：我只喜欢你。然后她凉凉的小手就向下搜索过来。

那天夜里，那个自称是我老婆的女人在床上陈列她白色、修长的身躯。起初，是我环绕着这个身躯，后来则是这个身躯在环绕我。对于一位自己不了解的女士，只能说这么多。我始终在犹豫之中，好像在下一局棋。她说，我只喜欢你。这就是说，她不喜欢我表弟。但是似乎存在着喜欢我表弟的可能性。也许，他们以前认识？或者我表弟追求过她？在这方面存在着无穷多种可能性。这么多可能性马上就把我绕糊涂了。

因为写到了一些邪恶的人：老妓女、刺客头子，现在我觉得薛嵩比较可爱了。白衣女人再次重申她只爱我，我的心情也好多了。薛嵩留着可爱的板寸头，手很小，而且手背上很有肉。这是过去的薛嵩。照小妓女的记忆，那时候他像个可爱的小老鼠，不知什么时候就会从地缝里钻出来，出现在她的面前，兴高采烈地说道：我要和你做爱！就把她扑倒在地，带来一种热烘烘的亲切感觉。他的男性器呈深棕色，好像涂了油一样有光泽。这种事情不应被视为苟合，而应视为同派学兄学妹之间的切磋技艺。小妓女对这种切磋感到幸福，唯一使她不满的是：薛嵩老到老妓女那里去。每当她嘛起嘴来时，薛嵩就热情洋溢地说道：我们要做大事，要团结，不要有门户之见嘛！此后就更加热情地把她扑倒在地，使她忘掉心中的不满……以后她就忘掉了门派分歧，主动叫老妓女为大姐；在此之前她称对方为老婊子、老破鞋，还有一个称呼，用了个很粗俗的字眼，和逼迫的逼同音不同字。只可惜老妓女已经恨了她，还是要把她杀死。所以，在被捆倒在地下时，小妓女暗暗后悔，觉得多叫了几声大姐，少叫了几次老逼，自己吃了很大的亏。

过去的薛嵩和现在的薛嵩很不一样，现在的薛嵩长了一头长发，乱蓬蓬地绞结着，肤色灰暗，颧骨突出，眼睛又大又凸出，茫然地瞪着。他的手又大又粗糙，身上很凉，心事重重；但一点都不是傻呵呵的；他的男性器呈死灰色，毫无光泽，好像一条死蛇。照小妓女的看法，他变成这样，完全要怪红线。但红线是她的朋友，她不好意思和她翻脸。

在凤凰寨里，薛嵩发生了很多变化，小妓女却始终如一，总是笑嘻嘻地走来走去。见到了男人，就屈起右手的中指，随手一弹，弹到他的龟头上，就算打过了招呼。这一指弹到了薛嵩的龟头上，他才会猛醒，注视着那小妓女，说道：晚上我去看你。那女孩就赶回家去，收拾房子，准备茶水，用一块橘子皮把牙齿擦得洁白如玉。然后就坐下等待薛嵩，但薛嵩总是不来。一直要等到过了一个星期才会来，坐在走廊说：我好像答应过前天晚上来看你。要是别的女人，准会用脏水泼他，但小妓女不会。只要薛嵩来了，她就满足了。

过去的薛嵩还有种傻呵呵的劲头，一心要在湘西做一番事业。在旅途中，他一直在设计未来的凤凰城，做了很多模型。有一个是铜的，他假设当地多铜，所以以为凤凰寨要用铜来制作。假如纯用铜太耗费，就用石块建造墙壁，用铜水来勾缝。另一个模型是铁的。有一些凤凰寨是一组高高的塔楼，这些塔楼要用花岗石建造。另一些凤凰寨是一组四方形的碉楼，这些碉楼要用石灰岩来建造。最平淡无奇的设计是一片楠木的楼房，所有的木料都要在明矾水里泡过，可以防火。到了地方一看，这里只是一片瘠薄的红土地，什么都不出产，还在闹白蚁。凤凰寨未经建造时是一片杂树和竹子的林子，建造之后仍是这样的林子。但这没有扫薛嵩的兴，他说：好啊，好啊。我们有了一座生态城市了。他拿出工具，给大家建造生态房屋。这种工作也让他心满意足。棕色皮肤，小手小脚，这是我表弟小时的模样。至于他的男性器什么样子，我却没有见过。这该去问我的表弟媳。

2

到现在为止，我还没有说到那些蓝色的刺客怎样行刺——这些刺客都属于学院派。在一个蓝色的夜里，趁着黄色的月光，他们摸进薛嵩的院子；也就是说，走进了一位自由派能工巧匠的内心。开头，他们走在铺着黄色砂石的小径上，两面是黑色的树林。后来就看到一堵厚木板钉成的墙。这些木板都刨过、打磨过，用榫头连接，在月光下像一堵磨砖对缝的墙。这本是一种工艺上的奇迹，但是出于自由派之手，就不值得赞美。中间是一两扇木头门。在这座门前，刺客们屏住了呼吸，他们排成两排，握紧了手中的兵器，让一位有专长的同伙从中过去，去撬那扇门。对付这种门有很多方法，一种是用刀尖从门缝里插进去，把门闩拨开。但这个方法不能用，两个门扇对得很紧，简直没有缝。另一种是用铁棍把门扇从框上摘下来。这一手也不能用，因为门安得很结实。第三种办法要用千斤顶，但没有带。第四种方法是用火烧，但会惊动薛嵩。这位刺客因此花了些时间……后来他低声叫道：他妈的。因为这门既没有锁，也没有反插住，一推就开了。

在这座门里，是一道厚木板铺成的小径，小径像栈道一样有双桁架支撑。那些刺客就像一队夜间在水边觅食的鹭鸶，行走在小径上。在小径尽头，又是一道竹篱笆墙，有一座竹板门。吸取了上回的教训，走在前面的刺客径直去推门。那门“呀”的一声开了。有感于这个声音，刺客头子发出一道口令 :“往后传，悄声。”这句话就朝后传去，越传声音越大，到最后简直就像叫喊。如果复述头头的声音不大，就显不出头头的威严。刺客头子对手下人的喧嚣不满，就又传出一道口令 :“谁敢高声就宰了他！”但手下人有感于这道命令的威严，就更大声地复述着，把半个凤凰寨的人都吵起来了。刺客头子在狂怒中吼道 : 操你妈，都闭嘴! 这句骂人话被数十人同声复述，隆隆地滚过了夜空。然后，这些小人物又因为辱骂了领导而自行掌嘴。学院派可能不是这样粗鄙，但我只能这样来写。因为如你所知，我没当过学院派。

后来他们又走过了圆竹子扎成的小径，这条路就像一道乡间的小桥。小桥的尽头是一道草扎的墙，像草房的屋顶一样，有草排做成的门。门后的小路用芦花和草穗铺成，走在上面很舒服。然后又出现了木头墙和木头门……有一位刺客抱怨道 : 娘的，这么多的门。对此，我有一种解释 : 作为一位能工巧匠，薛嵩喜欢造门，而且常常忘记自己已经造了多少门，铺设了多少小径，所以他家里有无数的门和小径。还有一种解释是 : 薛嵩的院子里一共只有三道门，三条小径。一条是进来的路，一条是家里的路，还有一条是出去的路。这些刺客没有走对，正在他院里转圈子。按照前一种解释，那些刺客应该耐着性子穿过所有的门，走完全部小径 ; 这些刺客就在做这件事——这样的夜间漫步很有趣，但迷了路就不好了。现在的情形就很像迷了路，所以他们也怀疑后一种解释可能成真；所以一面走，一面在路边上搜索，终于在黑暗的林间看到了一座房子的轮廓。

有一件事情必须提到，那就是月光比日光短命得多。他们出来时，到处是黄色的月光，现在一点也没有了，蓝色的夜变成了黑色的。还有一件事必须提到：在夜里，路上比别的地方明亮，所以一定要走路。总而言之，那些刺客发现了路边有座房子，就把它团团围住，冲了进去，然后就惊呆了。只见在黑暗中有一对眼睛，发着蓝色的晶光；眼睛中间的距离足有一尺多。那间房子里充满了腐草的气味。有人不禁赞叹道：我的妈，红线原来是这样。但是刺客头子很镇定，他说了一声：我们走。就领头退了出去。他手下的人问道：怎么回事？怎么回事？难道我们不杀红线了？他就感到很气愤，还觉得手下人太笨。他是对的。大家早就该明白，刚才冲进了牛棚，所看到的是水牛的眼睛。假如红线的眼睛是这个样子，那就难以匹敌；照人的尺寸来衡量，长这样眼睛的人身高大概有三丈八尺，眼珠子有碗口大；还不知是谁杀谁呢。后来他们又冲进了猪圈、鸡窝和鸭棚，到处都找不到红线，也找不到薛嵩。后来冲进了土蜂窝，被螫了一顿，就这样回来了。这就产生了一个问题，薛嵩和红线到哪里去了？有一种解释是这样的：他们哪里都没去，就住在大家的头顶上。薛嵩造了一座高脚房子，支撑在一些柱子上。那条竹子小径就从高脚房底下蜿蜒通过。那些刺客倒是发现了一些柱子，但是以为它们是树。这房子在白天很容易看到，到了夜里就看不到了。

3

按照这种说法，薛嵩和红线住在离地很远的木板构成的平面上。在白天，爬上一道梯子，从一个四方的窟窿里穿过四寸厚的木板,就能到达薛嵩所住的地方。这里有一座空中花园，有四个四方形的花坛，呈田字形排列。每天早上，薛嵩都到花坛中央去迎接林间的雾气，同时发现，树林变矮了。参天的巨木变成了灌木，修长的竹子变成了芦苇丛，就连漫天的迷雾也变成了只及膝盖的低雾。薛嵩对此很是满意，就拿起工具开始工作。首先，他要给所有的木头打一遍蜡。这些木头既要防水，又要防虫，既要防腐，又要防蛀;这可不大容易，打一遍蜡要三个小时，然后还要腰疼。如果你说薛嵩花了很大工夫给自己找罪来受,我倒没有什么意见。一面给木板打蜡，一面他还在想，给这片平台再加上一层，这一层要像剧院的包厢环绕花园,中间留下一个天井,不要挡住花园所需的阳光。假如你据此以为薛嵩的罪还没有受够，我也没有不同意见。

在花园的左前方，也就是来宾入口附近，有一座水车，像一个巨大的车轮矗立在那里，薛嵩用它往平台上汲水。遗憾的是这水车转起来很重，这倒不是因为它造得不好，而是因为汲程很高。薛嵩在水车边贴了张标语,用水车的口吻写着“顺手转我一下”，这就是说，他想利用来宾的劳动力。他自己住在花园后面一座小小的和式房子里，睡在硬木板上，铺着一张薄薄的草席,枕一个四方形的硬木枕。只有过最简朴的生活，才能保持工作的动力。他喝的是清水，吃芭蕉叶里包着的小包米饭。而红线则住在右面一个大亭子里。这个亭子同时又是一个升降平台，红线的柚木笼子就放在平台上。她坐在笼子中央嗑瓜子，从一个黑色的釉罐里取出瓜子，把瓜子皮磕在一个白罐子里。后来她叫道：薛嵩！薛嵩！薛嵩就奔了过来，手里还拿着修剪花草的剪子。他把盛瓜子皮的罐子取出来，又放进去一个空罐。与此同时，红线坐在棕垫子上嗑瓜子，偏着头看薛嵩，终于忍不住说道：你进不进来？薛嵩眯着眼看红线(因为总做精细的工作，他已经得了近视眼)，看遍了她棕色、有光泽的身体，觉得她真漂亮。他感到性的冲动，但又抑制了自己，说道：等忙完了就进来。红线叹了一口气，说道：好吧，你把我放下去。于是薛嵩搬动了把手，把红线和她的笼子放下去，降落在车座上。然后他又去忙自己的事。他的大手上满是松香和焊锡的烫伤，因为他总在焊东西。比方说，焊铁皮灯罩，或是白铁烟筒。这座平台上有一个小小的厨房，他想把炊烟排到远远的地方，不要污染眼前的环境。他还以为红线乘着车子在下面菜园里工作，其实远不是这样。她从笼子下面的活门里钻了出去，找小妓女去聊大天。对此不宜横加责备，因为她还是个孩子嘛——假如这故事是这样的，就可以解释夜里那些刺客走进薛嵩家以后，为什么会觉得那么黑。这是因为他们走在人家的地基底下。不要说是黑夜，就是在白天，那地方也相当的黑。

这故事还有另一种讲法。那些刺客在薛嵩家里乱闯，访问过牛圈、猪圈之后，忽然听见一个女孩的声音在说："大叔，大叔！你们找谁？"他们瞪大了眼睛往四下看，但什么也看不见，因为实在太黑。后来，那女孩用责备的口气说：你们点个亮嘛。但刺客们却犯起了犹豫。众所周知，刺客不喜欢明火执仗。刺客头子想了一下，猛地拍了一下大腿，说道：对！早就该点火！我们人多。这就是说，既然人多，就该喜欢明火执仗。我很喜欢这个刺客头子，因为他有较高的智力——学院派的人一贯如此。

4

那天夜里，刺客头子让手下人点上火——他们随身携带着盛在竹筒里的火煤，还有小巧的松脂火把，这是走夜路的人必备之物——看到就在他们身边有一个很大的木笼子，简直伸手可及，但在没有亮的时候，他们以为这是一垛柴火。在笼子中央坐着一个小姑娘。她的项上、手上和脚上，各戴了一个木枷。假如仔细观察,就会发现这三个木枷都是心形的。脖子上的那一个非常小巧，就如一件饰物，手上和足上的都非常平滑，是爱情的象征。这些东西是胡桃木做的，打了蜡。薛嵩之所以不用柚木，是因为柚木不多，已经不够用了。刺客头子看得没有那么仔细，他觉得很气愤：把一个女孩子关在笼子里，还把她锁住，这太过分了；也没问问她是谁，就下令道：把她放出来！

他手下的人扑向笼边的栅栏，用手去摇撼。正如这位小姑娘（她就是红线）微笑着指出的那样:这没用,结实着呢。于是，他们决定用刀。红线一看到刀，就说：别动！不准砍！这是我的东西！但有人已经砍了一下，留下了一道刀痕。不管柚木怎么硬，都硬不过刀。还不等他砍第二下，红线就嘬唇打了一个唿哨。然后，随着一阵不祥的嗡嗡声，无数黄蜂从空而降。这一点和前一个故事讲的一样。所不同的是：这个黄蜂窝就在这伙刺客的头上，只是因为高，他们看不到。红线叫他们点起火来，黄蜂受到火光和烟雾的扰动，全都很气愤，围着球形的蜂窝团团乱转，有些已经飞了起来；但那些刺客也没看见。这也不怪他们，谁没事老往天上看。等到红线打个唿哨，黄蜂就一起下来螫人。这一回倒是看到了，但已经有点晚了。那些黄蜂专螫刺客，不螫红线，因为她身上亮闪闪的涂了一层蜜蜡。涂这种东西有两种好处：第一，涂了皮肤好。第二，黄蜂遇到她时，以为是自己的表弟蜜蜂，对她就特别友好。在这个故事里，红线相当狡猾。她让刺客大叔们点火，完全是有意的。她看到这伙人在黑地里鬼鬼祟祟，就知道他们不怀好意。同时又嗅出他们身上没涂蜜蜡，就想到要让黄蜂去叮他们。虽然如此，也不能说她做得不对。因为他们是来杀她的，让想杀自己的人吃点苦头，难道不是天经地义吗?

有关薛嵩的家，另有一种说法是这样的：它是一片柚木的大陆，可以在八根木柱上升降——当然，是通过一套极复杂的机构，由滑轮、缆绳、连杆、齿轮，还有蜗轮、蜗杆等等组成，薛嵩在自己门前转动一个轮子，轮子带动整套机构，他的花园和房子，连同地基，就缓缓地升起来。当然，速度极慢，绝不是人眼可以看出的。要连转三天三夜，才能把整个院子升到离地三丈的柱顶。把它降下来相对要容易得多，但薛嵩轻易不肯把它降下来，怕再升起来太困难。根据这个说法，那天晚上，刺客们摸进薛嵩的家，马上就发现在平地上有个孤零零的笼子，红线睡在里面。他们点亮了灯笼火把，把笼子团团围住，但找不到入口，就问红线说：你是怎么进去的?这个小女孩回答得很干脆：不告诉你们。她坐在笼子中央的蒲团上嗑瓜子，离每一边都很远，这样，想从栅栏缝里用刀来砍她就是徒劳的了。那些刺客互相抱怨，为什么不带条长枪来，以便用枪从栅栏缝里刺她；与此同时，他们还抓住栅栏使劲摇撼。红线则轻描淡写地说道：省点劲吧。柚木的，结实着呢。那些刺客看到要杀的对象近在咫尺却杀不到，全都气坏了。有人就用刀去砍柚木栅栏，才砍了一下，红线就变了脸色，打了一个唿哨。砍到第二下，红线尖叫了起来：薛嵩！薛嵩！有人在他们头顶上应道：干什么？红线叫道：把房子放下来！于是随着一阵可怕的嘎嘎声，刺客们头顶上的天就平拍了下来。反应快的刺客及时侧了一下头，被砸得头破血流，摔倒在地。反应慢的继续直愣愣地站着，脑袋就被拍进腔子里，腔子又被拍到胯下，只剩下下半身，继续直愣愣地站着。

对于这件事，必须补充说，房子从头顶上砸下来，对红线却是安全的，因为那柚木房基上有个四方的洞，正好是严丝合缝嵌在笼子上。按照红线的设想，这房子应该一直降到地面上，把所有的刺客都拍进地里。但实际上，它降到齐腰高的地方就停住了。红线喝道：怎么回事？薛嵩不好意思地说：卡住了。滑轨有毛病，总是这样……红线说：真没用！她纵身跃起，甩开了身上的枷锁（假如有的话），从笼顶上一个暗口钻了出去，赶去帮薛嵩修理机器。那些倒在地上未死的刺客就叹息道：原来入口是在顶上的啊。

根据这种说法，那些刺客回到老妓女门前时，头上也是红肿着的，但不是蜂螫的，而是砸的了。根据这种说法，刺客头子不是刺客里最聪明的人。他手下有个人比他还要聪明，当他们倒在地下时，那个人拉了头子一下说：咱们就这样躺着，等人家修好机器来砸死我们吗？刺客头子很不满意这个说法，但也找不出反驳的理由，就下了撤退的命令。他们从地基和地面之间爬出来以后，那人又出了个很好的主意：咱们现在摸回去，谅他没有第二层房子来砸我们。刺客头子不喜欢别人再给他出主意，就朝他龇出了满嘴雪白的牙。于是这些人就这样退走了。

假如这队刺客照这人的主意摸回去，就会看到薛嵩和红线打着火把，全神贯注地修理那些复杂的机器，这故事后来的发展也就很不一样了。认真地想一想，我认为那些刺客会悄悄地摸上去，把红线抓住一刀杀掉，把薛嵩抓走，交给老妓女，让他在老妓女的监督之下，给凤凰寨造房子，修上下水道。这种说法我虽然不喜欢，但它也是一种待穷尽的可能。

三

1

第二天早上，我们又来上班。把上面提到的故事写在纸上之后，我又开始冥思苦想起来。昨天的事情说明，在暴躁、易怒的外表下，我内心柔弱，多愁善感，就像那个小妓女。说起来难听，但我对此并无不满。本着这种态度，我开始为领导考虑，有我这样的下属真够他一呛：报上来的研究题目尽在那些部位，怎么向上级交待呢。我现在想了起来，我住院时他来医院看过我，提来了一袋去年的红香蕉苹果。那种水果拿在手里轻飘飘的，倒像是胖大海。这种果子我当然不吃，送给了一位农村来的病友，叫他拿回去喂猪——不知猪对这些苹果有何评价。但不管怎么说吧，他来看过我，还带来了礼物……现在我是真心要拟个过得去的研究题目，但怎么也拟不出。我觉得自己可以原谅：我刚被车撞过。所以，我把题目放下，又去写故事了。

塞万提斯说，堂·吉诃德所爱的达辛尼亚，是托波索地方腌猪肉的第一把好手。薛嵩也是湘西地方烧玻璃的第一把好手。假如他想在第二年春天烧玻璃，头年秋天就到山上去割一大车蓑草，晾干以后，交给寨子里一个女人，叫她拿草当柴来烧，还给她一些坛子。这样她就有了一车白来的干草，但她只能把它烧掉，不能派别的用场——虽然蓑草还可以用来做蓑衣，还要把烧成的灰都收集起来。这样，经过一冬，薛嵩就得到很多洁白如玉的灰，都盛在坛子里。这种灰有很大的碱性——他得到了烧玻璃的第一种原料，就是碱。他还到河滩上采来最洁白的砂子，这是第二种原料，到山上采集最好的长石，这是第三种原料，还有第四和第五种原料，恕我不一一尽数，搜集齐了一起放到坩埚里去烧；然后把烧融的玻璃液倒到熔化的锡上冷却———块平板玻璃就这样制好了。这块玻璃有时厚，有时薄，这是因为薛嵩虽然很注意原料的配比，却总忘掉它的总量。分量多了，玻璃液就多，浇出的玻璃就厚，反之则薄。假如太薄，玻璃上会有星星点点的圆洞，就如擀面擀薄了的景象。这种玻璃使薛嵩大为欢喜。等到玻璃凉了，他把它拿起来，看着这些洞哈哈大笑。这种玻璃没棱没角，像块面饼。多数是方形，也有梯形和三角形的。薛嵩自会给玻璃配上窗框，给窗框配上房子，这些房子有些是三角形，有些是梯形，依玻璃的形状而定。这种玻璃蓝里透绿，透过它往外看，就如置身于深水里。

薛嵩还是打造铜器的第一把高手，他把铜皮放在木头上，用木榔头敲。随着这些敲击，铜皮弯曲起来，逐渐成形。他再用铁榔头砸出边来，用锡焊好，一个铜夜壶就造好了。他还是制造陶器、浇铸铁器、编造竹器的高手，最优秀的皮匠和厨师。至于做木匠，他到湘西才开始学，也已成了高手。总而言之，他有无数手艺，多到他自己也记不清，像这样的人当然很有用，只是要把他盯紧一些，否则他会胡闹。在烧制玻璃时，他发现粘稠的玻璃液可以拉出丝来，就五迷三道地想用这种丝来造衣服。这样平板玻璃就造不成——全被他拉成了丝。而这种衣服是透明的，穿上以后伤风败俗。让他造夜壶也要小心，稍不留神，夜壶就不见了，变成一个铜人。铜皮下面有滑轮，有肠衣做的弦牵动，还有一颗发条心脏，这样就可以到处乱跑，还能说几句简单的话。虽然还有夜壶的功能，但很讨人嫌。黑更半夜的，它每隔一小时就跑到你面前来滴滴嘟嘟地说：请撒尿。根本不管你想不想尿。老妓女就有这样一把夜壶，她很不喜欢，把它放在柜子里，它就在柜子里乱转，在柜子里滴滴嘟嘟地说，请撒尿。好在他还有从善如流的好处，你不喜欢这把夜壶，他马上就去打另一把，直到你满意为止。不过，这都是他迷上红线以前的事。现在你再找他做事，他总是说：我忙，等下回吧。

根据现在这种说法，老妓女迷恋薛嵩，不只是迷恋他巧夺天工的手艺，还迷恋他勤勤恳恳的态度。以前，他来看老妓女，看到她因年迈走了形的身体，就说：大妈，你要是信得过我，就让我给你做个整形手术。拉拉脸皮，垫垫乳房，我觉得没什么难的。老妓女不肯，这是因为她觉得人活到什么年龄就该有什么样子，不想做手术；还因为学院派不喜欢这类雕虫小技；但最本质的原因是：薛嵩没做过这种手术。这家伙胆子大得很，只在猫屁眼上练了两次，就敢给人割痔疮。后来，他一面和老妓女做爱，一面拨弄她瘪水袋似的乳房，说道：越看我越觉得有把握。要是别人胆敢这样不敬，老妓女就要用大嘴巴抽他。但是薛嵩就不同了。有一阵子，老妓女真的考虑要做这个手术。这是因为薛嵩小手小脚，长着棕色发亮的皮肤，头上留着短发，脑后还有一绺长发。老妓女喜欢他。既然喜欢，就该把身体交给他练练手。

有关这位老妓女，我们已经说过，她总把阴毛剃得精光。她嘴上有些黄色的胡子，因为太软，用刀剃不掉。薛嵩给她做过一个拔毛器，原理是用一盏灯，加热一些松香，把胡子粘住，然后使松香冷凝，就可以拔下毛来（据我所知，屠宰场就用这个原理给猪头煺毛，直到发现松香有毒），现在坏了（确切地说，是没有松香了，也不知怎么往里加），老妓女只好用粉把胡子遮住，看上去像腿毛很重的人穿上了长统丝袜。有关这个拔毛器，还要补充说，薛嵩的一切作品都有太过复杂、难于操纵的毛病。如果不繁复，就不能体现自己是个能工巧匠。繁复本身却是个负担——我现在就陷入了这种困境……

2

后来，他们把薛嵩逮住，给他套上枷锁，押着他去干活。因为薛嵩已有两年多不务正业，积压的工作很多。但只要押着他的人稍不注意，薛嵩就会脱开枷锁跑掉，跑到坟头上去凭吊红线，因为根据这种说法，红线已经死掉了。薛嵩经常跑掉，使老妓女很不高兴，虽然他不会跑远，而且总能在坟头上逮到，但老妓女害怕他在这段路上又会遇上一个小姑娘，从此再变得五迷三道。所以她就命令薛嵩造出更复杂的锁，把他自己锁住。

造锁对能工巧匠来说，是一种挑战。薛嵩全心全意地投入这项工作。他造出了十二位数码锁、定时锁，还有用钥匙的锁，那钥匙有两寸宽，上面有无数的沟槽，完全无法复制。这些锁的图纸任何人看了都要头晕，它们还坚固无比，用巨斧都砍不开。但用来对付他自己，却毫无用处。他可以用铁丝捅开，也可以用竹棍捅开，甚至用草棍捅开这些锁。假如你让他得不到任何棍子，他还能用气把它吹开。老妓女以为他在耍花招，就直截了当地命令道：去造一把你自己打不开的锁。薛嵩接受了这个任务，他思考了三天三夜，既没有画图纸，也没有动手做。最后，他对老妓女说：大妈，这种锁我造不出来。老妓女说：胡扯！我不信你这么笨！此时她指的是薛嵩不会缺少造锁的聪明。后来她又说：我不信你有这么聪明！此时指的是薛嵩开锁的聪明。最后她说：我不信你这么刚好！这就是说，她不信薛嵩开锁的聪明正好胜过了造锁的聪明。实际上，聪明只有一种，用于开锁，就是开锁的聪明；用于造锁，就是造锁的聪明。薛嵩叹了一口气，摇了摇头，走开去做别的工作了。

希腊先哲曾说：上坡和下坡是同一条路，善恶同体；上坡路反过来就是下坡路，善反过来就是恶。薛嵩所拥有的，也是这样一种智慧。他设计一种机构时，同时也就设计了破解这种机构的方法——只消把这机构反过来想就得到了这种方法。在他那里，造一把自己打不开的锁，成了哲学问题。经过长时间的冥思苦索，他有了一个答案，但一直不想把它告诉老妓女。那就是：确实存在着一种锁，他能把它造出来，又让自己打不开，那就是实心的铁疙瘩。这种锁一旦锁上了，就再不能打开。作为一个能工巧匠，我痛恨这种设计。作为一个爱智慧的人，我痛恨这种智慧。因为它脱离了设计和智慧的范畴，属于另一个世界。

后来，薛嵩把这个方案交给了老妓女，老妓女虽然毫无智慧，但马上就相信此案可行。此后，薛嵩又亲手做了一个锁壳，把锁铤装上，用坩埚烧开一锅铁水，在老妓女的监督下，把它浇在锁壳里。他就这样造了一把打不开的锁，完成了老妓女交给他的任务。锁是铁链的中枢，扣住了他自己的手脚。这样他迈不开腿，也抡不开手，既不能跑掉，也不能反抗，只能干活。对这个故事无须解释：自从红线死了以后，薛嵩已经心丧如死，巴不得像行尸走肉一样地活着。但作为讲故事的人，也就是我，尚需加以解释：这故事有一种特别的讨厌之处，那就是它有了寓意。而故事就是故事，不该有寓意。坦白地说，我犯了一个错误，违背了我自己的本意。既然如此，就该谈谈我有何寓意。这很明显，我是修历史的。我的寓意只能是历史。

我现在想，在我写的小说定稿时，要把这一段删掉——既已有了这种打算，就可以肆无忌惮地写。在我看来，整个历史可以浓缩成一个场景：一位贤者坐在君王面前，君王问道：有没有一种方法，可以控制天下苍生？这位智者、夫子，或者叫做傻逼，为了炫耀他的聪明，就答道：有的。这就是控制大家的意志。说他是智者，是因为他确实有这种鬼聪明。说他是傻逼，是因为他忘记了自己也是天下苍生的一分子，自己害起自己来了。从那一天开始，不仅天下苍生尽被控制，连智慧也被控制。有意志的智慧坚挺着，既有用，又有趣，可以给人带来极大的快感；没有意志的智慧软塌塌的，除了充当历史的脐带，别无用场了……所谓学院派，就是被历史的脐带缠住的流派……照这个样子写下去，这篇小说会成为学术论文，充其量成为学院派的小说。幸亏在我的故事里，红线没有被刺客杀死，薛嵩也没有被老妓女逮住。我还有其他的可能性。这篇小说我还是做得了主的，作为自由派的坚定分子，我不容许本节这种可能发生。请相信，已经写到的一切足以使我惭愧。我远不是薛嵩那样勤勉工作的人。

午后，万寿寺里升起了一片炎热的薄雾，响起了吵人的蝉鸣。我把写着的故事放到一边，又拿起了那份白色的表格，对着那三个红色的叉子想了半天；终于相信这三个题目里毫无崇高，根本就是个恶意的玩笑。假如我努力想出三个更崇高的题目，它们会是更恶毒的玩笑。总而言之，我所有崇高的努力都会导致最恶毒的玩笑。也许我该往相反的方向去想。于是我又撕了一张黄纸片，在上面写下三个最恶毒的玩笑:《唐代之精神文明建设考》、《宋代之精神文明建设考》、《元代之精神文明建设考》。所以说它们是恶毒的玩笑，是因为我根本就不知道它们是怎样的东西，而且这世界上也不会有人知道。

我把这张纸片贴到表格上，拿着它出了门，到对面配殿里找我们的领导，也就是那个戴蓝布制帽、穿蓝布制服、带有马尿气味的人，把这张表格交给他，与此同时，心中忐忑不安，生怕他会翻了脸打我……谁知他看了以后，把表格往抽屉里一锁，对我说道：早就该这样写！虽然已经对这个结果有一点预感，但我还是被惊呆了……顺便说一句，我以为最恶毒的玩笑是《当代之精神文明建设考》，因为它是最没有人懂得的陈词滥调，也许你能告诉我，这是否就是最崇高的题目？假如是的话，那么，最恶毒的努力带来的反而是崇高。这是怎么回事，我真的不懂了。

3

我终于从领导那里得到了一句赞许的话。但这话在我心中激起了最恶毒的仇恨。怀着这种心情，我把刺客们行刺薛嵩的经过重写了一遍:从前，有一群刺客去袭击薛嵩。午夜时分，他们摸进了薛嵩的家，摸进了这位能工巧匠的内心。他们的目的是杀死红线，把薛嵩抓走，交给雇主，就算是完成了任务。但是这个任务没有完成。这是这个故事不可改变的梗概。在这个梗概之下，对那些刺客来说，依然存在着种种可能性。

举例来说，有一种可能是这样的：那些刺客摸到薛嵩家门口，那里有座木头门楼。打起火来一照，看到门楼上方挂了一块柚木的匾，上面用绿油漆写了两个谦虚的隶字:“薛宅”。门的左侧钉了一块木牌，上面用红油漆歪歪斜斜地写着：“红线客居于此”，底下是一段苗文。据我所知，当时的苗文是一种象形文字。那段文字的第一个符号是一只鸟，仿佛是一只鸽子。第二个符号肯定是一条蛇。再后面是颗牛头。但你若说它是颗羊头，我也无法反对；随后是颗骷髅头，但也可能是个湖泊、一个茄子或是别的瓜果，或者是别的任何一种东西。底下还有些别的符号，因为太潦草，就完全无法形容，更不要说是辨认。据说苗文就是这样，头几个符号只要能读懂，后面就可以猜到，用不着写得太仔细。刺客里有一位饱学之士，他在火光下咬着手指，开始解读这些文字。很显然，这段苗文是红线所书。这第一个符号，也就是鸽子，是指她自己。按照汉族的读法，应该读做“奴家”、“贱妾”，或者“小女子”、“小贱人”之类。第二个字，也就是那条蛇。该刺客认为是男性生殖器的象征。虽然还不知怎么解释,但肯定不是个好意思。再往下怎么读，就很成问题。假如是牛头，就是好意思。要是羊头就是坏意思。总而言之，虽然是饱学之士，也没读懂红线写了些什么。这只能怪她写得太潦草了。这些刺客气壮山河地来杀人，却在门前被一片潦草的苗文难住，这很使他们气馁。很显然，这些刺客也属学院派。学院派的妓女请来的刺客，当然也是学院派。

后来，那些刺客说道：不管她写的是什么，咱们冲进去。这种干净利落的态度虽然带有自由派的作风，却正是刺客们需要的……于是一脚踹开了门，呐喊一声杀进了薛嵩家里。随即就发现，好像是到了一个木板桥上，桥面下凹，这桥还有点飘飘忽忽的不甚牢靠——好像是座悬索桥，只是看不到悬索在哪里。那些刺客停了下来，经过简短的商议，认为既然身处险地,只有向前冲杀才是出路。于是大家呐喊一声向前冲去，冲了一阵，停下来一看，还在那座木桥上，而且还在桥面的最低点上。于是停下来商量，这一回得到的结论是：既然身在险地,还是速退为妙。于是呐喊一声，朝后冲去。又冲了许久，发现还在原地。然后又一次合计，又往前冲；停下来再合计，又往后冲。其实，他们根本不在桥上，而是在一个大木桶里。这只桶由一根轴担在空中，他们往前冲，桶就往前滚，往后冲就往后滚。前滚后滚的动力就是这些刺客本身的移动。薛嵩和红线远远看到了那只桶在滚，也不来干涉，只是觉得有趣。直到天明，桶缝里透进光来，刺客们才觉得不对，用刀把桶壁砍破钻了出来。此时大家的嗓子也喊哑了,腿也跑软了，自然没有兴趣继续前进，去杀红线、捉薛嵩，而是退了回去。

按照这种说法，刺客们去杀红线，却冲进了一只木桶。如你所知，这只是众多可能中比较简单的一种。

还有更复杂的可能性：薛嵩的家里是一座精心设计的迷宫，到处是十字路口、丁字路口、环形路口、立体交叉的路口，假如不是路口，就是死胡同。到处是墙壁，墙上却没有门。好不容易看到一扇门，呐喊一声冲进去，却落进了茅坑里。他们在里面瞎摸了一夜，终于从原路退了回来。总而言之，刺客们在薛嵩家里没有找到薛嵩，也没有找到红线，只带回了一大堆的感叹：这个薛嵩，简直是有毛病！

薛嵩的家里还可能是一片湖泊，在水边停了几只小船。那些刺客上了船，顺着两边都是芦苇的水道撑起船来。从午夜到天明，从天明又撑到午夜，每个人都筋疲力尽，饥肠辘辘，最后总算是回到了原来上船的地方。出于某种恶意，船上的篙、桨等等，全都难用得要命；后来才发现这些船具里都灌了铅，而且都灌在最不凑手的地方。那些水道的水也很浅，他们在烂泥里撑船——甚至可以说是在陆地上行船。有很多地方的芦苇是假的，水也是假的——是涂在地上的清漆，但在朦胧中看不出真假，就把船撑上了山，又撑了下来；连设计这个圈套的薛嵩也不得不佩服这些刺客的蛮力。在陆地上行舟当然很累，撑了这一圈船之后，每个人的手上都起了燎浆大泡，并且感到腰酸腿疼。在这种情况下，他们也没兴趣继续前进，去杀红线、逮薛嵩。总而言之，薛嵩是如此的诡计多端，假如没有一些他那些机关的情报，就没法把他逮住。所以，他们就回去拷问小妓女，想要问出些有价值的口供。我已经说过，这些刺客是不可靠的。所以他们还想拷问老妓女。如果可能，他们还想拷问一切人。作为这篇小说的作者，我知道一切情报。

所以，我才是他们最想拷问的人。

考虑各种可能性时，不应该把红线排除在外。如前所述，她和各种各样的冷血动物都很有交情，养了很多青蛙、蜥蜴、毒蛇，还有癞蛤蟆。她让这些爬虫互相通婚，生出了各种千奇百怪的变种。当那些刺客冲到她面前时，她打开了一个竹篓，放出她的虾兵蟹将来：有没有脚的蜥蜴，长得像大头鱼，全靠身体的力量在地下一跳一蹦；有硕大无比的蟾蜍，腿却短得要命，长着三角脑袋，看上去有点像鳄鱼；有身材肥胖的眼镜蛇，长了一百条腿，所有的腿都在飞快地挪动，但因为腿太多，互相妨碍，身体移动得却不快；还有有毒的青蛙，嘴上长着角质的凸起，张开蜻蜓般的翅膀飞在空中。这种诡计绝非学院派所为。很显然，红线也是自由派。假如一个深山里的苗族女孩也是学院派，只能说明学院派根本就不存在。所有这些妖魔鬼怪一起朝刺客们扑来，龇出了毒牙、喷射着毒液；吓得他们转身就跑。现在，他们很想找人打听一下，这个红线到底是个会妖术的女巫，还是仅仅患有精神病。假如是前者，他们就不想再去杀她；有妖术的人死掉以后会变成更加难缠的恶鬼，还不如不杀。假如是后者，就非杀她不可，因为他们这么多大男人，总不能被一个女疯子吓跑了。总而言之，最后的结果是，如果没有知情人领路，就找不到红线，也找不到薛嵩。我的故事再次开始就是这样的。而那位白衣女人则朝我厉声喝道：越编越不像样子了，你！

第六章

一

1

用不着睁开眼睛，我就知道来到了清晨；清晨的宁静和午夜不同。有个软软的东西触着我的身体，从喉头到胸膛，一路触下来；我想，这是她的双唇。还有些发丝沙沙地拂着身体的两侧。与此同时，我嗅到她的体味，就如苦涩的荷花；还能感到她在我腹部呼气，好像一团温暖的雾。我虽然喜欢，也感到恐惧，因为再往下的部位生得十分不雅。我害怕她去亲近那里。也许就是因为恐惧，那东西猛地竖起来了。她在上面拍了一下，喝道：讨厌！快起来！我翻身坐了起来，甩着沉重的脑袋，搞不清楚谁讨厌，是我还是它。

在睁开眼睛之前，我知道自己发生了一种深刻的变化，但不是又一次失去记忆：昨天做的事情和写的稿子还保存在我心里，但我对自己的所作所为不满，觉得太过粗俗。从今以后，我要变得高雅些。一面下着这样的决心，一面我也觉得，自己有点做作。

因为老婆这个字眼十分庸俗，我决定把她称做白衣女人。

因为她总穿白印花布的连衣裙，那布料又总是很软，好像洗过很多遍，所以她紧紧地裹在那种布料里，非常赏心悦目。她从我身边走过时，我顺手一抄，在裙子上捻了一把。她马上说道：别乱来啊——快起来，要迟到了。我立刻把手收了回来，放在嘴里咬着，用这种方式惩办这只手，心里想着：看来，这个举动格调不高……我该克服这种病态的爱好。我现在经常把手放在嘴里咬，但这不再使我焦虑。因为现在我已经悟到了，人要有高尚的情操，这就是说，我知善明恶，不再是混沌未凿。别的问题很快就会迎刃而解了。

对这位白衣女人，需要补充说，她骑自行车的样子也十分优雅；因为她挺直了脖子，姿势挺拔，小腿在裙子下从容不迫地起落；行驶在灰色的雾里——就如一只高傲的白天鹅，巡游在朝雾初升的湖里……我一不小心闯了红灯，然后一面看着路口的民警，一面讪讪地推着车子转了回来，回到路口的白线之内。这时她满脸都是笑意，说：你是不是又想被汽车撞一下？我认真地想了想，想到病房里龌龊的空气，还有别人在我耳畔撒尿的声音，由衷地答道：不想。我不想被汽车再撞一下，会撞坏的。她笑了起来，拉住我肩头的衣服，伸过头在我面颊上吻了一下，还说，真逗。我还想听到她再说什么，但是绿灯亮了。我们又骑上自行车，驶往万寿寺。

现在重读我的手稿，有些地方不能使我满意。比方说，那个老妓女奶袋尖尖，长了一嘴黄胡子，走起路来像一只摇摇晃晃的北极熊，全无可取之处。这不是我的本意。作为失去记忆的人，我的本意总是隐藏着。按照这种本意，故事里不该有全不可取的人——即便她是学院派的妓女。更何况这位白衣女人，如果不说她是一位学院派，就不足以形容她的气质。

我对学院派怀有极大的善意，但因为本意是隐藏着的，所以把我也瞒过了。

所以，很可能那个学院派的老妓女并不老，大约有四十四五岁的样子；体形依然美好，腰依然很细，四肢依然灵活，乳房虽然稍有松弛，但把它在人前袒露出来时，她并不感到羞愧。她的脸上虽有不少细碎的皱纹，但却没有黄胡子，只有一些黄色的茸毛长在手背、还有小臂的外侧上。总的来说，她的身体像个熟透的桃子，虽然柔软，但并无可厌之处，只是再熟就要烂掉了。这样描写一个中年妇女使我的良心感到平安，因为这说明我毕竟是善良的。实际上，这个女人不仅不老，心地也不坏，只是有些古怪；一旦决定了的事，就再不肯改变。假如这样考虑这个故事，与前就大不相同了。

我的故事重新开始时，老妓女既不老，也不难看，只是有点神神叨叨的；或者说，有点二百五。这一点体现在她家的凉台上。这里有一道木栏杆，或者说是一道扶手。这道扶手有很多座子，上面安装了一些瓷罐，里面放着各种瓜子，有白瓜子、黑瓜子、葵花子、玫瑰瓜子、蛇胆瓜子，等等，所以从外面看起来，这间房子里住的好像不是一个妓女，而是一群鹦鹉。她经常把男人送到凉台上，一面嗑瓜子，一面歪着头上下打量他，终于吐出了瓜子皮，摇摇头，说道：难看死了。这是指他腰间篾条吊起的龟头而言。那东西吊歪了就像个吊死鬼，是有点难看。在凉台的柱子上，挂着一束篾条。她取下一条，拿在手里，用命令的口吻说道：解下来！这是命令那个男人把拴好的竹篾条解下来，她要亲手来拴这根篾条。那个男人解下腰间的篾条时，她还把手上的篾条揉来揉去，使之柔软；然后就像裁缝给人量腰围一样，把双手伸向他的腰间；几经周折，终于拴好了那根蔑条，吊好了那粒龟头；然后她就退后，继续嗑瓜子，欣赏自己的杰作。这回它倒是不歪，只是仰着头，像一个癞蛤蟆仰头漂浮于水面上的样子。打量了好久之后，她终于得出了自己的结论，说道：更难看！就一头冲回自己屋里去，再也不出来了。别人来找她时，她也总在嗑瓜子，歪着头打量他的腰间；最后终于吐出两片瓜子皮，也说：真难看——解下来吧。就自顾自进房子里去了。

有关这位老妓女，还要补充说，她是柔软的。肚子柔软，面颊柔软，臀部柔软，乳房也柔软。柔软得到处起皱纹。虽然还能保持良好的外形，但眼看就要垮掉了。在她乳房下面，有两道弧形的皱纹，由无数细小的皱纹组成；凑近了一看，就像绳子一样。她常让薛嵩看这两条皱纹，还说：我都这样了，你还不来多陪陪我。在她肘弯外面，有两块松松的皮，有铜钱大小，颜色灰暗，好像海绵垫子一样；在这两块松皮上面，也有无数的皱纹。同样的松皮也长在了膝盖上，比肘部的还要大。她常拿这四块松皮给男人看，并且哭天抢地似的说道：你们看看，这还得了吗？我就要完蛋了！还不快陪我玩玩？小妓女和寨子里的苗族女人一致认为，情况远没有她说的这样严重，这女人用这一手拉拢男人。在这种场合，她们认为她并不老，还很年轻。在另一种场合她们就认为此人又老又丑。如此说来，她们对她有两种自相矛盾的看法：假如说又老又丑值得同情，她们就认为她不老不丑；假如说又老又丑不值得同情，她们就说她又老又丑。这样一来，她们对她的态度也就不矛盾了。

这个女人对别人的态度也充满了矛盾。每次她看到小妓女在凉台上和别人调情，就厉声喝斥道：真下流！给男人做垫子！下流死了！轮到她自己时，又满不在乎地说：这没什么，哪个女人不给男人做垫子。这两种态度也是自相矛盾，一种用来对己，另一种用来对人。寨子里的女人都恨她恨得要死，她也恨每个女人恨到要死。这倒没什么稀奇，女人之间都是这样子的。所有的女人中她最恨红线，这倒不足为奇，因为红线抢了她的男人。

这个女人很爱薛嵩，因为薛嵩是凤凰寨里最温柔的男人。假如他不来过夜，她就自己一个人睡，把一个木棉枕头夹在两腿之间；到了第二天早上，就到处和别人说：这个混蛋昨晚上又没来。早晚我要杀了他！人家以为她只是说说而已，但她真的干出来了。虽然不是杀薛嵩，只是杀红线，但已够惊世骇俗的了。她有几个东罗马金币，是她毕生的积蓄，闲着没事的时候经常拿来用牙咬，她觉得用牙咬比用眼睛看更开心。那些金币上满是她的牙印。后来，她就用这些钱雇了一些刺客去杀死红线，抢回薛嵩。据我所知，她马上就后悔了。一方面是因为她舍不得这些钱，另一方面她也觉得要别人的命未免太过分。后来，那个小妓女问她为什么要干这种事时，她赖皮赖脸地答道：我吃醋啦。怎么啦，你就没吃过醋吗？

2

根据这种说法，这女人并没有说要杀掉小妓女，是那些刺客自作主张地把那女孩捉了来，嘴里塞上了臭袜子，捆倒在她家的地上。那女人说：你们怎能这样！这是我的邻居啊。刺客头子说：你不懂。暗杀这种事，最怕走漏风声。他从老妓女手里接过几个金币，掂了掂那几块沾满了唾液、温暖的金子（老妓女为了告别自己的金币，又最后咬了它们几口），就说：放心吧，老太太；既然收了你的钱，一定帮你把事情办好；买卖就是这么一种做法。老妓女听了恨得牙根痒痒，因为她不觉得自己是老太太。她安慰小妓女说：别着急，等事情办好就放你。但没留神，她自己也被捆了起来，嘴里也塞上了臭袜子。然后那些刺客就在她家里搜了一阵，把她所有的金币银币都搜走了。原来这帮刺客还兼做强盗的生意。后来，那帮刺客兼强盗就出发去杀红线，他们还要杀掉薛嵩。除此之外，他们还要把薛嵩家好好搜上一搜，因为薛嵩毕竟是节度使，家里一定有些值钱的东西。用刺客头子的话来说，要做就做彻底，“买卖就是这种做法嘛”。临走时，他们把两个妓女背对背地拴在了一起，这样谁也跑不掉。等他们走后，小妓女就从鼻子里哼哼着骂老妓女，说道：老婊子，你真不是个东西。老妓女挨了一会儿骂，也从鼻子里答道：小婊子，骂两句就算了，别没完呀。咱俩以前是邻居，现在更是邻居了。又过了一会儿，她提议道：这么坐着有点累。咱们侧躺着好不好？这是个很合理的建议，小妓女虽然很生她的气，也只好同意了。

在我新写的故事里，那个女人和那个女孩被背靠背地捆着，像一对连体双胞胎。我好像在什么地方见过这样的连体双胞胎——整个脊背长在一起，后脑勺也长在一起，泡在一个玻璃瓶子里——想必是在某个自然博物馆里。但我不想去找那个拥有一对连体双胞胎的自然博物馆。像所有的人一样，我去过不少博物馆、图书馆、电影院，所以就是找到了也没有什么意义。

她们侧躺在地下，嘴里塞着臭袜子，但还是唠叨个不停。

女孩说：老婊子，你这是干了些啥。女人说：我也不知这是干了些啥，我要是知道就好了。女孩说：他们杀了薛嵩回来，准要把咱俩都杀掉。这回好了吧？合了你的意了吧？女人答道：你少说几句吧。你不过是丢了一条命，我连我的金子都丢掉了！你有过金子吗？小妓女从来不攒钱，有了钱就花掉，她也知道这是种毛病，所以被噎住了。但她依旧心有不平，终于说道：待会儿他们要杀，让他们先杀你。我看见你挨杀，心里也高兴一点。那女人沉吟了片刻，就答应了：好吧，我岁数也大些，就先死一会儿吧。过一会儿她又说：你的屁股还挺滑溜的嘛。女孩因此大怒道：滑溜不滑溜的，都要死掉了。这都怪你! 老妓女感到理屈，就不说话了。

两个妓女被背靠背地捆着，侧躺在地板上，直到天明时那些刺客们狼狈地回来。这些蓝色的人气急败坏，急于杀人泄愤，就把那小妓女从老妓女背上解了下来，不顾她们之间的约定，要把她先杀掉。如前所述，她不肯引颈就戮，在地下翻翻滚滚用脚蹬人，还说，我们已经商量好了，要杀先杀她。那些刺客反正要杀一个人，杀谁都无所谓。于是就来杀老妓女。谁知她也不肯引颈就戮，也在地下翻翻滚滚，用脚来蹬人；还说：我付了钱让你们杀人，人没有杀掉，倒来杀我，真他妈的没道理！这就让那些刺客陷入了两难境地：假如小妓女不肯引颈就戮，他们可以先杀老妓女；假如老妓女不肯引颈就戮，他们可以先杀小妓女；现在两个妓女都不肯引颈就戮，他们就像不里丹的驴子不知该吃哪堆草那样，不知该杀谁好了。就在这时，白昼降临到这个地方，林间的雾气散去了，阳光照了进来，虽然阳光里还带有一点水气……

在早上的阳光下，林间的空地上躺着两个女人的身体。

一个很年轻，充满了朝气，别人看了还能心平气和。另一个已经略见衰老，略显松弛，但依然美好，看起来就十分刺激。这是因为后一种身体时常被隐藏起来，如今被暴露在光天化日之下，就很能勾起人的邪念。前一个身体说道：老婊子！你说过让他们先杀你！后一个身体答道：他们想杀就让杀吗？没那么便宜！假如你是刺客头子，不知你会得出何种结论。我觉得这个结论应该是：前者和我们是一头的，后者不是。过了一会儿，后一个身体说道：喂，你们！好意思这么对待我吗？我可是给了你们钱的啊。前一个身体则说：好不要脸！还给他们钱……此时的结论似乎该是：后者和我们是一头的。前者不是。既然两个身体都可能和我们一头，刺客头子决定试上一试。他给她们讲了自己在薛嵩家里的不幸遭遇，然后提出一个问题：有没有一条路，或者一个方法，可以悄悄地摸进去，出其不意地逮住薛嵩和红线？这两个身体同声答道：不知道！此时的结论当然是：她们都不是和我们一头的。

3

如前所述，那个刺客头子也是学院派刺客，我既决定对学院派抱有善意，就不能厚此薄彼，只好对他也抱有善意。这个家伙要杀人，这一点当然不好。但反正不是杀我。他常把人看做身体，这就带有一点福科的作风——可惜我不记得福科是谁。他看起人来，总是有意地不看他（或她）的脸，这样每个人就更像身体，更不像人。这个刺客头子从脸到足趾都是蓝色的，蓝得有点发紫。他的这种蓝色是天生的。假如他身上破了，还会流出蓝色的血，滴在地下好像一些蓝油漆——他手下的人虽然也是蓝的，但不是天生的，而是涂的蓝颜色，这些手下人总带着蓝墨水，一旦碰破了皮，就往伤口里倒，假装蓝血——这是为了和领导保持一致。这个人的信条是：做事就要做彻底。他决定把这两个身体通通杀掉。他对身体有一种冷酷无情的态度，这样就和薛嵩有了区别。薛嵩对所有的身体都有好感，所以他就成了个老好人。在这个故事里，薛嵩就是这个样子。

在这个故事里，薛嵩始终保持了小手小脚，是个留着寸头的、棕色皮肤的男孩子。他忙忙乱乱地在寨子里到处跑，有时跑进老妓女的视野里。后者当然不会放弃这个机会，所以就说：薛嵩，来陪我玩！薛嵩马上就答应，跑过来伏在老妓女的身上，双手捧住她的某一只乳房，把乳头放在拇指和食指之间认真地打量——那样子像个修表匠。当然，他还要打量别的地方。最后的结论是：大妈，你好漂亮啊。假如这是曲意奉承，就可以说明自由派与学院派的关系——薛嵩是自由派，老妓女是学院派，自由派要拍学院派的马屁，不漂亮也得说漂亮。可惜薛嵩根本不会曲意奉承，他真的觉得老妓女漂亮。

后来，薛嵩跪了起来，解掉腰间的竹篾条，还很客气地问道：可以吗？随后就和老妓女做爱，很自然，很澎湃。总而言之，他使老妓女觉得他真的爱她；然后就说：大妈，我还有别的事，一会儿再来陪你。就跑掉了。假如他根本不爱她，说一会儿来看她是谎话，这也能说明点问题。亚里士多德说：谎言自有理由，真实则无缘无故。想想这个理由吧！学院派很崇高，让人不能不巴结。除了拍马屁，还要说些甜言蜜语来讨她的好。但是，很不幸，他也真爱这个老妓女。他真想一会儿就来看他。既然是真的，就不能说是拍马屁了。

更加不幸的是，他走着走着，别的女人也会在篱笆后面叫道：薛嵩，来陪我玩。他也会跑进去，伏在人家身上说：大姐，你好漂亮啊。过一会儿也要去解竹篾条，并且说：可以吗？倘若对方说不可以（这种情况很少见），他就把篾条重新系上，并且说：真遗憾，但你的确很漂亮。然后就走掉了。在更多的情况下他要和那女人做爱，而且很自然，很澎湃；然后又说：对不起，我还有别的事，一会儿再来陪你。就走掉了。这也是实话，假如不是在别处绊住了，他真想回来看她。假如有位八十岁的老太太叫他：薛嵩，陪我玩。他也会跑进去，把玩她老态龙钟的身体，然后说：老奶奶，你真是个漂亮的老奶奶。然后不和她做爱，走掉了。他做得很对。假如是个三岁的女孩叫他，他就跑进去抱抱她，然后说：小妹妹，你真漂亮，可惜太小了，不能和你玩。然后走掉了。假如走在路上，听到一头母水牛在背后“哞”地一叫，他也要回头看看，然后对它说：捣什么乱啊你。然后走掉了。这个寨子里所有的女人都喜欢薛嵩，因为他对女人的身体深具爱心，热爱一切年龄、一切体态的身体。这寨子里的一切男人都恨薛嵩，也是因为他对女人的身体深具爱心，喜欢一切年龄、一切体态的身体。作为一个男人，他还有些可赞美之处，但作为一寨之主，他简直混账得很。像他这样处处留情的人物，当然属于邪恶的自由派。

这个故事现在的样子使我十分满意，因为里面没有一个女人是可厌的。作为一个自由派的男人，我喜欢一切女人，不管是老的还是小的，是漂亮的还是丑的，不管她声音清丽委婉，还是又粗又哑，性情温柔还是凶猛泼辣，我都喜欢。唱过了这些高调之后，我也要承认，还是温柔漂亮一点的女人我喜欢得更多一点，不管她是自由派还是学院派。

4

在这个故事里，薛嵩也遇到了红线。此后他就把一切年龄、一切体态的妇女都弃之如敝屣。这一下就不像自由派了。红线也无甚出奇之处，只是个子很高，腿很长，身材苗条。假如是汉族女人，长到这样高以后，就会自然地矮下去——也就是说，低着头，猫着腰，向比自己矮的人看齐。但苗族女孩不会这样。红线在林子里找了一棵老树，在树皮上刻上自己的高度，每天都去比量，巴不得再长个一寸两寸。她就这样被薛嵩看到了。后者马上就对她入了迷，开始制造各种抢婚的工具，从一个多情种子，变成了一个能工巧匠。这就使老妓女为之嫉妒、痛苦，请了人来杀她。有关这件事的前因，我觉得自己已经解释得足够清楚了。

至于这件事的后果，就是她请来的人把她自己给逮住了，而且那些人还要拷打她，想从她那里获得薛嵩的情报——老妓女本来可以自愿说出些情报，但被捆上了就不能说，她也是有尊严的人哪——把她脸朝里地绑在一棵树上，说道：老婊子，打你了啊！她还是满不在乎地说：打吧。于是，藤条就在她背上呼啸起来了。我可以体会到这种看不见的疼痛。后来，人家把她放开，让她趴在满是青苔的地上；空出了那棵长满了青苔的老树。此时她背上满是伤痕和鲜血。那个小妓女在一边看了，恶狠狠地说了一声：“该！”但老妓女还是镇定自若，对一个样子和善的刺客说：劳驾，给我拿把瓜子来。再以后，她就趴在地上嗑瓜子。虽然背上被抽开了花，她的臀部依然很美，腰也很细。小妓女看了，感到莫名的愤怒，痛恨她的身体，更恨她满不在乎的态度。像这样把痛苦和死亡置之度外，她可学不来……

后来，那个刺客头子对着那棵空出的树，做了一个优雅的手势，对小妓女说：小婊子，现在轮到你了。那女孩跺跺脚走了过去，抱住那棵树，伏在了老妓女的身上，让人家把她捆在树上。她感到悲愤和委屈，就一头撞在树上，把头都撞破了。刺客头子看到这种不理性的举动，就劝止说：别这样。打你是我们的工作，不用你自己来做。于是，那小妓女觉得简直要气死了，大喊一声：你们！一个气我，一个打我！到底还让不让人活？刺客头子闻声又劝止道：别这样。让你死或让你活，是我们的事。不用你来操心。这就使小妓女完全走投无路了。

二

1

说到我自己，虽然不是妓女也不是刺客，但我觉得自己是自由派。这个流派层次较低，但想要改变也不是一朝一夕的事。下午，我们院里的热水锅炉坏了，原来流出滚烫的清澈液体，现在流出一种温吞吞的黄汤子。因为这种汤子和化粪池堵塞后流出的东西有可疑的近似之处，渴疯了的人也不敢尝试。在这种情况下，我跑到隔壁面馆去打了两壶开水，一壶自己喝，另一壶送给了白衣女人；这种自力更生的做法就像我写到过的自由派小妓女。但别人却不是我这样的。有好几位老先生经常跑到锅炉面前，扭开龙头，看看流出的黄汤子，再舔舔干裂的嘴唇，说一声：后勤怎么还不来修！就痛苦地走开了；丝毫想不到隔壁有家面馆。这种逆来顺受的可爱态度，和学院派的老妓女很有点相似。但我也不敢幸灾乐祸，恐怕会招来杀身之祸……

对于这个热水锅炉，需要进一步的描述：它是个不锈钢制成的方盒子，通着三百八十度的三相电。我觉得只要是用电的东西，就和我有缘分。我切断了电源，围着它转了好几圈。最后得出一个结论：只要能找到管钳，卸掉水管，我就能把它修好；没有管钳，用手拧不动水管（我已经试过了），就只好望洋兴叹。下一个问题就是：到哪里去找管钳。这么大的一个单位，必定有修理工，还会有工作间，能找到那儿就好了。我可不像薛嵩，东西坏了也不去修。但我对这个院子不很熟悉，转着圈子到处打听哪里能借到工具。转来转去，终于转到了白衣女人的房间里。她听到了我的这种打算，马上叉着脖子把我撵回自己屋里；还说：你自己出洋相不要紧，别人可要笑话我了。我保证不去出洋相，但求她告诉我哪里能借到管钳。她说她不知道。看来也不像假话。然后，我在自己屋里，朝着摊开的稿纸俯下身来，心里却在想：真是不幸，连她也不理解我。看来她也是个学院派……

我总忘不了坏掉的锅炉在造成干渴，这种干渴就在我唇上，根本不是喝水可解。行动的欲望就像一种奇痒，深入我的内心。但每当我朝院里（那边是锅炉的方向）看时，就能看到一个白色的身影在那边晃动。看来，白衣女人已经知道我禁不住要采取行动，正在那边巡逻——她比我自己还了解我。

又过了一会儿，我开始出鼻血，只好用手绢捂着鼻子跑出去，到门口的小铺买了一卷卫生纸。又过了一会儿，纸也剩得不多了。我只好捏着鼻子去找那位白衣女人。她见了我大吃一惊，说道：怎么了？又流鼻血了？我也大吃一惊：原来我常流鼻血，这可不是什么好消息……她在抽屉里乱翻了一阵说：糟了，药都放在家里。这是我意料中的事，我瓮声瓮气地说道：我一个人也能回家去，但要把车也推回去，要不明早上没得骑。她倒有点发愣：你是什么意思？现在轮到我表现自由派的缜密之处：我的意思是，我自己推车走回去，但要劳你在路上捏住我的鼻子……但一出了门，我就知道还欠缜密：这个样子实在古怪，招得路上所有的人都看我。除此之外，她还飞腿来踢我的屁股，因为鼻子在她手里，我全无还手之力，这可算是趁人之危了。她小声喝道：不准躲！不让你修锅炉你就流鼻血，你想吓我吗？……这话太没道理，鼻血也不是想流就能流得出的。何况，流鼻血和修锅炉之间关系尚未弄清，怎能连事情都没搞明白就踢我！因为她声音里带点哭腔，我也不便和她争吵。回到家里，躺在床上，用了一点白药，鼻血也就止住了。她也该回去上班。但她还抛下了一句狠话：等你好了再咬你……

2

白衣女人曾说，我所用的自由派、学院派，词义很不准确。现在我有点明白了。所谓自由派，就是不能忍受现状的人，学院派则相反。我自己就是前一种，看到现状有一点不合理就急不可耐，结果造成了鼻子出血。白衣女人则是学院派，她不准我急不可耐，我鼻子出了血，她还要咬我。小妓女和老妓女也有这样的区别，当被捆在一起挨打时，这种差别最充分地凸现了出来。

我写到的这个故事可以在古书里查到。有一本书叫做《甘泽谣》，里面有一个人物叫做薛嵩，还有一个人叫做红线。再有一个人叫做田承嗣，我觉得他就是那个浑身发蓝的刺客头子。这样说明以后，我就失掉了薛嵩、红线，也失掉了这个故事。但我觉得无关紧要。重要的是通过写作来改变自己。通过写作来改变自己，是福科的主张。这样说明了以后，我也失去了这个主张。但这也无关紧要，重要的是照此去做。通过写作，我也许能增点涵养，变成个学院派。这样鼻子也能少出点血。

那个蓝色的刺客头子把小妓女捆在树上，一面用藤条在她背上抽出美丽的花纹，一面坦白了自己的身份。如前所述，他就是田承嗣，和薛嵩一样，也是一个节度使。这就是说，他假装是个刺客头子，拿了老妓女的钱，替她来杀红线，实际上却不是的。他有自己的目的，想要杀死薛嵩，夺取凤凰寨。我想他这样说是想打击妓女们的意志，让她们觉得一切都完了，从此俯首帖耳——这个成语叫我想到一头驴。当然，他的目的没有达到。那个小妓女听了，就尖叫道：老婊子！看你干的这些事！你这是引鬼上门！那个老妓女一声不吭，继续磕着瓜子，想着主意。后来，她站了起来，走到田承嗣的身边，说道：老田，放了她。田承嗣纳闷道：放了她干什么？那女人说：把我捆上啊。田承嗣又纳闷道：把你捆上干什么？那女人说：我替她挨几下。田承嗣说：挨打是很疼的呀。老妓女说：没有关系。我也该多挨几下。这样一来，这个老妓女就表现出崇高的精神；用自己的皮肉去保全别人的皮肉。在这个故事里，还是第一次出现了这种精神。这说明我变得崇高了。看来，通过写作来改变自己，并不是一句空话呀……

在这个故事里，田承嗣是卑鄙的化身——现在我已认定，田承嗣根本就不是学院派，他不配。起初我觉得，老妓女的自我牺牲会把他逼入两难的境地。假如他接受了老妓女的提议，放了小妓女去打老妓女，崇高的精神就得以实现，他所代表的邪恶就受到了打击。假如他不打老妓女，继续打小妓女，那老妓女就要少挨打。按照他邪恶的价值观，少挨打是好的。老妓女的崇高精神没有受到惩罚，对他来说是一种失败。照我看，他是没办法了。很不幸的是，田承嗣也有自己邪恶的聪明。他叫手下的人把老妓女捆在另一棵树上（很不幸的是，凤凰寨里有很多的树），同时加以拷打。小妓女还嘲笑她说：老婊子，瞧你干的这些事！你真是笨死了。她只好摇头晃脑地说：真是的，我笨死了。但是，小婊子，我可是真心要救你啊。小妓女干脆地答道：救个屁——这其实不是一句有意义的话，只是一声感叹；然后，她就低下头去，闭上眼睛，忍受背上的疼痛。在这个故事里，我想要颂扬崇高的精神，结果却让邪恶得了胜，但我决定要原谅自己，因为我已失去了记忆，又是个操蛋鬼，对我也不能要求过高。再说，邪恶也不会老得胜……

3

鼻血止住之后，我在家里到处搜索，没有找到户口本，却找到了几页残稿，写道："盛夏时节，在长安城里，薛嵩走过金色的池塘，走上一座高塔去修理一具热水锅炉……"在我失去记忆以前,这是我写下的最后的字句。打个不恰当的比喻,这像是我前生留下的遗嘱。看来,我想修理锅炉不是头一次了。我觉得可以从此想到很多东西。可惜的是,一下子不能都想起来。

以此为契机,我却想起了这样一件事:在大学里,有个同宿舍的同学戴一副断了腿的水晶眼镜,不管我怎么苦苦哀求,他都不肯摘下来叫我修理。这孙子说,这副眼镜是他爸爸的遗物,他就要这么戴到死……这眼镜他小心藏着,不让我碰。但我一见他用绳子拴着眼镜就心痒难熬。终于有一天,我在宿舍里把他一闷棍打晕,并在他苏醒之前把镜腿换上了……然后,他就很坚决地从宿舍里搬走了。他倒没有告我打他,只是到处宣扬我有精神病。别人对他说:你可以把新装上的镜腿再拆下来,这样,你父亲的遗物还是老样子。他却说:拆了干啥?招着王二再来敲我的脑袋?我没有那么傻!从这件事里,我很意外地发现自己上过大学——我是科班出身的。现在我可以认为自己是个学院派的历史学家,这是一个好消息。还有一个坏消息:我很可能是个有修理癖的疯子。正如白衣女人指出的,我所指的自由派,就是些气质像我的人。现在我知道了自己可能是疯子,自由派这个名称就有了问题:我总不好把疯子算做一派吧。

我对白衣女人用脚来踢我的事很是不满——就算我犯了疯病,也是为所里的器具损坏而疯,是一种高尚的疯病,踢我很不够意思——最起码应该脱了鞋在家里踢,穿着鞋在街上踢是不应该的。但细细一想,她还是对我好。继而想到,她说过,让我骑车小心,还说自己不愿意当寡妇,也是不希望我死之意。这使我从心里感到一丝暖意。说实在的,我自己也不想早早地死掉。我又回过头来写我的故事——我现在能做到的只是在故事里寻找崇高。在这个故事里，那个蓝色的刺客头子，也就是田承嗣，逮住了两个妓女，拷问她们薛嵩在哪里——在此必须重申，田承嗣不是自由派也不是学院派，他哪派都不是。

这两个女人——一位学院派的妓女和一位现代派的妓女，表现出崇高的气节，没有告诉他。其实他根本多此一问，薛嵩就在他们身后。黎明时分，薛嵩把他的柚木院子高高地升了起来，这片浮动的土地连同上面的花园、房屋，高踞在八根柱子上，而那八根柱子又高踞在林梢顶上，在朝霞的衬托之下，好像一个庞大无比的长腿蜘蛛。薛嵩站在这个空中花园的边上，隔着十里地都能看见。而寨中心那片空地离得很近，顶多也就是一两里地。奇怪的是，那些刺客和两个妓女都没有往那边看。

薛嵩遭人袭击之后，一直在努力升高他的院子。院子越高，离地面越远，也就越安全。他长时间地不言不语，好像怯懦已经吞噬了他的内心。但到了黎明时分，他忽然呐喊一声，从地上一跃而起，奔进房子去拿他的武装。首先，他戴上一顶铜盔，这东西大体上和消防队员戴的头盔差不多，只是更高、更亮，盔顶有鱼鳍一样的冠子，用皮带扣在颏下；这样他一下子高了有一尺多。然后他又穿上护胸甲，这东西表面是一层发乌的青铜，镌有大海和海上的星辰。在青铜后面是亮闪闪的黄铜，黄铜背后是厚厚的水牛皮。最里面的一层是柔软的黄牛皮。这个结构的奥妙之处在于青铜硬而且脆，可以弹开锋利的刀锋；黄铜质地绵密，富有韧性，可以提供内层防护。

至于牛皮，主要是用来缓冲甲面上的打击；这就深得现代复合装甲结构之精髓。此后他穿上护裆甲，那东西的形状就如一个龟头向上的生殖器，其作用也是保护这个重要的器官；只是那东西异常之大，把大象的家伙装进去，也未必装得满——看到红线疑惑的目光，薛嵩解释了两句：敌人也不知我有多大，吓吓他们——他把这个东西拴在腰间，拴上护肩甲、护腿甲、护胫甲，薛嵩威风凛凛，有如一位金甲天神。

但是，所有这些甲胄都只有前面，没有后面；后面用几根皮带系住。所以，薛嵩也只是从前面看时像位金甲天神，从后面一看，裸露着脊梁，光着屁股，甚是不雅观。薛嵩用巨雷般的低沉嗓音说道：敌人只能看到我的前面，休想看到我的后面。这话说得颇有气概。他还穿上了皮底的凉鞋，鞋底有很多的钉子，既有利于翻山越岭，又可以用来踢人。着装以后，薛嵩行动起来颇为不便，他有一把连鞘的青铜大剑放在地下。他让红线给他拿起来，以便拴在腰上。看到那剑又宽又厚，红线就用了很大的力气去拿。结果是连人带剑一起从地下跳了起来，原因是那剑很轻。薛嵩抹了一下鼻子，不好意思地说道：空心的。把剑佩好，他把铜盔上的面具拉了下来，露出一副威猛的面容。然后，这样一位薛嵩就行动了起来，准备向外来的袭击者展开反攻。

4

有关薛嵩的院子，必须补充说，它不但可以在柱子上升降，那些柱子又可以水平移动。只要转动一些绞盘，整个院子连同支撑它的柱子就可以像个大螃蟹一样走动，成为一个极为庞大的步行机械。实际上，薛嵩可以使他的院子向寨中的敌人发起冲击，但要有个前提：必须有一百个人待在上面，按薛嵩的口令扳动绞盘。假如有一百个人，这座院子就会变成一架可怕的战争机器，连同地基向敌人冲击。不幸的是，此时院子里只有两个人，缺少了人手，它就瘫了不能动。细究起来，这又要怪薛嵩自己。他只让自己和红线登上柚木平台，换言之，除了红线，他谁都不信任……

白衣女人说，她最讨厌我在小说里写到各种机械、器具；什么绞盘啦、滑轨啦，她都不知道是些什么东西。她说的有道理，但我满脑子全是这种东西，不写它写什么？写高跟鞋？这种东西她倒是很熟悉，但我对它深恶痛绝，尤其是今天被穿着高跟鞋的脚踢了两下以后，就更痛恨了。她听了挑起眉毛来说：哟！记仇了。好吧，以后不穿高跟鞋。她就是不肯说以后不再踢我。我的背后继续受到威胁……

红线以为，薛嵩会冲出自己的柚木城堡，向聚集在寨中心的刺客们冲锋。这样他将面对数十倍于己的敌人，前面虽然武装完备，后面却还露着屁股；这样顾前不顾后肯定不会有好的结果。她对于战争虽然一窍不通，但还懂得怎么打群架。所以她也武装了起来：把头发盘在了头上，把家里砍柴、切菜的刀挑了一个遍，找到一把分量适中，使起来趁手的，拿在右手里。至于左手，她拿了一个锅盖。薛嵩家里的一切东西都是他亲手做的，既结实，又耐用，样子也美观，总之，都很像些东西；这个锅盖也不例外。它是用柚木做的，有一寸来厚，完全可以当盾牌用。红线跟在薛嵩后面，准备护住他的后背，满心以为他就要离开家去打交手战；谁知薛嵩不往门外跑，却往后面跑去。他打开了库房的大门，从里面推出一架救火云梯似的东西——那东西架在一辆四轮车上。红线帮他把这个怪东西推到了门前的空地上，薛嵩用三角木把车轮固定住，把原来折叠的部件展开来；这才发现它原来是一张大得不得了的弩。原来，薛嵩并不准备冲出去，他打算呆在城堡里——也就是说，躲在安全的地方施放冷箭。既然如此，红线就不明白薛嵩为什么要虚张声势地穿上那么多的铠甲。我觉得这个问题的答案应该是：造造气氛。

薛嵩的弩车停在城堡的边缘上。弩上的弓是用整整一棵山梨树做成的，弓弦是四股牛筋拧成的绳子。他和红线借助一个绞盘把弓张开，装上一支箭——那箭杆是整整的一根白蜡杆，我以为叫做一支标枪更对。此时，这张弩的样子就像一辆现代的导弹发射架，处于待发的状态。薛嵩登上瞄准手的位子，摇动方向机和高低机，把弩箭对准了敌人。如前所述，这里离寨中心相当远，只能看见影影绰绰的一群人。就这样一箭射出去，大概也能射着某个人。但薛嵩的伎俩远不止此。他还有个光学瞄准镜，由两个青铜阳燧组成。众所周知，阳燧是西周人发明的凹面镜，原来是用来取火的。薛嵩创造性地把它们组装在一起，变成了一个反光式的望远镜。透过它看去，隔了两里多地，人头还有大号西瓜大。他在里面仔细地瞄准，只是不知在瞄谁。这个目标对我自己来说，是一个悬念。

5

我说过，从前面看去，薛嵩是一位金甲天神。从反面一看就不是这么回事，因为他光着屁股。假如全身赤裸，这个部位倒是蛮好看的：既丰满、又紧凑；但单单把它露在外面，就说不上好看，甚至透着点寒碜。这就如一位正面西装革履的现代人，身后却露出肉来，谁看了也不会说顺眼。我们知道，浑身赤裸时，薛嵩是个心地善良的好人；打扮成这个样子以后是个什么人，连红线都不知道。他就这样伏在弩车上，仔细地瞄准，然后扳动了弩机；只听见砰的一声，那支弩箭飞了出去……

正午时分，空气里一声呼啸，薛嵩的弩箭穿进了人群，把三个人穿了起来，像羊肉串一样钉在了一棵大树上。这三个人里就有老妓女，她被两个刺客夹在中间，像一块三明治。那根弩箭从她的胃里穿过去，她当然感到钻心的疼痛。她还知道，这是薛嵩搞的鬼，就朝他家的方向愤怒地挥了一下拳头。但马上她的注意力就被别的事情吸引过去了。在她身后那个刺客痛苦地挣扎着，把腰间的篾条都挣开了，那个东西硬邦邦地抵在她的屁股上，总而言之，他就像北京公共汽车上被叫做“老顶”的那种家伙。她扭过身去，愤怒地斥责道：往哪儿捅？这儿要加钱的，知道吗？后面那个刺客被射穿了心口下面的太阳神经丛，疼得很厉害，无心答理她。在她前面的那一位被从左背到右前胸斜着贯穿，伤口很长，已经开始临死的抽搐，不听使唤的手臂不停地碰到她身上。老妓女又给了他一巴掌，说道：挤那么紧干吗，又不是没有地方！那人捯着气，勉强答道：对不起，我也不想这样……再后来，老妓女自己也没有了力气，不再争辩什么，就这样死去了，临死时，朝柚木城堡伸出右手的中指，这是个仇恨的手势。这个老妓女留下了一个不解之谜：到底薛嵩是有意射她呢，还是无意的。小妓女总觉得他是无意，我总觉得他是有意。当然，薛嵩自己总不承认自己是有意的。

放完了这一箭，薛嵩摇了摇头，没有说什么，倒是红线大叫起来：射错人了！然后，薛嵩在弩上装上一支新弩箭，转动绞车把弩张开时，红线继续呆呆地站着，也不来帮忙，忽然又大叫了一声：射错人了！但薛嵩还是一声不吭地忙着，张好了弩，他又跑回瞄准手的座位上去，继续瞄准，而红线则又一次呐喊道：射错人了！射着自己人了！薛嵩回头一看，发现红线正用反感的眼神看着他，就说：别这么看我！这是打仗，你明白吗？战场上什么事都会发生……说完，他就回过头去继续瞄准了。红线定了定神，回头朝寨心望去，发现那片空场上只剩了一个人——无须我说你就知道，原来那里有一大群人，现在都不见了。只剩下一个人，就是那个小妓女。说来也不奇怪，那些刺客发现自己在远程火力的威胁之下，自然要躲起来。假如那个小妓女坚信薛嵩不会射她，她也可以不躲起来。但实际上却不是这样——实际上，她也信不过薛嵩，但有一大伙人躲在她的身后，还有一个人从背后揪住她的头发，让她躲不开。现在，她面朝着薛嵩家的方向站着，满脸都是无奈。

也许我需要补充说，薛嵩一箭射死了老妓女和两个刺客，使田承嗣和他的手下人大惊失色，觉得他很厉害。他们赶紧躲了起来——当然，可以躲到大树后面、躲到河沟里，但他们觉得躲在小妓女背后比较保险。他们以为，这个女孩和薛嵩的交情非比一般，她和薛嵩太太红线又是手帕交，薛嵩决不会射她，因此，她身后一定是最保险的地方了。但薛嵩离他们很远，所在的方位又是逆光，所以他们一点都看不到薛嵩在干啥；假如看到了，一定会冒出红线一样的疑问：敌人都躲了，只剩一个自己人，你瞄的到底是谁呀？假如他们知道这问题的答案，更会大为震惊。实际上，薛嵩瞄的就是小妓女，虽然他不想射死她。他把瞄准镜的十字线对在那女孩的双乳正中，心里想着：天赐良机！他们排成了一串……这一箭可以穿透十二个人。这说明他想要射死的绝不是小妓女，而想要穿过她，射死她身后的十一个人。当然，我们知道，这个女孩被穿透之后，很难继续活下去。但这一点薛嵩已经忘记了。他只记得射死了十一个人以后，就可以夺回凤凰寨了。

我发现，只要我开个恶毒的玩笑，就可以得到崇高。薛嵩把弩箭瞄准小妓女，就是个恶毒的玩笑；但崇高不崇高，还要读者来评判。他瞄得准而又准，正待扳动弩机，忽然听见砰的一声响，整个弩车猛地歪到一边——原来是红线一刀砍断了弓弦。薛嵩从歪倒的弩车里爬了出来，扶正头上的头盔，朝红线嚷道：怎么搞的？你搞破坏呀你！但红线一言不发，只是瞪大了眼睛看着他。她的眼睛不瞪就很大，瞪了以后连眼眶都看不到了。

6

那个白衣女人看过我的故事，摇摇头，说道：你真糟糕。在这个故事里，薛嵩一箭射死了老妓女，又把箭头对准了小妓女；她就是指这点而言。我问：哪里糟糕？她说：想出这样的故事，你的心已经不好了。我连忙伸手去摸左胸时，她又喝道：往哪儿摸？没那儿的事！我说你品行不好！如你所知，我现在最关心这类问题，就很虚心地问道：什么品行叫做好，什么品行叫做不好？她说出一个标准，很简单，但也很使我吃惊：品行好的男人，好女孩就想和他做爱。品行不好的男人，好女孩宁死也不肯和他做爱。我现在的品行已经不好了，这使我陷于绝望之中。

实际上，是薛嵩的品行有了问题。我发现他很像我的表弟。如前所述，我表弟的手脚都很小，他的皮肤是棕色的，留着一头板寸。傍晚我们到王朝饭店去看他，坐在lobby里，看着大厅中央的假山和人造瀑布。我表弟讲着他的柚木生意，有很多技术性的细节，像天书一样难懂。许多年前，薛嵩就是这样对红线讲起他行将建造的凤凰城。他在沙地上用树枝画了不少波浪状的花纹，说道，长安城虽然美丽，但缺少一个中心，所以是有缺点的。至于他的城市，则以另一种图样来表示，一个圆圈，周围有很多放射出的线条。红线没看出后一个形状有任何优点，相反，她觉得这个图样很不雅，像个屁眼。不过她很明智，没把这种观感说出来。实际上，薛嵩说了些什么，她也没听懂。薛嵩是说，这座城市将以他自己为核心来建造。它会像长安一样美丽，但和长安大不相同。它将由架在众多柱子上的柚木平台组成，其中最大最高的一个平台，就是薛嵩自己的家。这个建筑计划我表弟听了一定会高兴，因为这个工程柚木的用量很大，他的柚木就不愁卖不出去了。

身在凤凰寨内，薛嵩总要谈起长安城。起初，红线专注地听着，眼睛直视着薛嵩的脸；后来她就表现出不耐烦，开始搔首弄姿，眼睛时时被偶尔飞过的蝴蝶吸引过去。在王朝的lobby里当然没有蝴蝶，她的视线时时被偶尔走过的盛装女郎吸引过去，看她们猩红的嘴唇和面颊上的腮红，我猜她是在挑别人化妆的毛病——顺便说一句，我觉得她是枉费心机，在我看来，大家的妆都化得蛮好——对于我们正在说着的这种语言，她还不至全然不懂，但十句里也就能听懂一到两句。等到薛嵩说完，红线说：能不能问一句？薛嵩早就对她的不专心感到愤怒，此时勉强答道：问吧！这问题却是：雪是什么呀？身为南国少女，红线既没见过雪，也没听说过雪，有此一问是正常的。但薛嵩还是觉得愤怒莫名，因为他这一番唇舌又白费了。我的表弟一面说柚木，一面时时看着我的表弟媳，脸上也露出了不满的神色，看得她说了一声“Excuse me”，就朝卫生间走去了。那位白衣女人说了一句“Excuse me”，也朝卫生间走去。后来她们俩再次出现时，走到离我们不远的沙发上坐下了——女人之间总是有不少话可说的。现在只剩下了我，听我表弟讲他乏味的柚木生意。

我已经知道柚木过去主要用于造船，日本人甚至用它来造兵舰，用这些兵舰打赢了甲午海战——由此可以得到一个结论：这种木头是我们民族的灾星——而现在则主要用来制造高档家具，其中包括马桶盖板。他很自豪地指出，这家饭店的马桶盖就是他们公司的产品，这使我动了好奇心，也想去厕所看看。但我表弟谈兴正浓，如果我去厕所，他必然也要跟去。所以我坐着没有动：两个男人并肩走进厕所，会被人疑为同性恋，我不想和他有这种关系……我还知道了最近五年每个月的柚木期货和现货行情，我表弟真是一个擅长背诵的人哪。我虽然缺少记忆，但也觉得记着这些是浪费脑子——这种木头让我烦透了。后来，我们在一起吃了饭。再后来，就到了回家的时刻。我表弟希望我们再来看他，不知道为什么，我有点不想再来了……

7

晚上我回家，追随着那件白色的连衣裙，走上楼梯。走廊里很黑，所有的灯都坏了。我不明白为什么没人来修理。楼梯上满是自行车。我被车把勾住了袖子，发起了脾气，用脚去踢那些自行车。说实在的，穿凉鞋的脚不是对付自行车的良好武器——也许我该带把榔头出门。那个白衣女人从楼梯上跑了下来，把我拉走了。她来得正好，我们刚上了楼，楼下的门就打开了，有人出来看自己的车子，并且破口大骂。假如我把那些骂人话写了出来，离崇高的距离就更远了。此时我们已经溜进了自己的家，关上了门，她背倚着门笑得透不过气来。但我却笑不出来：我的脚受了伤，现在已经肿了起来。后来到了床上，她说：想玩吗？我答道：想，可是我品行不好呀。她又笑了起来，最后一把抱住我说：还记着哪。这似乎是说，白天她说的那些关于品行的话可以不当真。有些话要当真，有些话不能当真。这对我来说是太深奥了……

有件事必须现在承认：我和以前的我，的确是两个人。这不仅是因为我一点都记不得他了，还因为怀里这个女人的关系。我一定要证明，我比她以前的丈夫要强。现在我们在做爱。我不知别的夫妇是怎样一种做法，我们抱在一起，像跳贴面舞那样，慢条斯理——我总以为别的姿势更能表达我的感情。于是，我爬了起来，像青蛙一样叉开了腿。没想到她从鼻子里哼了一声说：别乱来啊。就在我头上敲了一下。正好打中了那块伤疤，几乎要疼死了。不管怎么说吧，我还是坚持到底了……

我现在相信薛嵩的品行的确是不好的。以前红线不知道他有这个缺点，所以爱过他，很想和他做爱。现在看到他射死了老妓女，又想射死小妓女，觉察出这个问题，就此下定决心，再也不和他做爱。她甚至用仇恨的目光看着薛嵩的头盔，心里想着：这里没盛什么真正的智慧；里面盛着的，无非是一包软塌塌的、历史的脐带……

三

1

薛嵩的所作所为使红线大为不齿，我也被他惊出了一身冷汗。如你所知，我因为写他，品行都不好了。但我总不相信他真有这么坏。他不过是被自己的事业迷了心窍而已。身为一个男人，必须要建功立业……

我说过，薛嵩在长安城里长大。后来，他常对红线说起那座城市的美丽之处。他还说，要在湘西的草地上建起一座同样美丽的城市，有同样精致的城墙、同样纵横的水道、同样美丽的水榭；这种志向使红线深为感动。从智力方面来看，薛嵩无疑有这样的能力。遗憾的是，他没有建成这座新长安所需的美德——像这样一座大城，可不是两个人就能建成的啊。

身在凤凰寨内，薛嵩总要谈起长安城里的雪。他说，雪里带有一点令人赏心悦目的黄色，和早春时节的玉兰花瓣相仿。这些雪片是甜的，但大家都不去吃它，因为雪是观赏用的。等到大地一片茫茫，黑的河流上方就升起了白色的雾；好像这些河是温泉一样……假如能把长安的雪搬到这里就好了——起初，红线专注地听着，眼睛直视着薛嵩的脸；后来她就表现出不耐烦，开始搔首弄姿，眼睛时时被偶尔飞过的蝴蝶吸引过去。

薛嵩描述的长安城是一片白茫茫的雪地，在雪地上纵横着黑色的河岸。在河岸之间，流着黑色透明的河水，好像一些流动的黑水晶。但这也没什么用处。住在这里的人没有真正的智慧，满脑子塞满了历史的脐带。河水蒸腾着热气，五彩的画舫静止在河中，船上佳丽如云。这也没什么用处，这些女人一生的使命无非是亲近历史的脐带，使之更加疲软而已。她们和那位建造了万寿寺的老佛爷毫无区别……

忽然间薛嵩惊呼一声：我的妈呀！我都干了什么事呀……然后他就坐在地上，为射死了老妓女痛心疾首，追悔不已。首先，他在弩车的轮子上撞破了脑袋，然后又用白布把头包了起来。这一方面是给死者戴孝，另一方面也是包扎脑袋。然后，他又在肩上挎了一束黄麻，这也是给死者戴孝之意。这都是汉人的风俗，红线是不懂的，但她也看出这是表示哀痛之意。然后，薛嵩就坐在地下嚎啕痛哭，又用十根指头去抓自己的脸，抓得鲜血淋漓。这些哀痛之举虽然真挚，红线却冷冷地说：一箭把人家射死了，怎么哭都有点虚伪。后来薛嵩拿起地上那把青铜剑，在自己身上割了一些伤口，用这种方法来惩罚自己。但红线还是不感动。最后他把自己那根历史的脐带放在侧倒的车轮上，想把它一剑剁下来，给老妓女抵命，红线才来劝止道：她人已经死了，你也用不着这样嘛。薛嵩很听劝，马上就把剑扔掉了。这说明，他本来就不想失掉身体的这一部分。不管你对上述描写有何种观感，我还是要说，薛嵩误杀了老妓女之后，是真心的懊悔。其实，我也不愿给薛嵩辩护。

我对他的故事也感到厌恶。假如我记忆无误，这已经不是第一次了。

薛嵩在凤凰寨里，修理翻掉的弩车。如前所述，红线一刀砍断了弓弦。假如它只是断了弦，那倒简单了；实际上，这件机器复杂得很，很容易坏，而且是木制的，不像铁做的那么结实；翻车以后就摔坏了。薛嵩把它拆开，看到里面密密麻麻装满了木制的牙轮、涂了蜡的木杆、各种各样的木头零件。随便扳动哪一根木杆，都会触发一系列复杂的运动。这就是说，在这个庞大的木箱子里，木头也在思索着。这东西是薛嵩的作品，但它的来龙去脉，他自己已经忘掉了。所以，薛嵩马上就被它吸引住了。他俯身到它上面，全神贯注地探索着，呼之不应，触之不灵。红线在地下找了一根竹签，拿它扎薛嵩的屁股。头几下薛嵩有反应，头也不回地用手撵那不存在的马蝇子；后来就没了反应。这件事使红线大为开心。她又俯身到薛嵩紧凑的臀部上，拿竹签扎来扎去，后来又用颜色涂来涂去，最后文出一只栩栩如生的大苍蝇。此后，薛嵩在挪动身体时，那苍蝇就会上下爬动，甚至展翅欲飞。这个作品对薛嵩很是不利——以后常有人伸手打他的屁股，打完之后却说：哎呀，原来不是真苍蝇！对不起啊，瞎打了你一下。由此看来，假如红线在他身上文一只斑鸠，他就会被一箭射死。那射箭的人自会道歉道：哎呀，原来不是真斑鸠！对不起啊，把你射死了……

2

在凤凰寨里，此时到了临近中午的时分。天气已经很热了，所以万籁无声。所有的动物都躲进了林阴——包括那些刺客和小妓女。但薛嵩还在修理他的弩车，全不顾烈日的暴晒，也不顾自己汗下如雨。起初，红线觉得薛嵩这种专注的态度很有趣，就在他屁股上文了只苍蝇；后来又在他脊梁上画了一副棋盘和自己下棋。很不幸的是，这盘棋她输了。再后来，她觉得薛嵩伏在地上像一匹马，就把他照马那样打扮起来——在他耳朵上挂上两片叶子，假装是马耳朵；此后薛嵩的耳朵就能够朝四面八方转动。搞来一些干枯的羊胡子草放在他脖子上，冒充鬃毛；此后薛嵩就像马一样的喷起鼻子来了。后来，她拿来一根孔雀翎，插在他肛门里当做马尾巴。这样一来，薛嵩的样子就更古怪了。

后来，那根孔雀翎转来转去，赶起苍蝇来了——顺便说一句，自从红线在臀部文上了一只苍蝇，这个部位很能招苍蝇，而且专招公苍蝇。这不仅说明红线文了只母苍蝇，而且说明这只苍蝇很是性感，是苍蝇界的电影明星——这根羽毛就像有鬼魂附了体一样，简直是追星族。一只金头苍蝇在远处嬉戏，这本是最不引人注意的现象，这根翎毛却已警惕起来，自动指向它的方向。等它稍稍飞近，羽毛的尖端就开始摇动，像响尾蛇摇尾巴一样，发出一种威胁信号；摇动的频率和幅度随着苍蝇逼近的程度越来越大。等到苍蝇逼近翎毛所能及的距离时，它却一动也不动了；静待苍蝇进一步靠近。直到它飞进死亡陷阱，才猛烈地一抽，把它从空中击落。你很难相信这是薛嵩的肛门括约肌创造了这种奇迹，倘如此，人的屁眼儿还有什么做不到的事情呢？我倒同意红线的意见，薛嵩有一部分已经变成马了……

这种情形使红线大为振奋，她终于骑到他身上，用脚跟敲他的肋骨，催他走动。而薛嵩则不禁摇首振奋，摇动那根孔雀翎，几乎要放足跑动。照这个方向发展下去，结果是显而易见的：薛嵩变成了一匹马。在红线看来，一个丈夫和一匹马，哪种动物更加可爱是显而易见的。特别是她觉得这匹马没有毛，皮肤细腻，骑起来比别的马舒服多了……

但是，故事没有照这个方向发展。薛嵩对红线的骚扰始终无动于衷，只说了一句“别讨厌”，就专注于他的修理工作。这态度终于使红线肃然起敬。她从他身上清除掉一切恶作剧的痕迹，找来了一片芭蕉叶，给他打起扇来了……虽然这个故事还没有写完，但我已经大大地进了一步。

现在，万寿寺里也到了正午时节，所有的蝉鸣声戛然而止。新粉刷的红墙庄严肃穆，板着脸述说着酷暑是怎样一回事。而在凤凰寨里，薛嵩蹲在地上，膝盖紧贴着腋窝，肩膀紧夹着脑袋，手捧着木制零件，研究着自己制造的弩车——他的姿势纯属怪诞，丝毫也说不上性感。但红线却以为这种专注的精神十足性感。因为她从来也不能专注地做任何事，所以，她最喜欢看别人专注地做事，并且觉得这种态度很性感……与此同时，薛嵩却一点点进入了这架弩车的木头内心，逐渐变成了这辆弩车。就在这时，红线看到垂在他两腿之间的那个东西逐渐变长了，好像是脱垂出来的内脏——众所周知，那个东西有时会变得直撅撅，但现在可不是这个模样。仅从下半部来看，薛嵩像匹刚生了马驹的老母马。那东西色泽深红，一端已经垂到了地上。这景象把庄严肃穆的气氛完全破坏了。开头，红线用手捂着嘴笑，后来就不禁笑出声来了。薛嵩傻呵呵地问了一句：你笑什么？红线顾不上回答。这种嬉皮笑脸的态度当然使薛嵩恼怒，但他太忙，顾不上问了。那个白衣女人对这个故事大为满意，她说：写得好——你们男人就是这样的！这句话使我如受当头棒喝。原来我们男人就是这样的没出息！

3

我终于明白了我为什么对自己不满：我是一个男人，有着男性的恶劣品行：粗俗、野蛮、重物轻人。其中最可恨的一点就是：无缘无故地就想统治别人。在这些别人之中，我们最想要统治的就是女人。这就是男人的恶行，我既是男人，就有这种恶行……

看过了《甘泽谣》的人都知道红线盗盒的故事是怎么结束的：薛嵩用尽了浑身的解数，也收拾不了田承嗣。最后是红线亲自出马，偷走了田承嗣起卧不离身的一个盒子，才把他吓跑了。现代的女权主义文论家认为，这个故事带有妇女解放的进步意义，美中不足之处在于：不该只偷一个盒子，应该把田承嗣的脑袋也割下来。这真是高明之见，我对此没有不同意见。我要说的是：的确存在着一种可能，就是薛嵩最终领悟到大男子主义并不可取，最终改正了自己的错误。但是冰冻三尺非一日之寒，一个人在改变中，也会有反复。因为这个缘故，每次看到薛嵩的把把变粗变直，红线就会奋起批判：好啊薛嵩！你又来父权制那一套了！让大家都看看你，这叫什么样子？而这时薛嵩已被改造好了，听了这样的指责，他感到羞愧难当，面红耳赤地说：是呀是呀。我错了……下次一定不这样。

可惜仅仅认错还不能使那个东西变细变软，它还在那里强项不伏。于是，红线就吹起铜号，把整个寨子里的人都招来，大家开会批判大男子主义者薛嵩，那个直挺挺的器官就是他思想问题的铁证。说实在的，很少有哪种思想问题会留下这样的铁证——而且那东西越挨批就越硬。久而久之，薛嵩也有了达观的态度，一犯了这种错误就坦白道：它又硬了，开会批判吧——这哪叫一种人过的生活呢。好在有时红线也会说：好吧，让你小孩吃屁屁。就躺下来，和薛嵩做爱——像这样的生活能不能叫做快乐，实在大有疑问……

这样写过了以后，我忽然发现自己并没有统治女人的恶劣品行。我能把薛嵩的下场写成这个样子，这本身就是证明……我和他们没有任何关系。顺便说一句，我想到了自己对领导的许诺——我在工作报告里写着，今年要写出三篇《精神文明建设考》——既然说了，就要办到。这个故事我准备叫它《唐代凤凰寨之精神文明建设考》。白衣女人对此极感兴奋，甚至倒在双人床上打了一阵滚；这使我感到一定程度的满足。滚完了以后，她爬起来说：可别当真啊。这又使我如坠五里雾中。我最不懂的就是：哪些事情可以当真，哪些事情不能当真。

4

不久之前，万寿寺厕所的化粪池堵住了，喷涌出一股碗口粗细的黄水。这件事发生在我撞车之前，这段时间里的事我多半都记不起来，只记起了这一件。它给我带来了极大的痛苦，因为我只要看到那片黄水，就有一种按捺不住的欲望，要用竹片去把下水道捅开——连竹片我都找好了。而那位白衣女人见到我的神情，马上就知道我在想什么。她很坚决地说：你敢去捅化粪池——马上离婚。因为这个威胁，那片黄水在万寿寺里漫延开来。这种液体带着黄色泡沫，四处流动。领导打了很多电话，请各方面的人来修，但人家都忙不过来。后来，那片黄水漫进了他的房间。他只好在地上摆些砖头以便出入，自己也坐在桌子上面办公。有些黄色的固体也随着那股水四下漂流。黄水也漫进了资料室，里面的几个老太太也照此办理，并且戴上了口罩。与此同时，整个万寿寺弥漫着火山喷发似的恶臭。全城的苍蝇急忙从四面赶来，在寺院上空发出轰鸣……这种情形使我怒发冲冠。没有一种道理说，所有的历史学家都必须是学院派，而且喜欢在大粪里生活。豁出去不做历史学家，我也一定要把壅塞的大粪捅开。

在此情形之下，那个白衣女人断然命令道：走，和我到北京图书馆查资料去。我坐在图书馆里，想到臭烘烘的万寿寺，心痒难熬。而那位白衣女士却说：连个助研都不给你评（顺便说一句，我还没想起助研是一种什么东西），你却要给人家捅大粪！我的上帝啊，怎么嫁了这么个傻男人！后来，我逃脱了她的监视，飞车前往万寿寺，在路上被面包车撞着了。因为这个缘故，她在医院里看到我时，第一句话就是：你活该！然后却哭了起来。当时我看到一位可爱的女士对我哭，感到庄严肃穆，但也觉得有点奇怪：既然我活该，她哭什么呢？我丝毫也没有想到这种悲伤的起因竟是四处漫延的大粪。当然，大粪并不是肇祸的真正原因。真正的原因是：我是现代派，而非学院派。现代派可以不评助研，但不能坐视大粪四处漫延……那白衣女人现在提起此事，还要调侃我几句：认识这么多年，没见过你那个样子。见了屎这么疯狂，也许你就是个屎壳郎？我很沉着地答道:我要是屎壳郎，你就是母屎壳郎。既然连被撞的原因都想了起来，大概没有什么遗漏了。薛嵩走上塔顶去修理锅炉的故事跨过丧失的记忆，从过去延伸到了现在……

第七章

一

1

早上我在万寿寺里，在金色的琉璃瓦下。从窗子里看去，这里好像是硫磺的世界，到处闪着硫磺的光芒，还有一股硫磺的气味。我多次出去寻找与硫磺有关的工厂，假如找到的话，我要给市政府写信，揭发这件事，因为硫磺不但污染环境，还是种危险品，不能放在万寿寺边上。结果是既没有找到工厂，也没有找到硫磺，而且一出了寺门气味就小了。事实是：我们正在污染环境，我们才是危险品。面馆里的人还抱怨说，我们发出的气味影响了他们的生意。这样我就不能写这封信了——因为人是不该自己揭发自己的呀。

从医院里出来已经有一个礼拜了。我有一个好消息：我的记忆正在恢复中，每时每刻都有新的信息闯进我的脑海。但也有很多坏消息，这是因为这些记忆都不那么受我的欢迎。比方说这一则：我不是历史学家。我已经四十八岁了，还是实习研究员，没有中级职称。学术委员会前后十次讨论我的晋升问题。头三次没有通过，我似乎还有点着急。到了第四次我就不再着急。第五次评上了，我又让了出去，让给了一个比我岁数大的人。领导说:这是你自己要让啊，可不要怪我们。我只微笑着点了一下头。第五次以后总能评上，我自己高低不同意晋职，说自己的水平不够。第十次发生在我撞车之前，我还是不同意晋升，并且再三声明，我准备在一百岁时晋升助理研究员,并在翌年死去。谁敢催我早日晋升就是催我早死。但不知为什么，他们收走了我的工作证，发回来时就填上了新职称。不管别人怎么说，我都不承认自己已经晋升了中级职称——就是这样，我还被车撞了，这完全是领导给我强行晋职所致——既然我没有职称，也就不是历史学家。但我还不至于什么人都不是：我大体上是个小说家。

在香案底下，我找到了一叠积满了尘土的文学刊物，上面都有署我名字的作品。我还出过几本小说集。今天，我还收到了一张汇款单，附言里写明了是稿费。还有一封约稿信，邀请我写篇短篇小说，参加征文比赛，但很婉转地劝我少一点“直露”的描写——我想这是指性描写。这些事我一点都记不得了。但既然是小说家，那就好好写吧。

我把薛嵩的故事重写了一遍，就是现在这个样子。中午，那个自称我老婆的白衣女人把它从头到尾看了一遍，不置可否地放下了。这使我感到失望。我总觉得，失掉记忆以后，我的才能在突飞猛进，可以从前后写出的手稿中比较出来。现在我正期待着别人来验证。我问她道：怎么样？她反问道：什么怎么样？这使我感到沮丧——她连我的话都听不明白了；或者说，我自己连话都说不明白了。这两种说法中，后一种更为通顺，但我更喜欢前一种。我说：这回的稿子怎么样？她淡淡地答道：你总是这样，反反复复的。说完就从房间里走了出去。按说我该感到更加沮丧才对。但是我没有。她走路的样子姿仪万方，我总是看不够。

2

在我失掉记忆之前，写道：盛夏时节，薛嵩走过金色的池塘，去给学院修理一具热水锅炉。现在我必须接着写下去。在写这件事之前，我必须说说这件事使我想到了些什么：我自己念研究生时，就常常背着工具袋，去给系里修理东西。我自己还念过研究生，有硕士学位，这使我不胜诧异。系里领导直言不讳地说：他们录取我，不是看中了我的人品和学业，而是看中了我修理东西的手艺——这就提示我，我的人品和学业都不值得回忆，只有手艺是值得回忆的。历史系和别的文科系不同，有考古实验室、文物修复室，加上资料室、计算机教室，好大的一份家业，要修的东西也很多。顺便说一句，领导对我说这样的话，不是表扬我有手艺，而是提醒我，修理东西是我应尽的义务，不要指望报酬了……对薛嵩来说，学院是什么地方、要修的是一台什么锅炉，等等，只要你把薛嵩当成了我这样的人，就无须解释。只要让他知道有座锅炉坏了，这就够了，他立即就会去修理。

薛嵩要修的锅炉在一座八角形的楠木大塔上，这座大塔又在一个新月形的半岛的顶端，这个半岛伸在一个荒芜的湖里。在湖水的四周，没有一棵树。湖里也没有一棵芦苇，只有金色透明的湖水。正午时分，塔上金色的琉璃瓦闪着光。我以为，这是很美丽的景色。但薛嵩没有看风景，他走进了塔里。在塔的内部，是一个八角形的天井，有一道楼梯盘旋而上，直抵塔顶。这是很美丽的建筑。但薛嵩也无心去看，只顾拾级而上。在塔的每一层，学院里的姑娘们在打棋谱，研究画法，弹着古琴研究音律，看到有个男人经过，都停下来看他。这都是些很美丽的女人。但他也无心去看，一直登到塔顶去看那个坏了的锅炉。这是因为，这台坏掉的锅炉——说实在的，这算不上是一台锅炉，只是一个大肚子茶炊，是精铜铸成的，擦得光可鉴人——是他的一块心病，是来自内心的奇痒。在茶炊顶上，有一具黑铁制成的送炭器，是个马鞍镫子一样的东西，用来把炭送进炉膛。这个东西前不久刚修理过，现在又坏了。在折断的铁把手上，留下锉过的痕迹。这是破坏……问题在于，谁会来破坏一具茶炊？薛嵩直起身来，看着塔里来来去去的女人们。在这些女人中，有一个爱上他了。所以她总要破坏茶炊，让他来此修理。现在的问题是：她是谁？在塔里那些像月亮一样美丽的姑娘中，她是哪一个？在我已经写到过的女人里，她又是谁？

我依稀觉得，这就是我自己的故事。系里的每件仪器我都修过，这不说明别的，只说明历史系拥有一批随时会坏掉的破烂。考古实验室的主任是个有胡子的老太太，我看过一台仪器后，说道：旧零件不行了，得买新的。她说：你把型号写下来，我去买。我二话不说，背起工具包就走；因为我觉得她不让我去买零件，是怀疑我要贪污，这是对我人格的羞辱——这样走了以后，她更加怀疑我要贪污。对于羞辱这件事，我有这样的结论：当一件羞辱的事降临到你头上时，假如你害怕羞辱，就要毫无怨言地接受下来。否则就会有更大的羞辱。但这是真实发生了的事，不是故事。

有一次，在我的故事里，我走上了一座高塔去修理一具茶炊。在这座塔的内部，到处是一片金黄：金丝楠木做的护壁、楼梯扶手，还有到处张挂的黄缎子；表面上富丽堂皇，实际上俗不可耐。相比之下，我倒喜欢塔顶上那片铁。它平铺在锃亮的茶炊下面，身上堆满了黑炭。这种金属灰溜溜的，没有光泽，但很坚硬。不漂亮，但也不俗气。

我走上陡峭的楼梯，从喧嚣的声音中走过。这些琴、瑟、笙、管，假如单独奏起来，没有人会说难听，但在一座塔里混成一团，就能把人吵晕。我又从令人恶心的香烟中走过，这些檀香、麝香、龙涎、冰片，单独闻起来都不难闻，混在一起就叫人恶心。这地方还有很多姑娘，单看起来个个漂亮，但都穿着硬邦邦的黄缎子，描眉画目，乱糟糟地挤在了一起，就不再好看。在这座大塔的天井里，正绞着一道黄色、炽热的旋风。我虽是从风边走过，但已感到头晕。

在那片黑铁上，紧靠着茶炊有一道板障，板障下面放了一个大板凳，有个姑娘坐在上面。她可没穿黄缎子，几乎是全裸着的，双脚被铁索锁住。仔细一看，她不是自愿坐在这里的。在她身后的板壁上有个铁环，又有一道铁索套住了她的脖子，把她锁在了铁环上。还有一根大拇指粗细的木棍，卡在她的嘴里，后面有铁箍勒住。至于双手，则被反锁在身后。这个姑娘闭着眼睛缩成一团，在热风里出着汗，浑身红彤彤的，好像在洗桑拿浴——这是全楼最热的角落，因为热气是上升的，又有填满了红炭的茶炊在烤着。她脸上没有化妆，头发因酷热而干枯，看不出是不是漂亮。但我以为她一定是漂亮的，因为她是这样的不同凡响。陪我来的老虔婆介绍说，学院里规矩森严。这个姑娘犯了门规，正在受罚。我顺嘴问道：她吃豆子了吗？随着我的声音在板壁间响起，那个姑娘朝我睁开了眼睛，张开嘴巴，露出咬住木棍的两排整齐的牙齿，朝我做了个鬼脸。与此同时，老虔婆也宣布了她的罪状:“破坏茶炊。”这种罪名完全在我的意料之内。

在那个老虔婆的监视下，我解开了脚上套着的白布口袋，踏上那片黑铁，套这两个口袋，是要防止我这俗人污染了学院神圣的殿堂——顺便说说，我给考古室修东西时，脚上倒不用套袋子，只是要穿白大褂——把沉重的帆布工具袋放在黑铁上。就在这时，那双被铁链锁在一起的脚对我打出一个手势:左脚把右脚抱住，在趾缝之间透出一根足趾，上下摆动着。这是一条马尾巴。我知道这是讥笑我的袋子，说它像个挂在马尾巴下面的马粪袋子。这个帆布袋子上满是污渍，不用她说我也知道它像什么。对于这种恶毒攻击,我也有反击的手段。我用左手比成一个马头，把右手的食指放到马嘴里去，这是比喻她像马一样戴着衔口。然后，我拿着一把扳手站了起来，假装无意地看了她一眼，只见她正做出个苦脸，假装在哭。这就是说，我的比方太过恶毒，她不喜欢了。但转眼之间她脸上又带上了娇笑,含情脉脉地看着我。我不动声色地转过身去，开始修理茶炊。如前所述，我早就知道锅炉会坏，坏在哪里，所以我把备件带了来。但我不急于把它修好,慢吞吞地工作着。那个老虔婆耐不住高温，说道：师傅您多辛苦，我去给你倒杯茶来。就离去了。假如我真的相信她会给我倒茶，那我就是个傻瓜。此时，茶炉间里只剩下了我们两个人。

3

正午时节，那位白衣女人在我房间里，看我的稿子，和我聊天，这使我感到很幸福。一点半以后，我们那位戴白边眼镜的领导就出现在院子里，不顾烈日当头和院子里的恶臭来回徘徊着。随着时间的推移，他踱步的路线朝我门口靠近。等到两点整，他干脆就是在我门前跺着脚绕圈子。有点脑子就能猜出来，他是告诉我们，上班时间已到，应该开始工作。不用有脑子你也能猜到，他就是我故事里的那个老虔婆。因为她的催促，白衣女人只好从我这里走出去，回到自己屋里。

在我的故事里，离去的却是那个老虔婆。我马上扑到她面前，迅速地松开铁箍，她就把那根木头棍子吐了出来，还连吐了两口唾沫，说道：苦死了。你猜那是根什么木棍？黄连树根。学院派整起人来可真有些本领……然后，我把这个浑身发烫、头发蓬松的姑娘抱在了怀里，一面亲吻她的脖子，一面松掉她脖子上的铁锁，让她可以站起来。然后，轻轻咬着她的耳朵，抚摸着她的乳房。这地方比平常柔软。她说：天热，缺水，蔫掉了。我马上拿出木头水壶，给她喝了几口，又往蔫掉的地方浇了一些。现在我看出这姑娘已经不很年轻，嘴角有了皱纹，脖子上的皮也松弛了。但只有这种不很年轻的姑娘才会真正美丽……

我像一个夜间闯进银行的贼，捅开她身上的一重重的锁。看来学院真不缺买锁的钱。这世界上没有捅不开的锁，只是多了就很讨厌——转到她后面才能看到，那一串锁就像那种龙式的风筝。把所有的锁都捅开之后，我就可以和她做爱，在这个闷热、肮脏的茶炉间里大干一场。为此我摊开了工具袋，她也转过身去，蹲了下来，让我在她背上操作。不幸的是，这串锁只开到了一半，楼梯上响起了沉重的脚步声。她小声嚷道：别开了！快把我再锁上！于是又开始了相反的过程，而且是手忙脚乱的。但是上锁总比开锁容易。把那个木头衔口放回她嘴里前，我和她热烈地亲吻——她的嘴很苦，黄连树根的味道不问可知。等到那老虔婆走进茶炉间时，她已经在板凳上坐下，我也转过身去，面向着茶炊，做修理之状。如前所述，我早就知道这茶炊要坏，而且知道它会坏在哪里，所以带来了备件。但现在找不到了。怎么会呢？这么大的东西，这么点地方？我满地乱爬着找它，忽然看到那双被铁链重重缠绕的脚在比着一个手势：右脚的大脚趾指向自己。这下可糟了。那东西锁在她身上了！现在没有机会把它再拿下来……

白衣女人离开之后，领导继续在我门口徘徊。谁都不喜欢有人在门口转来转去，所以我起身把窗子全部打开，让他看看我屋里没有藏着人。但他不肯走，还在转着，与此同时，臭味从外面蜂拥而入。所以我只好关上窗子，请领导进来坐。他假做从容地咳嗽一声，进了这间屋子，在白衣女人坐过的方凳上坐下；我也去写自己的小说，直到他咳嗽了最后一声——他咳嗽每一声，我就从鼻子里哼一声，这样重复了很多回，在此期间，我一直埋头写自己的小说——清清嗓子道：看来我们需要谈谈了。我头也不回地答道:我看不需要。嗓音尖刻，像个无赖。他又说：请你把手上的事放一放，我在和你说话。我把句子写完，把笔插回墨水瓶，转过身来。他问我在写什么，我说是学术论文。他说能不能看看，我说不能。就是领导也不能看我的手稿，等到发表之后我自会送他一份。随着这些弥天大谎的出笼，一股奸邪的微笑在我脸上迅速地弥散开来。看来，我不是个善良之辈。我又把自己给低估了……

领导和我谈话时并没有注意到，我不是一个人，是一个小宇宙：在其中不仅有红线，有薛嵩，有小妓女和老妓女，还有许多别人。举个例子，连他自己也在内，但不是穿蓝制服、戴白边眼镜，而是个太阳穴上贴着小膏药的老虔婆。假如他发现自己在和如此庞大的一群人说话，一定会大吃一惊。除此之外，我还是相当广阔的一段时空。他要是发现自己对着时空做思想工作，一定以为是对牛弹琴。除了时空，还有诗意——妈的，他怎么会懂得什么叫做诗意。除了诗意，还有恶意。这个他一定能懂。这是他唯一懂得的东西。

在我这个宇宙里，有两个地方格外引人注目：一处是长安城外金色的宝塔，另一处是湘西草木葱茏的凤凰寨。金色的宝塔是阳具的象征，又是学院所在地。看起来堂皇，实际上早就疲软了，是一条历史的脐带……领导对我说，我现在有了中级职称，每年都要有一定的字数（他特别指出，这些字数必须是史学论文，不能拿小说来凑数），如果完不成，就要请我调离此地。不是和我为难——这是上级的规定。说完了这些屁话，他就起身从我屋里踱了出去。他走之后，我感到愤怒不已，决定摔个墨水瓶子来泄愤。然后我就惊诧不已：墨水瓶子根本就摔不碎……

我把故事和真实发生的事杂在一起来写，所以难以取信于人。如果我说，我们领导教训了我一顿，一转身就变成了一条老水牛，甩着沾了牛屎的尾巴，得意洋洋地从我房里走了出去，两个睾丸互相撞击，发出檐下风铃的金属声响，你也不会诧异——但墨水瓶子摔不碎不是这类事件。我有很多空墨水瓶，贴着红色的标签，印着中华牌炭素墨水，57ml，还有出厂日期，等等。你把它往砖地上一摔，它就不见了，只留下一道白印。与此同时，头上的纸顶棚上出现了一个黑窟窿。

再摔一个还是这样，只是地下有了两道白印，头上有两个黑窟窿。这些空瓶子就这样很快地消失了，地上没有一片碎玻璃，顶棚上有很多窟窿——隔壁的人大声说道：顶棚上闹耗子！最后剩下了一个墨水瓶，我把它拿在手里端详了一阵：这种扁扁的瓶子实在是种工程上的奇迹，设计这种瓶子的肯定是个大天才。我把它拿到外面去，灌满了水，在石头台阶上一摔，这回它成了碎片。随着水渍在台阶上摊开，我感到满意，走回自己屋里。

4

我站起来，转向老虔婆，一本正经地告诉她，茶炊坏得很厉害，无法马上修好。那个老太太擦着额头上的汗说：那怎么办？楼下这么多姑娘要喝水……越过老虔婆，身后的姑娘在板凳上往后仰，作哈哈大笑之状。我说：我回去做备件，做好了明天再来。现在没有理由再待在这里。我只好提起工具袋……那个姑娘朝我送了一吻，这一吻好似猩猩的吻——这当然是因为嘴里衔着木棍。这一吻可以把我的左颊和右颊同时包括在内。趁那老虔婆不注意，我朝她做了个鬼脸，走出了这座塔，走到外面金色的风景里去，但也把一缕情丝留在了身后。无论是我，还是薛嵩，对已经发生的事情还算是满意。唯一不满的是那黄连树根，谁也不愿把那么苦的东西放到爱人嘴里。假如有一种木头是甜的就好了。我可用它做根衔口，把塔里的黄连树根换掉……说实在的，塔里的茶炊设计得不好，尤其是送炭器。那地方不该做成马镫状，而是应该做成滚筒状。当然，做成滚筒状，破坏起来就更难了。

我在金色的风景里徘徊……实际上，我是在万寿寺里，面对着一张白色的稿纸。如前所述，我总是用发黄的旧稿纸写小说，现在换上了这种纸，说明我想写点正经东西。在昏迷之中，我已经写出了题目：《唐代精神文明建设考》。这个题目实在让我倒胃……回头看看那座金色的塔，它已经是金色余晖中的一道阴影。很多窗口都点起了金色的灯火。在这个故事开始时，我走上这座塔，假做修理茶炉，实际上是来会我爱的姑娘；在这个故事结束时，我用重重枷锁把她锁住，把黄连木的衔口塞在了她嘴里。现在我发现，我把这个故事讲错了。实际上，是别人用重重锁链把我锁住，又把黄连木的衔口塞到了我的嘴里。我愤然抓起那张只写了题目的稿纸，把它撕得粉碎，然后在晚风中，追随那件白色的连衣裙回到家里；在不知不觉之中就到了午夜——在床上，她拿住了我的把把，问道：怎么，没有情绪？我答道：天热，缺水，蔫掉了……与此同时，我在蔫蔫地想着：能不能用已知的史料凑出个《唐代精神文明建设考》。假如不能，就要编造史料。这件事让人恶心：我是小说家，会编小说，但不编史料……

在长安城外的大塔上，在乌黑闷热的茶炉间里，带着重重枷锁缩成一团，我也准备睡了。这个故事对我很是不利：灼热的空气杀得皮肤热辣辣的，嘴里又苦得睡不着。板凳太窄，容不下整个屁股，脖子上的锁链又太紧，让我躺不下来。唯一的希望就是：薛嵩还会再来。他会松开我身上的锁链——起码会把脚腕上的锁链松开。此后，就可以分开双腿，用全身心的欢悦和他做爱。生活里还有这件有趣的事，所以活着还是值得的——这样想着，我忽然感到一种剧烈的疼痛，仿佛很多年后薛嵩射出的标枪现在就射穿了我的胸膛……不管我喜不喜欢，我现在是那个塔里的姑娘，也就是那个后来在凤凰寨里被薛嵩射死的老妓女。对她的命运我真是深恶痛绝——这哪能算是一种人的生活呢？不幸的是，每个人都有自己的命运，你别无选择。假如我能选择，我也不愿生活在此时此地。

第二天早上，带着红肿的眼睛和无处不在的锁链的压痕，我从板壁上被放了下来，回到自己的房间里。这间房子在塔角上，两面有窗子，还有通向围廊的门。在门窗上钉有丝质的纱网。就是在正午，这里也充满了清凉的风，何况是在灰色的清晨。地板上铺着藤席，假如我倒下去，立刻就会睡着，但现在塔里已是起身的时节。现在已经别无选择，只能用冷水洗脸，以后在镜前描眉画目，遮掩一夜没睡的痕迹，以免被人笑话。再以后，穿上黄缎子的衣服，在席子上端坐。在我面前的案上，放着文房四宝。一大叠绢纸的最上面一张，在雪白的一片上，别人的笔迹赫然写着题目：《先秦精神文明建设考》。很显然，这个题目不能医治，而是只能加重我的瞌睡。现在我有几种选择：一种是勉强瞎诌上几句。这么大的人了，连官样文章都写不出，也实在惹人笑话。另一种选择是用左手撑着头，作搜索枯肠状，右手执笔在纸上乱描。实际上我既不是在搜索枯肠，也不是在乱描，而是在打瞌睡。还有一种选择是不管三七二十一，躺倒了就睡。等他们逮到我，想怎么罚就罚好了。但这都不是我的选择。我端坐着，好像在打腹稿，眼睛警惕着在门外逡巡的老虔婆，一只脚却伸到了席子下面，足趾在板缝里搜索着，终于找到了几条硬硬的东西。我把其中一条夹了出来，藏在袖子里——这是一把三角锉。这样，我又能够破坏茶炊。然后被锁在茶炉间里。然后薛嵩就会来修理。然后就有机会和他做爱。性在任何地方都重要，但都不如在这座塔里重要。在这里，除此之外再没有值得一做的事了。

后来，这个塔里的姑娘离开了长安城，随着薛嵩来到了凤凰寨。在这个绿叶和红土相间的地方，岁月像流水一样过去，转眼之间就到了生命的黄昏。她始终爱着薛嵩，但薛嵩却像黄连木一样的苦——他用情不专，到处留情……而且，不管是有意无意，反正最后还是薛嵩把她射死了。对此，我完全同意红线的意见：薛嵩是不可原谅的。看着他假模假式的哀痛之状，红线几番起了杀心——假如她要杀他，就可以把薛嵩当做一个死人了，因为那就如白衣女人要杀我，是防不胜防的。但是最后红线决定不杀薛嵩，这是因为薛嵩是个能工巧匠——一个勤奋工作的人。一个人只要有了这种好处，就不应该被杀掉。

5

上述故事可以发生在薛嵩到凤凰寨之前，也可发生在薛嵩离开凤凰寨之后；所以，它可以是故事的开始，也可以是故事的终结。故事里的女人可以是老妓女，也可以是小妓女、红线，或者是另外一个女人。只有薛嵩总是不变。这是因为我喜欢薛嵩。

这座金色宝塔里佳丽如云，长安最漂亮的女人住在里面。进这座塔是女人最大的光荣，但是在这座塔里面，漂亮绝无用武之地。学院也是这样的地方，能进学院说明你很聪明，但在学院里面又最不需要聪明。在这里待久了，人会变得癫狂起来——我就是这么解释自己。我学了七年历史，本科四年、研究生三年，又在万寿寺里待了十年半。再待下去我也不会更聪明。假如那个塔里的姑娘也待了这么久，她应该是三十五六岁，在女人最美丽的年龄。再待下去，她也不会更加美丽。

转眼之间已经入秋，塔里的人脱下身上的黄缎子，换上开司米的长袍。我大概是最后换季的人，因为我喜欢秋天的凉意——现在已是深秋时节。深秋时的早晨有种深灰色的雾笼罩着一切，穿过窗纱，钻进网里来——既是雾，又是露水。黄缎子不再簌簌做声，开司米表面也笼罩着一层水珠。此时我正对着镜子更衣。这面镜子有粗笨的镜座，厚重的镜片，都用黑色的古铜制作，镜背上错有银丝的图案，镜面上镀了一层锡——但薛嵩骗管总务的老虔婆说，镀的是银。这座塔里的器具多半是薛嵩所制，因为薛嵩做的东西总是最好的。正因为如此，塔门口就立了一块牌子：不通琴棋书画者，以及薛嵩，禁止入内。如你所知，这块牌子拾了古希腊毕达哥拉斯学派的牙慧。在这座宝塔里，人们认为琴棋书画的层次很高,能工巧匠的层次很低。薛嵩是所有的能工巧匠中最出色者，所以他层次最低;即便他琴棋书画无所不通，也不能让他入内。坦白地说，我认为这种算法是有问题的:就算能工巧匠层次低，能工巧匠中最出色者层次应该是较高才对；不应该把他算成层次最低。但是，我也不想去和老虔婆说理。因为女人给自己的爱人说理，层次已经很低，假如说赢了，层次就会更低。既然如此，就不如不说理。

在那座金色的宝塔下面，所有的苹果树都竖起了绿叶，和南方的橡皮树相似；并且挂满了殷红的果实。这些果子会在枝头由红变紫，最后变成棕黑色，同时逐渐萎缩，看上去像枯叶或者状似枯叶的蛾子。所幸这是一些红玉苹果，只好看，不好吃；所以让它们干掉也不特别可惜。全中国只有这个地方有苹果树，别的地方只有“楸子”，它也属苹果一类，树形雄伟，有如数百年的老橡树，但每棵上只结寥寥可数的几个果子，吃起来像棉花套子——虽然是甜的。水边的枫树和山毛榉一片鲜红，湖水却变成了深不可测的墨绿色。在这片景色的上空，弥散着轻罗似的烟雾，一半是雾，一半是露水。

在镜子里看到的身体形状依旧，依然白皙，但因为它正在变软，就带着一点金黄色。因此它需要薛嵩，薛嵩也因为这身体正在变软，所以格外地需要它。假如一个身体年轻、清新、质地坚实，那就只需要触摸。只有当它变软时，才需要深入它的内部。看清楚以后，她穿上细毛线的长袍，这件衣服朦朦胧胧地遮住了她的全身，有如朦胧的爱意。但是朦胧的爱意是不够的，她需要直接的爱。

对这个金色宝塔的故事，必须有种通盘的考虑。首先，这塔里有个姑娘，对着一面镀锡的青铜镜子端详自己。她的身体依旧白皙，只是因为秋天来临，所以染上了一丝黄色。秋天的阳光总是带着这种色调，哪怕是在正午也不例外。在窗外，万物都在凋零。这是最美的季节，也是最短暂的季节。所以，要有薛嵩——薛嵩就是爱情。

其次，薛嵩在塔外，穿着一件黑斗篷在石岸上徘徊，从各个方向打量这座塔，苦思着混进去的方法。他在想着各种门路：夜里爬上宝塔；从下水道钻进地下室，然后摸上楼梯；乘着风筝飞上去。所以，塔里要有一个姑娘，这个姑娘就是爱情。

除此之外，还有第三种考虑，早上，这个石头半岛上弥漫着灰色的青烟——既是雾，又是露水。青烟所到之处，一切都是湿漉漉的，冰人指尖；令人阴囊紧缩，阴茎突出；或者打湿了毛发，绷紧了皮肤。这种露水就是爱情。所以，要有薛嵩，也要有塔里的女人。我自己觉得这最后一种考虑虽不真实，但颇有新奇之处，是我最喜欢的一种。作为一个现代派，我觉得真实不真实没什么要紧。但白衣女人却要打我的嘴巴：我们不是爱情，露水才是爱情？滚你的蛋吧！这就提出了一种新的思路：对方不是爱情，环境也不是爱情。“我们”才是爱情。现在的问题是：谁是那些“我们”？

二

1

我给系里修理仪器时，经常看到那位白衣女人。她穿着一件白大褂，在蓝黝黝的灯光下走来走去；看到我进来就说：哟，贪污分子来了。我一声不吭地放下工具，拖过椅子坐下，开始修理仪器。这种态度使她不安，开始了漫长的解释：怎么，生气了？——开个玩笑就不行吗？——嘿！我知道你没贪污！说话呀！——是我贪污行不行？我贪污了国家一百万，你满意了吧？……我是爱国的，有人贪污了国家一百万，我为什么要满意？但我继续一声不吭，把仪器的后盖揭开，钻研它的内脏。直到一只塑料拖鞋朝我头上飞来，我才把它接住，镇定如常地告诉她：我没有生气，何必用拖鞋来扔我呢。我从来没有贪污过一分钱，却被她叫做贪污分子，又被拖鞋扔了一下，我和那个塔里的姑娘是一样的倒霉。

秋天的下午，我在塔里等待薛嵩。他的一头乱发乱蓬蓬地支棱着，好像一把黑色的鸡毛掸子；披着一件黑色的斗篷，在塔下转来转去，好像一个盗马贼。在他身后，好像摊开了一个跳蚤市场，散放着各种木制的构架，铁制的摇臂，还有够驾驶十条帆船之用的绳索。除此之外他还在地上支起了一道帷幕，在帷幕后面有不少人影在晃动。这样一来，他又像一个海盗。天一黑他就要支起一座有升降臂的云梯，坐在臂端一头撞进来；现在正在看地势。因为没有办法混进这座塔，他就想要攻进来。通常他只是一个人，但因为他是有备而来，所以今天好像来的人很多。

对于薛嵩，塔里已经有了防范措施，在塔的四周拉起了绳网。但如此防范薛嵩是枉然的，也许那架云梯会以一把大剪子为前驱，把绳网剪得粉碎，也许它会以无数高速旋转的挠钩为前驱，把绳网扯得粉碎。塔里的人也知道光有绳网不够，所以还做着别的准备。如前所述，我在等待薛嵩，所以我很积极地帮助拉绳网，用这种方式给自己找点别扭。

在绳网背后，有一些老虔婆提来了炭炉子，准备把炭火倒在薛嵩头上，把他的云梯烧掉。我也帮着做这件事：用扇子煽旺炭炉子。但做这些又是枉然的。薛嵩的云梯上会带有一个大喷头，喷着水冲过来，连老虔婆带她们的炭炉子都会被浇成落汤鸡。又有一些老虔婆准备了油纸伞，准备遮在炭炉上面。这也是枉然的，薛嵩的云梯上又会架有风车，把她们的油纸伞吹得东倒西歪。塔里传着一道口令：把所有的马桶送到塔顶上来，这就是说，她们准备用秽物来泼他。听到这道命令，我也坐在马桶上，用实际行动给防御工作做点贡献。但这也没有用处，薛嵩的云梯上自会有一个可以灵活转动的喇叭筒，把所有的秽物接住，再用唧筒激射回来。只有一位老虔婆在做着最英明的事情，她把塔外那块牌子上“薛嵩不得入内”的字样涂掉了。这样他就可以好好地进来，不必毁掉塔上的窗子。但这也是枉然的，薛嵩既已做好了准备，要进攻这座塔，什么都不能让他停下来。塔里所有的姑娘都拥到了薛嵩那一侧的围廊上，在那里看他做进攻的准备，这就使人担心塔会朝那一面倒下来……

有关这座宝塔，我已经说过，塔里佳丽如云。全长安最漂亮的女人都在里面，所以，能进这座塔就是一种光荣。但是光有这种光荣是不够的。还要有个男人在外面，为你制造爱情的云梯，来进攻这座反爱情的高塔。因为这个缘故，那些姑娘在围廊上对薛嵩热情地打招呼、飞吻，而薛嵩正在捆绑木架，嘴里咬着绳索不能回答，只能招招手。因为他是个暂时的哑巴，所以谁是他此次的目标暂时也是个谜。说实在的，我也不想过早揭开谜底。

天刚黑下来，薛嵩已经把云梯做好，坐在自己的云梯上，就如一个吊车司机。但整个升降臂罩在一片黑布帷幕下面，就如一座待揭幕的铜像。他打算怎样攻击这座塔也是一个谜——所有的姑娘都屏住了呼吸，把双手放在胸前，准备鼓掌。我也想看看他这回又有什么新花样，但我不会傻到站在围栏边，因为所有的老虔婆都在围栏边上找我。我混在防御的队伍里，忙前忙后，这一方面是反抗自己的情人，也就是和自己作对，另一方面也是在躲风头。每当有老虔婆从身边走过，我就把头低下去，因为我很怕被人认出来。但这是现代派的劣根性。有个人老是低着头显得很扎眼，招来了一个老虔婆站在我身边。我把头低下去,她就把头低得更低,几乎躺在了地下。最后,她对我说道：孩子，低着头就能躲过去吗？这时我勇敢地抬起头来，含笑说道：要是抬着头，你早就认出来了。

那个塔里的姑娘被认出之后，就在一群虔婆的簇拥之下来到了总监的面前。她勇敢地提出一个建议说:薛嵩大举来犯,意在得到她。虽然她最憎恶薛嵩，但准备挺身而出，把自己交给薛嵩，任凭他凌辱；牺牲自己保全全塔，这是最值得的。一面说着，一面憋不住笑，看得出说的是反话。因为自己的情人来大举进攻本塔，对她来说是个节日，所以她很是高兴。总监婆婆表扬了她的自我牺牲精神，但又说，我们决不和敌人做交易，宁可牺牲全塔来保全你一人。当务之急是把你藏起来，不让薛嵩找到。这话本该让人感动，但那姑娘却发起抖来，因为总监婆婆说的也是反话。她赶紧提出个反建议，说应该大开塔门，冲出去和薛嵩一拼。很显然，这个建议薛嵩一定大为欢迎；他不可能没有准备——再说，她也可以趁机跑掉。总监婆婆又指出，我们不能冲到外面和男人打架，有失淑女的风范。然后,不管乐意不乐意,她被拥到了塔的底层。这里有一块巨大的青石板，揭开之后，露出了一个地穴，一道下去的石阶和一条通往黄泉的不归路。假如有姑娘犯了不能饶恕的错误，总监婆婆就送她下去，然后自己一个人上来,此后,这姑娘就不再有人提起。总监指着洞边的一个竹筐说道:把衣服脱掉吧，下面脏啊。好像这姑娘还会回来，再次穿上这件衣服。这就显得很虚伪。

我们知道,总监是舍不得这件开司米的长袍,它值不少钱,不该和这姑娘一样在地下室里烂掉。而她现在很需要这件长袍，因为她冷得发抖。但她没有提出反驳，只是眼圈有点红，嘴唇咬得有点白，但是益增妩媚。她憋了一会儿气，终于粗声大气地说道:这也没什么。就把衣服脱掉，赤身裸体地站着。然后，总监笑眯眯地看着她说：不是不信任你，但要把你的手绑起来。此时那姑娘的嘴唇动了动,显出要破口大骂的样子。但她还是猛地转过身去，把双手背着伸了出来，说道：讨厌！捆吧！总监婆婆接过别人递过来的皮绳，亲自来捆她的双手。那姑娘恶狠狠地说道：捆紧些啊！挣脱了我会把你掐死。总监婆婆说：这倒说的是。我要多捆几道。于是就把她捆得很结实。然后总监取出一条精致的铁链子，扣在姑娘的脖子上，很熟练地收了几下，就勒得她不能呼吸，很驯服地倚在自己肩上。顺便说一句，总监婆婆的手指粗大，手掌肥厚，小臂上肌肉坚实，一看就知道她很有力气。她用右手控制住女孩，左手拿起了灯笼，有人提出要跟她去，她说：不用，下面的路知道的人越少越好。就把女孩拖下了石头楼梯——下楼时手上松了一下，让她可以低头看路，一到了底下就勒紧了链子，让那姑娘只能踮着脚尖走路，看着黑洞洞的石头天花板。就这样呼吸了不少霉臭味，转了不少弯，终于走到一面石墙前。在昏黄的灯光下，可以看到墙上不平之处满是尘土，墙角挂满了蜘蛛网。那女孩想：这个地方怎么会有飞虫？蜘蛛到此来结网，难免要落空。她为蜘蛛的命运操起心来，忘掉了铁索勒住脖子的痛苦……

总监婆婆把灯笼插在墙上的洞里，用墙上铁环里的锁链把女孩拦腰锁住，然后松掉了她脖子上的铁链。此后那姑娘就迫不及待地呼吸着地下室里的霉臭气。总监婆婆说道:好啦，孩子，你在这里安全了。没人能到这里来玷污你的清白……

那女孩忍着喉头的疼痛，扁着嗓子说：快滚，免得我啐你！总监说，你说话太粗，没有教养。看来早就该来这里反省一下——反省这个词我很熟，人们常对我说，但我对它很是反感——女孩说：反省个狗屁。总监婆婆不想再听这种语言，就拿起灯笼准备离去。此时女孩说了一句：薛嵩一定会来救我的。虽然薛嵩本领很大，却不一定能找到地下来，更不一定能在迷宫似的地下室里找到她。她把不一定说成了一定，是在给自己打气。但是总监婆婆却转了回来，插好了灯笼说：你提醒得好。万一薛嵩进到这里来，你开口一叫，他就找到你了。所以，要把你的嘴箍起来。然后，她老人家从长袍的口袋里掏出一根黄连木的衔口来。

此后，那女孩就把头拼命地扭到一边，紧闭着牙关；直到总监婆婆狠命地揪住了她的头发，使劲扭她的鼻子，她才说道：我真多嘴！算我自己活该吧……于是，她转过头来，使劲张开了嘴巴。总监婆婆以为她要咬她，往后退了退。但她又说：箍上吧。然后像请大夫看喉咙一样张大了嘴，仔细地咬住了黄连木；然后低下了头，让婆婆把衔口的皮绳拴在脑后。再以后，她扬起了头，像个吹口琴的人一样环顾四周。这回总监婆婆真的要走了，但她又觉得必须交待几句，就说：其实，你是个很好看的姑娘。我不想这样待你。那女孩在鼻子里哼出一句话，好像是“操你妈”。总监婆婆又说：等薛嵩走了之后，也许我会来放你。因为这是弥天大谎，所以她自己也有点不好意思。女孩又哼了一句，好像是“操你姥姥”。然后，总监就离去了，把这女孩留在坟墓一样的黑暗里。

2

我孤身在黑暗里，品尝着黄连木的苦味，呼吸着地下的霉臭气。生活中重要的是光亮，但这里没有光亮。生活中重要的是风，但这里没有风。生活中重要的是声音，但这里没有声音。地下的寒意从身体的表面侵入到腋下、两腿之间。这种处境和死亡不同的是，我还可以想事情。思维这种乐趣，与生俱来，随死亡而去。当人活着的时候，这种乐趣是不可剥夺的……那位白衣女人看到此处说：你瞎扯什么呀！我从来不这样想问题。这评论使我如受电击：我觉得在写自己，但听她的意思，此处是在写她。实际上，她说得更对。我恍恍惚惚地说：这样一来，你就不是学院派了——这句话招致我额头上的一次敲击和一顿斥骂：混账！我要是学院派，能嫁给你吗？看来，她的确是嫁给我了。虽然我不愿相信，但对此不应再有疑问。

我总觉得，说一个人是学院派是一种赞誉。对于男人来说，这是称赞他聪明，对于一个女人来说，这是称赞她漂亮。只有极少数的人不需要这种赞誉，比方说，我和薛嵩。那个地下室里的女孩在黑暗中站着，渐渐感到腿上很累，又不能躺下来休息……地下室里没有一点声音，寂静使耳膜发起疼来。最后她觉得，反正没人看见，可以哭一会。于是，对面响起了抽泣声。这使她知道对面不很远的地方有堵墙壁。忽然她仿佛听到一声嗤笑，赶紧停止了哭泣，凝神去听，什么都没听到。但是她又觉得在霉臭味里杂有薛嵩特有的体臭——这个家伙经常弄得一身大汗，嗅起来有点馊。于是她使劲去嗅，结果马上就被霉味把鼻子呛住了。然后她就叫起来，但那块黄连木压住了她的舌头，只发出了一阵呜呜的声音。然后她又凝神去听，还是什么都听不到……猛然间，没有任何征兆，她的乳房落进了男人温热的手掌。薛嵩的声音在她耳畔轰鸣着：怎么，不哭了？此后，她就什么都不想，什么都不听，冒了被铁链勒断腰的危险，踢开了薛嵩身上的斗篷，两只脚顺着薛嵩的腿爬了上去，紧紧地盘住了他的腰，和他做爱。

与此同时，薛嵩像雷鸣一样解释着今天发生的事情：外面扮作薛嵩的那个人是他的表弟。他自己早就钻了进来，一直躲在这里，看到了总监老太太怎么把她揪了进来，锁在墙上，又看到了她们俩怎么吵嘴。他还说，今天的计划非常之好，百分之百地成功了。但那女孩早就不想听他解释，她还觉得薛嵩的声音像是驴鸣——但这不是薛嵩之过，他并没有把嗓音放大，是这里过于安静之故——假如不是嘴被勒住，她早就喊他闭嘴了。最后，当薛嵩把她嘴上的嚼子解开时，她才说了一句早就想说的肺腑之言：你可真坏呀你！

在薛嵩的故事里出现了一个表弟，使我深为不快。如你所知，我也有一个表弟，而且我不喜欢和薛嵩搞得太相像。午夜时分，这位表弟在塔外面辛苦地工作着。他一会儿爬上云梯，一会儿爬下来跑到幕后，转动一个满是假人的圆盘，借助一个铜皮喇叭发出众多人的呐喊，敲锣打鼓，并且给到处点着的灯笼添油。直到他听到塔上的姑娘们欢声雷动，才松了一口气，从帷幕后面跑了出来。如你所猜到的那样，那些姑娘看到两个人影从塔下的乱石缝里钻了出来。其中一个披着男人的黑斗篷，长发披肩，身材娇小；另一个则身材高大，一丝不挂，长着紧凑的臀部和两条长腿，小腿的下半部还有一些毛。后一个把手搭在前一个肩上，两人从容不迫地走开。只有看到过薛嵩屁股上的肌肉是怎样的一起一伏，你才会知道什么叫做从容不迫。只有看到过薛嵩站定时的样子，你才知道什么叫做男人的屁股——那两块坚实的肌肉此时紧紧地收在他的腰后，托住他的上半身——我只是转述那些姑娘的看法，其实我也不能算见过男人的屁股。总而言之，薛嵩和他的臀部彻底动摇了学院派对爱情的说法：这种说法强调爱情必须以琴会友，在红叶上写情书，爱人之间用诗来对话，从来没有提到过屁股。当然，姑娘们不会把这个不雅的部位挂在嘴上，她们说的是：我就想有这么个人，把我从死亡中救出来，脱下斗篷裹住我的裸体，然后赤身裸体地走在我身边。因为她们都这样想，就给塔里带来了无数的麻烦；不久之后，这座塔就倒掉了。

从那位表弟的眼里看来，那天晚上的景象就大不相同。薛嵩和那女孩朝黑布帷幕走来，在黑毛毡的笼罩之下，那女孩的脸和从斗篷缝里伸出的手显得特别白。她脸上带着快活的微笑，但笑容里又有几分苦涩。而薛嵩前面的样子，塔里的姑娘们看了更会满意——他上身肌肉匀称，腹部凹陷下去，因为寒冷，阴囊紧缩着，已经松弛下来的阴茎依然很长，像大象鼻子一样低垂着。他自己也觉得这样子不雅——虽然赤身裸体地维护爱人可以得到塔上姑娘们的高度评价，但也会着凉的——就对表弟说，脱件衣服给我！那位表弟动手脱外衣，同时盯着表嫂猛看，她只好假做无意地侧过脸去。总而言之，经过短暂的准备，这三个人从幕后走了出来，和塔里的人告别。女孩大声叫着总监婆婆，这位婆婆本不想露面，但又想，不露面更不光彩，就走到围廊上，假做慈爱地说：本想等薛嵩走后再到地下室去放她，不想她已经脱困，真是可喜可贺。她还想说，今后这位姑娘就交付给薛嵩，希望他好好待她——把虚伪排除在外，这会是很好的演说词，只可惜那女孩不想听下去，猛地转过身去，把斗篷一撩，露出了整个屁股，总监的演说词就被老虔婆们的一片嘘声淹没了。本来大家是要嘘女孩的屁股，结果把总监嘘到了，她也只好闭嘴，同时恶狠狠地想道：这个小婊子可真狡猾——这种坏女人走掉了也不可惜。然后就轮到了薛嵩，他把双手放到唇上，给塔上送去一个大大的吻，博得了姑娘们的喝彩声。至于那个表弟，他什么都没有说，因为这本不是他的故事。此后，这三个人就转身行去，把这座彻底败坏了的塔留在身后，走进了长安城……这个故事得到了白衣女人的好评，但我对它很不满意。因为故事里的薛嵩敢作敢为，像一个斗士，这不是我的风格。那个白衣女人拍拍我的头说：没关系，用不着你敢作敢为。有我就够了。

3

秋天的长安城满街都是落叶，落叶在街道两侧堆积起来，又延伸到街道的中间。在街道中间，露出稀疏的铺街石板。人在街上走着，踩碎了落叶，发出金属碎裂的声响，很不好听。但是深秋时节长安城里人不多。清晨时分，在街上走着的就只有三个人。风吹过时，这些落叶发出叮叮咚咚的声音，这就很好听了。秋天长安城里的风零零落落，总是在街角徘徊。秋天长安城里有雾，而且总是抢在太阳之前升起来，像一堵城墙；所以早上的阳光总是灰蒙蒙的。我们从翻滚的落叶中走过无人的街道，爬上楼梯，走过窄窄的天桥，低下头走进房门，进了一间背阴的房子。这里灰蒙蒙的一片，光线不好，好在顶上有天窗。这房子又窄又高，就是为了超过前面的屋脊，得到一扇天窗——就如个矮的人看戏时要踮脚尖。前面的地板上铺着发暗的草席，靠墙的地方放着几个软垫子，垫子里漏出的白羽毛在我们带进来的风里滚动着。薛嵩说：房子比较差啊。他的嗓子像黄金一样，虽然高亢，但却雍容华贵。这也不足为奇，他毕竟是做过节度使的人哪。那女孩说：没关系，我喜欢。她的声音很纯净，也很清脆。薛嵩抬头看看天窗——天窗不够亮，就说，我该帮你擦擦窗户。女孩说：等等我来擦吧，这是我的家啊。每次说到“我”，她都加重了语气。但她脸上稍有点浮肿，禁不住要打呵欠。按照学院派的规矩，打呵欠该用手遮嘴，但她手在斗篷下很不方便。于是她垂下睫毛、侧着脸，悄悄打着小呵欠，样子非常可爱——但最终她明白这种做作是不必要的，她自由了，就伸了一个大懒腰，使整个斗篷变成了一件蝙蝠衫，同时快乐地大叫一声：现在，我该睡觉了！

既然人家要睡觉，我们也该走了。薛嵩压低了声音说：要不要我给你买衣服？那姑娘微微愣了一下，看来她想自己去买，但又想到自己没有钱，就说：知道买什么样子的吗？薛嵩当然知道。于是，女孩说：好吧，你去买。我欠你。从这些对话里我明白这个女孩从此自由了，既不倚赖学院，也不倚赖薛嵩——虽然是他把她从学院里救了出来。我非常喜欢这一点。

后来，那姑娘像主人一样，把我们送到了街上。此时街上依旧无人，只有风在这里打旋。在这里，她把手从斗篷下面伸出来，搂住薛嵩的脖子，纵情地吻他，两件黑斗篷融成了一件。薛嵩大体保持了镇定，那姑娘却在急不可耐地颤抖着——可以看出，她非常地爱他。除此之外，她刚从死亡的威胁中逃出来。这种威胁在我们看来只是计划的一部分，但对她就不一样，她可不知道这个计划啊……

后来，那姑娘放开了薛嵩。他们带着尴尬的神情朝我转过身来。我穿着白色的内衣，在冷风里发着抖，流着清水鼻涕，假装轻松地说:没关系,没关系,我可以假装没看见。如你所知，我是那个来帮忙的表弟。在高塔下面狂喊了半夜，嗓子都喊哑了，又敲了半夜的鼓，膀子疼痛不已。最糟的是，在高塔外面陈列着的那些器材——云梯、帷幕、灯笼、火把都是我的，值不少钱。此时回去拿就会被人逮住，只好牺牲了。这件事我决定永不提起，救了一个人，还让她出救命的钱，实在太庸俗。这笔钱她也不便还我,还别人救命的钱也太庸俗。当然，见死不救就更庸俗。不知为什么，我竟是如此的倒霉……

后来，那姑娘朝我走过来，拉住我的手说：谢谢你啊，表弟，在我面颊上吻了一下，就把我给打发了。我独自走开。长安城里的风越来越烈，所有的落叶就如在筛子上一样，剧烈地滚动着。那姑娘的体味就如没有香味的鲜花，停留在我面颊上——这是一种清新之气，一种潜在的芳香，因为不浓烈，反而更能持久。我独自下定了决心：在任何故事里，我都再不做表弟了。

4

现在来看这个故事，仿佛它只能发生在薛嵩从湘西回来之后。既然如此，我就必须把湘西发生的事全部交待清楚。我开始考虑红线怎样了，小妓女怎样了，田承嗣又怎样了，觉得不堪重负。尤其是田承嗣，他像只巨大的癞蛤蟆压在我身上，叫我透不过气来。癞蛤蟆长了一身软塌塌、疙疙瘩瘩的皮，又有一股腥味，被它压着实在不好受。史书上说，董卓很肥，又不讨人喜欢，但他有很多妾。董卓的小妾一定熟悉这种被压的滋味。除此之外，我一会儿是薛嵩，一会儿是薛嵩的情人，一会儿又成了薛嵩的表弟；这好像也是一种毛病。但我忽然猛省到，我在写小说。小说就不受这种限制。我可以在任何时间，任何地点，我可以是任何人。我又可以拒绝任一时间、任一地点，拒绝任何一人。假如不是这样，又何必要有小说呢。

后来，那个从塔里逃出来的姑娘就住在长安城里。我很喜欢这个姑娘，正如我喜欢此时的长安城：满是落叶的街道，鳞次栉比的两层楼房，还有紧闭的门窗。长安城到处是矮胖的法国梧桐，提供最初的宽大落叶；到处是年轻的银杏树，提供后来的杏黄色落叶，这种落叶像蝴蝶，总是在天上飞舞，不落到地下来；到处是钻天杨树，提供清脆的落叶。最后是少见的枫树，叶子像不能遗忘的鲜血，凝结在枝头。在整个自由奔放的秋季，长安是一座空城。你可以像风一样游遍长安，毫无阻碍。直到最后，才会在一条小街里，在遥远的过街天桥上看到这个姑娘，独自站着，白衣如雪。作为薛嵩，你看到的就是这样的景象，相当令人满意。但我更想做那个姑娘，在天桥上凭栏而立；看到在如血残阳之下，在狂涛般的落叶之中，薛嵩舞动着黑色的斗篷大踏步地走来。这家伙岂止像个盗马贼，他简直像个土匪……我做薛嵩做得有点腻，但远远地看看他，还觉得蛮有兴趣。

在长安城里看这篇小说，就会发现，它的起点在千年之后的万寿寺，那里有个穿灰色衣服的男人，活得像个窝囊废；他还敢说“做薛嵩做得有点腻”。把他想出了这一切排除在外，他简直就是狂妄得不知东西南北。

在薛嵩到来之前，我走进自己的房间。除了不能改变的，这间房子里的一切都改变了。不能改变的是这座房子的几何形状，窄长、通向天顶，但我喜欢这种形状。以前的草席、软垫子通通不见了，四壁和地板都变成了打磨得平滑的橡木板。当然，推开墙上的某块木板，后面会有一个柜子，里面放着衣物、被褥，等等，但在外面是看不到的。头顶的天窗也没有了，代之以一溜亮瓦,像一道狭缝从东到西贯通了整个房间。于是，从头顶下来的光线就把这间房子劈成了两半。这间房子像北极地方的夏季一样，有极长的白天和极短的夜。从南到北的云在转瞬之间就通过了房顶，而从东到西的云则在头上徘徊不去。这个季节的天像北冰洋一样的蓝。这正是画家的季节。

从塔里逃出来之后，我是一个独立的人。也许，如你所猜测的那样，我是一个画家，也许是别样独立谋生的人，像这样的人不分男女,通通被称做“先生”。我喜欢做一个“先生”，只在一点上例外。这一点就是爱情。薛嵩走进这间房子，转身去关门。此时我体内闹起了地震，想要跳到他身上去，用腿盘住他的腿爬上去……女人就像这间房子，很多地方可以改变,但有一点不能改变。不能改变的地方就是最本质的地方。

后来，薛嵩朝我走来，我则朝后退去，保持着旧有的距离，好像跳着一种奇异的双人舞。就这样，我们在房间中间站住，中间隔了两臂的距离；黑白两色的衣衫从身上飘落下来，起初还保持着人体的形状，后来终于恢复了本色，委顿于地。薛嵩仿佛永远不会老，肤色稍深，像一个铜做的人，骨架很大，但是消瘦，肌肉发达，身上的毛发不多，只有小腹例外。这家伙有点斗鸡眼，笑起来显得很坏，但他是个好人。我认识他的时候他是这个样子，现在还是这个样子。他低下头去，动了动脚趾，然后带着一脸奸笑抬起头来。他是不会随便笑的——果然，他勃起了。那东西可真是难看哪……薛嵩留着八字胡，整个胡子连成了一片，呈一字形。而在他身体的下部，阴毛就像浓烈的胡须，那个东西就如翘起的大鼻子，这张脸真是滑稽得要死……

而我自己浑圆而娇小，并紧腿笔直地站着。腿之间有一条笔直的线，在白色的朦胧中几不可见。假如它不是这样的直，本来该是不可见的……我像在塔里时那样端庄，不顾他的奸笑，毫无表情。但微笑是不可抑制的，水面凝止的风景终究是会乱的——这道缝隙也因此变显著了——如你所知，我在万寿寺里写这个故事，那位白衣女人在我身边看着。她在我脑袋上敲了一下，叫道：变态哪！我也就写不下去了……

不管那位白衣女人说什么，我总愿意变得浑圆、娇小，躺在坚硬的橡木地板上，看亮瓦顶上的天空，躺在露天地上，天绝不会如此的遥远，好像就要消失；云也不会如此近，好像要从屋顶飘进来。起初，我躺得非常平板，好像一块雕琢过的石材平放在地板上，表情平板，灰白的嘴唇紧闭，浑身冰冷，好像已经沉睡千年。然后，双唇有了血色，逐渐变得鲜红，鼻间有了气息；肩膀微微抬了起来，乳房凸现，腹部凹陷，臀部翘了起来。再以后，我抬起一只手，抱住薛嵩的肩头。再以后，这间屋子里无尘无臭的空气里，有了薛嵩的气味。坦白地说，这味道不能恭维，但在此时此地是好的。我的另一只手按在他的腰际。就这样，我离开地板，浮向空中，迎接爱情。爱情是一根圆滚滚、热辣辣的棍子，浮在空中，平时丑得厉害，只有在此时此地才是好的。写完了这一句，我愤怒地跳了起来，对白衣女人吼道：你有什么意见可以直说，不要敲脑袋。这又不是一面鼓，可以老敲！这样一吼，她倒有点不好意思，噎了一下，才说：不是我要敲你——像这种事总不好拿来开玩笑。我说：我很严肃，怎么是开玩笑！她马上答道：得了吧，我又不是今天才认识你。你满肚子都是坏水，整个是个坏东西……说完她就走了。剩下我一个人发愣，想起了维克多·雨果的《笑面人》。那个人谁看他都是一副嬉皮笑脸的样子，只有他还挺拿自己当真——但我又想不起维克多·雨果是谁。我也不知这是怎么回事，但我知道假如去问那个白衣女人，肯定是找挨揍。

三

1

现在我终于明白，在长安城里我不可能是别人，只能是薛嵩。薛嵩也不可能是别人，只能是我。我的故事从爱情开始，止于变态，所以这个故事该结束了。此时长安城里金秋已过，开始刮起黑色的狂风。风把地下半腐烂的叶子刮了起来，像膏药一样到处乱贴，就如现在北京刮风时满街乱飞塑料袋。一股垃圾场的气味弥漫开来。我（或者是薛嵩）终于下定了决心，要离开长安，到南方去了。

在《暗店街》里，主人公花了毕生的精力去寻找记忆，直到小说结束时还没有找到。而我只用了一个星期，就把很多事情想了起来，这件事使我惭愧。莫迪阿诺没有写到的那种记忆必定是十分激动人心，所以拼老命也想不起来。而我的记忆则令人倒胃，所以不用回想，它就自己往脑子里钻。比方说，我已经想起了自己是怎样求学和毕业的。在前一个题目上，我想起了自己是怎样心不在焉地坐在阶梯教室里，听老师讲课。老师说，史学无它，就是要记史料，最重要的史料要记在脑子里。脑子里记不下的要写成卡片，放在手边备查。他自己就是这样的——同学们如有任何有关古人的问题，可以自由地发问。我一面听讲，一面在心里想着三个大逆不道的字："计算机"，假如史学的功夫就是记忆，没有人可以和这种不登大雅之堂的机器相比。作为一个史学家，我的脑壳应该是个 monitor，手是一台打印机。在我的胸腔里，跳动着一个微处理器，就如那广告上说的，Pentium，给电脑一颗奔腾的心。说我是台 586，是不是给自己脸上贴金？我的肠胃是台硬磁盘机，肚脐眼是软磁盘机。我还有一肚子的下水，可以和电脑部件一一对应。对应完了，还多了两条腿。假如电脑也长腿，我就更修不过来了。更加遗憾的是，我这台计算机还要吃饭和屙屎。正巧此时，老师请我提问（如前所述，我可以问任何有关古人的问题），我就把最后想到的字眼说了出去："请问古人是如何屙屎的？"然后，同学笑得要死，老师气得要死。但这是个严肃的问题。没有人知道古人是怎样屙屎的：到底是站着屙，坐着屙，还是在舞蹈中完成这件重要工作……假如是最后一种，就会像万寿寺里的燕子一样，屙得到处都是。

说到毕业，那是一件更恐怖的事。像我这样冒犯教授，能够毕业也是奇迹。除此之外，系里也希望我留级，以便剥削我的劳动力。在此情况下，白衣女人经常降临我狗窝似的宿舍，辅导我的学业，并带来了大量的史料，让我记住。总而言之，我是凭过硬本领毕了业，但记忆里也塞进了不少屎一样的东西。无怪我一发现自己失掉了记忆，就会如此高兴……根据这项记忆，白衣女人是我的同门。无怪我要说：薛嵩和小妓女做爱，是同门之间切磋技艺——原来这是我们的事。很不幸的是，白衣女人比我早毕业。这样就不是学兄、学妹切磋技艺，而是学姐和学弟切磋技艺。这个说法对我很是不利，难怪我不想记住自己的师门。

2

我到医院去复查，告诉治我的大夫，我刚出院时有一段想不起事，现在已经好多了。他露出牙齿来，一笑，然后说：我说嘛，你没有事。等到我要走时，他忽然从抽屉里取出一本书来，说道：差点忘了！这书是你的吧。它就是我放在男厕所窗台上的《暗店街》……我羞怯地说道：我放在那里，就是给病友和大夫们看的。他把手大大地一挥，果断地说：我们不看这种书——我们不想这种事。我只好讪讪地把书拿了起来，放进了自己的口袋。这本书大体还是老样子，只是多了一些黄色的水渍，而且膨胀了起来。走到门诊大厅里，我又偷偷把书放在长条椅子上。然后，我走出了医院，心里想着：

这地方我再也不想来了。

我和莫迪阿诺的见解很不一样。他把记忆当做正面的东西，让主人公苦苦追寻它；我把记忆当成可厌的东西，像服苦药一样接受着，我的记忆尚未完全恢复，但我已经觉得够够的，恨不得忘掉一些。但如你所知，我和他在一点上是相同的，那就是认为，丧失记忆是个重大的题目，而记忆本身，则是个带有根本性的领域，是摆脱不了的。因为这个原故，我希望大家都读读《暗店街》，至于我的书，读不读由你。我就这样离开医院，回到万寿寺里。

我表弟在北京待够了，要回泰国。我纳闷他怎么待到今天才觉得够：成天待在饭店里不知有什么意思。傍晚时分，我们到机场去送他，他忽然变得很激动，拉着我的手说：表哥，不知什么时候再见。我敷衍地说道：是呀，是呀。心里却盼着他早点登机。只要他通过了边防口，我们就可以回家去。此后就会再也见不到这个不知从哪里来的、我怎么也想不起来的表弟。他语不成声地说道：还记得吗，姥姥给我们做的蒸糕……就如有一个晴空霹雳在头顶炸响，我想起了小时的大灾荒年月。

那时我在空地上寻找苦苦菜，然后，我们俩共同的外祖母，一个慈祥和蔼的老妇人，用这些野菜和着面粉蒸糕给我们吃。除了找野菜，我们俩还偷东西。半夜里出去，偷别人家自留地里的黄瓜、茄子、胡萝卜，假如有可能，还偷鸡、偷兔子。这些东西拿回来以后，姥姥看了就摇头。但她还是动手把这些东西做熟。然后，我和表弟就把这些没油没盐、煮得软塌塌的蔬菜和肉类吃掉。姥姥一点都不肯吃——我和我表弟是两个孤儿，但有一个满头白发、面颊松弛的姥姥。我一点都不后悔忘掉了自己做过贼的事，但我不该忘掉姥姥。我眼里充满了泪……与此同时，表弟还在喋喋不休地说：现在我可过上人的生活了，要钱有钱，要老婆有老婆——姥姥在天之灵会高兴的。他一句也没提到我。我看着这个满脸流油的家伙，心里暗暗想道：我把他忘掉，这就对了……

晚上我们回家去，坐在出租车里，我闷闷不乐。她问我怎么了，我说想起了姥姥，她也黯然神伤。这倒使我吃了一惊：莫不是我姥姥也是她姥姥？假设如此，她就是我的表妹。按照现行法律，表兄妹是近亲，禁止结婚。这件事使我怦然心动。回到家里，她拍我的脑袋说：可怜的孤儿……以后我得对你好一点。这当然是好消息。我问她准备怎样对我好，她说，以后再不敲我脑袋了。这个好消息太小一点了……后来，在床上，我亲热地提出了这个问题：你到底是不是我表妹？回答是：错！我是你姑妈啊。我赶紧丢下她坐了起来，浑身起满了鸡皮疙瘩——我想每个男人在无意中拥抱了自己的姑妈，都会有这种反应。然后，就着塑料百叶窗里漏进的灯光，我看到她满脸笑容，鸡皮疙瘩才消散了。看来她不是我的姑妈——岁数也不像。她说：好个坏蛋啊，提起了姥姥，正经了不到五分钟，又开始胡扯了——真是狗改不了吃屎啊。我正想用这句话来说她——当然，我不会把她比做狗。看来她不会是我表妹：这不像是对表哥的态度。今天的好消息是：我未曾犯下奸污姑母的罪行。坏消息则是表妹也没有了。

3

早上我来上班时，万寿寺的下水道又堵了。黄水在低洼地带漫着，很快就要漫到院子里来。我终于抑制不住狂怒，走进领导的办公室，恳请他撤销我助理研究员的职务，把我贬做一个管子工；这样我就可以名正言顺地去捅大粪。我还说，我宁愿自己死掉，也不想见到领导和资料室的老太太们坐在屎里——这种屎虽然有大量的水来稀释，但仍然是屎。我完全是认真的，但领导的脸却因此而变紫了。他跑了出去，很快又和白衣女人一起走回来；大声大气地吼道：身体既然没有恢复，就不要来上班。那白衣女人朝我快步走来——我不由自主地缩紧了脖子，以为她要打我一耳光——但她没有，只是小声说道：走，回家去……

然后，我们走在街上。我就像一只狗，跟着大发脾气的主人，做好了一切准备要挨上一脚，但主人就是不踢。过马路时，她紧紧揪住我的袖口，当我看她时，她又放开，说道：我怕你再被汽车撞了。而我，则在傻愣愣地想着：我是谁，为什么要这样愤怒？她是谁？为什么要这样关心我？我值得她这样关心吗？最后，她把我送到了楼梯口，小声说道：人家愿意坐在屎里，这干你什么事啊。就离去了。剩下我一个人去爬三层的楼梯。爬上第一层时，我对今天发生的一切都不能理解，觉得自己完全是对的——就是不能让人坐在屎里。爬到了第二层，我觉得眼前的世界完全无法理解——那白衣女人说，人家乐意坐在屎里，不干我的事——但别人为什么要乐意坐在屎里？但爬到第三层，手里拿着大串的钥匙，逐一往门上试时，我终于想到，是我自己出了毛病。没有记忆的生活虽然美好，但我需要记忆。

第八章

一

1

千年之前的长安城是一座美丽的城市。在它的城外，蜿蜒着低矮精致的城墙；在它的城内，纵横着低矮精致的城墙；整个城市是一座城墙分割成的迷宫。这些城墙是用磨过的灰砖砌成，用石膏勾缝，与其说是城墙，不如说是装饰品。在城墙的外面，爬着常青的藤萝，在隆冬季节也不凋零。

冬天，长安城里经常下雪。这是真正的鹅毛大雪，雪片大如松鼠尾巴，散发着茉莉花的香气。雪下得越久，花香也就越浓。那些松散、潮湿的雪片从天上软软地坠落，落到城墙上，落到精致的楼阁上，落到随处可见的亭榭上，也落到纵横的河渠里，成为多孔的浮冰。不管雪落了多久，地上总是只有薄薄的一层。有人走过时留下积满水的脚印——好像一些小巧的池塘。积雪好像漂浮在水上。漫天漫地弥散着白雾……整座长安城里，除城墙之外，全是小巧精致的建筑和交织的水路。有人说，长安城存在的理由，就是等待冬天的雪……

长安城是一座真正的园林：它用碎石铺成的小径，架在水道上的石拱桥，以及桥下清澈的流水——这些水因为清澈，所以是黑色的。水好像正不停地从地下冒出来。水下的鹅卵石因此也变成黄色的了。每一座小桥上都有一座水榭，水榭上装有黄杨木的窗棂。除此之外，还有渠边的果树，在枝头上不分节令地长着黄色的枇杷，和着绿叶低垂下来。划一叶独木舟可以游遍全城，但你必须熟悉长安复杂的水道；还要有在湍急的水流中操舟的技巧，才能穿过桥洞下翻滚的涡流。一年四季，城里的大河上都有弄潮儿。尤其是黑白两色的冬季，更是弄潮的最佳季节；此时河上佳丽如云……那些长发披肩的美人在画舫上，脱下白色的亵袍，轻巧地跃入水中。此后，黑色的水面下映出她们白色的身体。然后她们就在水下无声无息地滑动着，就如梦里天空中的云……这座城市是属于我的，散发着冷冽的香气。在这座城中，一切人名、地名都不重要。重要的是实质。

在长安城里，所有的街道都铺着镜面似的石板，石质是黑色的，但带有一些金色的条纹。降过雪以后，四方皆白，只有街道保持了黑色，并和路边的龙爪槐相映成趣。那些槐树俯下身来，在雪片的掩盖下伸展开它们的叶子，叶心还是碧绿色，叶缘却变成红色的了。受到雪中花香的激励，龙爪槐也在树冠下挂出了零零散散的花序，贡献出一些甜里透苦的香气。能走在这样的街道上真是幸运。她就这样走进画面，走上镜面似的街道，在四面八方留下白色的影子。

我在一切时间、一切地点追随白衣女人。她走在长安城黑色的街道上，留着短短的头发，发际修剪得十分整齐，只在正后方留了一绺长发，像个小辫子的样子。肩上有一块白色的、四四方方的披肩，这东西的式样就像南美人套在脖子上的毯子。准确地说，它不是白色，而是米色，质地坚挺，四角分别垂在双肩上、身后和身前。在披肩的下面，是米色的衣裙。在黑色的街道上，米色比白色更赏心悦目。在凛冽的花香中，我从身后打量着她，那身米色的衣服好像是丝制的，又好像是细羊毛——她赤足穿着一双木屐，有无数细皮带把木鞋底拴在脚腕上。她向前走去，鞋底的铁掌在石板上留下了一串火花……我写到这些，仿佛在和没有记忆的生活告别。

2

我来上班，站在万寿寺门口，久久地看着镌在砖上的寺名。这个名称使我震惊。如你所知，我失掉了记忆，从医院里出来以后，所见到的第一个名称，就是“万寿寺”；这好像是千秋不变的命运。我看着它，心情惨然。白衣女人从我身边走过，说道：犯什么傻，快进去吧。于是，我就进去了。

早上，万寿寺里一片沉寂，阳光飘浮在白皮松的顶端，飘浮在大雄宝殿的琉璃瓦上。阳光本身的黄色和松树的花粉、琉璃瓦的金色混为一体；整座寺院好像泡在溶了铁锈的水里。就在这时，她到我房间里来坐，搬过四方的木头凳子，倚着门坐着，把裙角仔细压在身下；在阳光中，镇定如常地看着我。就是这个姿势使我起了要使她震惊的冲动……在沉思中，我咬起手来。她站了起来，对我说：别咬手。就走出去了，姿仪万方……她就这样走在一切年代里。

我追随那位白衣女人。更准确地说，我在追随她的小腿。从后面看，小腿修长而匀称，肌肉发达。后来，我走到她面前，告诉她此事。她因此微笑道：是吗，你这样评价我——

这种口气不像是在唐代，不在这个世界里；但是她呵出的白气如烟，马上就混入了漫天的雪雾，带来了真实感。我穿着一套黑粗呢的衣服，上面还带一点轻微的牲畜味。雪花飘到这衣服上就散开，变成很多细碎的水点；而且我还穿了一双黑色的皮靴。但她身上很单薄……这使我感到不好意思，想到：要找个暖和的地方。但是她微笑着说：没关系，我不冷。这些微笑浮在满是红晕的脸上，让人感觉到她真的不冷。再后来，我就和她并肩行去，她把一只手伸了过来，一只冰冷的小手。它从我右手的握持中挣脱出来，滑进宽大的衣袖，然后穿入衣襟的后面，贴在我胸前。与此同时，黑色的街道湿滑如镜。是时候了，我把她拉进怀里，用斗篷罩住。她的短发上带有一层香气，既不同于微酸的茉莉，也不同于苦味的夹竹桃，而是近乎于新米的芳香；与此同时，带来了裸体的滑腻。

在漫天的雪雾之中，我追随着一件米色的衣裙和一股新米的香气。除了黑色的街道和漫天的白色，在视野中还有在密密麻麻雪片后面隐约可见的屋檐；我们正向那里走去。然后，爬上曲折的楼梯，推开厚厚的板门，看到了这间平整的房子，这里除了打磨得平滑的木头地板之外，再没有别的东西了。与平滑的木头相比，我更喜欢两边的板墙，因为它们是用带树皮的板材钉成的，带有乡野的情调。而在房子的正面，是纸糊的拉门，透进惨白的雪光。我想外面是带扶栏的凉台，但她把门拉开之后，我才发现没有凉台。下面原来是浩浩的黑色江水——那种黑得透明的水，和人的瞳孔相似；从高处看下去，黑色的水像一锅滚汤在翻腾着，水下黄色的卵石清晰可见。那位白衣女人迅速地脱去了衣服，露出我已经见过的身体……她一只手抓住拴在檐下的白色绳子，另一只手抓住我的领子，把修长、紧凑的身体贴在我身上——换言之，贴在黑色的毛毡上。顺便说一句，那条白色的绳子是棉线打成的，虽然粗，却柔软；隔上一段就有个结，所以，这是一条绳梯，一直垂到水里。又过了一会儿，她放开了我，在那条绳子上荡来荡去，分开飞旋的雪片，飘飘摇摇地降到江里去。此时既无声息，又无人迹；只有黑白两色的景色。我不知道这意味着什么。但是，它绝不会毫无意义。

3

在古代的长安城里，有一条黑色的江，陡峭的江岸上，有一些木头吊楼。我身在其中一座楼里。我所爱的白衣女人穿过飞旋的雪片到江中去游水。这个女人身体白皙、颀长，在黑色的吊楼里，就如一道天顶射下的光线，就如一只水磨石地板上的猫——这是她下到江里以前的事。我不知道她是谁，只知道她是我之所爱——等到她从江里出来时，皮肤上满是水渍。在水渍下面，身体变得像半透明的玉，或者说像是磨砂玻璃。整个房间充满了雪天的潮湿，皮肤摸起来像玻璃上细腻的水雾……在冷冽的水气中，新米的香味愈演愈烈。

我在江边的木屋里，这里的地板很平整，平到可以映出人影。我终于可以听到那条江的声音了，流水在河岸边搅动着。从理论上说，有很多东西比水比重大。但我想象不出有什么比流水更重。每有一个浪头冲到岸上，整座吊楼都在颤动。就在这座摇摇晃晃的房子里，我亲近她的身体。她既冷冽又温暖，既热情又平静。在黑白两色的背景之下，她逐渐变得透明，最后完全不见了。与此同时，新米的香气却越来越浓。

与此同时她说，这难道不好吗？声音弥散在整个房间里。这很好，起码什么都不妨碍。我深入她的既虚无又致密的身体，那些不存在的发丝在我面前拂动，在我肩头还有两道若有若无的鼻息……等到一切都结束，她又重新出现在我的怀抱里；带着小巧鼻翼冰凉的鼻子，乳房像一对白鸽子——老实说，形象并不像。我只是说它偎依在怀里的样子。这是我和那位白衣女人的故事，但它也可以是薛嵩和他情人的故事。是谁都可以。在这座城里，名字并无意义。

在玻璃一样的地板上，我也想要消失。失掉我的名字，失掉我的形体，只保留住在四壁间回响的声音和裸体的滑腻；然后，我就可以飘飘摇摇，乘风而行，漫游雪中的长安城。

江边吊楼敞开的窗户外面，雪片变得密密麻麻，好像有些蘸满了白浆的刷子不停地刷着。黑色斗篷的外面越来越冷，冷气像锥子一样刺着我的面部神经。而在那件斗篷内部，在这黑白两色的空间里，则温暖如春。她不再散发着新米的香气，而是弥漫着米兰的气味。米兰是一种香气甜得发苦的花。在我看来，黑白两色的空间，冷热分明的温差，加上甜得发苦的花，就叫做“性”。我不同意她再次消失，就紧紧地抓住她的手腕……于是，她挺直了身体，把白色的双肩探到斗篷外面，舔了一下嘴唇。不管怎么说吧，第二次像水流一样自然地过去了。以后，她在我身体两侧跪了起来，转了一个身；再以后，她倚着我，我倚着墙，就这样坐着。我不明白为什么，仅仅坐着会使我感到如此大的满足。

我不由自主地写下了这个故事，觉得它完全出于虚构。那位白衣女人看了以后说：不管怎么说吧，我不同意你把什么都写上。这句话使我大吃一惊：听她的口气，这好像是发生过的事情。难道我和她在长安城里做过爱？我怎么不记得自己有这么大的年龄……我需要记忆。难道这就是记忆？

4

但我又曾生活在灰色的北京城里。这里充满了名字。我有一个姥姥，一个表弟，还有我自己，都有名字。我们住在东城的一条街上，这条街道也有名字。我在这条街上一个大院子里,这座院子也有门牌号数。我很不想吐露这些名字。但是，假如一个名字都不说，这个故事就会有点残缺不全——我长大的院子叫做立新街甲一号。过去这院子门口有一对石头狮子，我和我表弟常在石头狮子之间出入——吐露了这个名字，就暴露了自己。

因为想起了这些事，我又回到了青年时代。那时候我又高又瘦，穿着一件硬领的学生上衣，双手总是揣在裤兜里。这条蓝布裤子的膝头总是油光铿亮，好像涂了一层清漆。春天里，我脸上痛痒难当，皮屑飞扬，这是发了桃花癣。冬天，我的鼻子又总是在流水：我对冷风过敏。我好像还有鬼剃头的毛病——很多委托行都卖大穿衣镜，站在它的面前，很容易暴露毛发脱落的问题。我总是和我表弟在京城各家委托行里转来转去；从前门进去，浏览货架寻找猎物，找到之后，就去委托行的后门找人。走到后门的门口，我表弟站住了，带着嫌恶的表情站住，递过一团马粪也似的手绢，说道：表哥，把鼻涕擦擦——讲点体面，别给我丢人！我总觉得和他的手绢相比，我的鼻涕是世上绝顶清洁之物。实际上，那些液体也不能叫做鼻涕。它不过是些清水而已。

在我自己的故事里，我修理过一台“禄来福来”相机。“禄来福来”又是一个名字。这是一种德国造的双镜头反光相机，非常之贵。到现在我也买不起这样的相机。然而我确实记得这架相机，它摆在西四一家委托行的货架上。这家委托行有黑暗的店堂，货架上摆着各种电器、仪器，上面涂着黑色的烤漆、皱纹漆，遮掩着金属的光泽——总的来说，那是在黑暗的年代。就如纳博科夫所说，这是一个纯粹黑白两色的故事。

我和我表弟常去看那台禄来相机，要求售货员把它“拿下来看看”。人家说：别看了，反正你们也买不起。口气里带着轻蔑。这仿佛是我们未曾拥有这架相机的证明。然而下一幕却是：我和我表弟出现在委托行附近的小胡同里。这个胡同叫做砖塔胡同，胡同口有一个庵，庵里有座醒目的砖塔，总有两三层楼高吧，我们俩在胡同里和个老头子说话，时值冬日，天色昏暗，正是晚饭前的时节。这条胡同黑暗而透明，从头透到尾；两边是灰色的房屋。此人就是委托行的售货员，头很大，屁股也很大，满脸白胡子茬，和我们的领导有点相像之处。我做了很大的努力，才使自己不要想起此人的名字——我成功了。但我也知道，这人的名字，起码他的姓我是记得的——此人姓赵。我们叫他赵师傅。当时叫“师傅”是很隆重的称呼，因为工人阶级正在领导一切……

我表弟建议这位可敬的老人，假如有人来问这架“禄来”相机，就说它有种种毛病；还建议他在相机里夹张纸条把快门卡住，这样该相机的毛病就更加显著了。总而言之，他要使这台相机总是卖不出去；然后降价，卖给我们。我表弟的居心就是这么险恶。说完了这件事，我们一起向马路对面走去。那里有家饭庄，名叫“砂锅居”……这地方的名菜是砂锅三白，还有炸鹿尾……与这些名字相连的是这样一些事实：姥姥去世以后，我和表弟靠微薄的抚恤金过活，又没有管家的人，生活异常困难，就靠这种把戏维持家用：买下旧货行里的坏东西，把它加价卖出去。做这种事要有奸商的头脑和修理东西的巧手。这两样东西分别长在我表弟和我的身上。从本心来说，我不喜欢这种事。所以，“禄来福来”这个名字使我沉吟不语。

5

我表弟到北京来看我，我对他不热情。我讨厌他那副暴发户的嘴脸，而且我也没想到立新街甲一号这个地点和“禄来福来”这个品牌。假如想到了，就会知道我只有一个表弟，我和他共过患难。把这些都想起来之后，也许我会对他好一点。

下一个名字属于一架德国出产的电子管录音机，装在漆皮箱子里；大概有三十公斤左右。在箱子的表面上贴了一张纸，上面写了一个“残”字。在西四委托行的库房里，我打开箱盖，揭掉面板，看着它满满当当的金属内脏：这些金属构件使我想起它是一台“格朗地”，电子管和机械时代的最高成就。它复杂得惊人，也美得惊人。我表弟在一边焦急地说：表哥，有把握吗？而我继续沉吟着。我没有把握把它修好，却很想试试。但我表弟不肯用我们的钱让我试试。他又对那个臀部宽广的老头说：赵师傅，能不能给我们一台没毛病的？赵师傅说：可以，但不是这个价。我表弟再次劝说他把好机器做坏机器卖给我们，还请赵师傅说要“哪儿请”，但赵师傅说：哪儿请都不行，别人都去反映我了……这些话的意思相当费解。我没有加入谈话，我的全部注意力都被眼前的金属美人吸引住了。

那台“格朗地”最终到了我们手里。虽然装在一个漂亮箱子里，它还是一台沉重的机器，包含着很多钢铁。提着它走动时，手臂有离开身体之势。晚上我揭开它的盖子，揭开它的面板，窥视它的内部，像个窥春癖。无数奇形怪状的铁片互相啮合着，只要按动一个键，就会产生一系列复杂的运动，引发很复杂的因果关系。这就是说，在这个小小的漆皮箱子里，钢铁也在思索着……

我把薛嵩写做一位能工巧匠，自己也不知是为什么；现在我发现，他和我有很多近似之处。我花了很多时间修理那台“格朗地”，与此同时，我表弟在我耳边聒噪个不停：表哥，你到底行不行？不行早把它处理掉，别砸在我们手里！起初，我觉得这些话真讨厌，恨不得我表弟马上就死掉；但也懒得动手去杀他；后来就不觉得他讨厌，和着他的唠叨声，我轻轻吹起口哨来。再后来，假如他不在我身边唠叨，我就无法工作。哪怕到了半夜十二点，我也要把他吵起来，以便听到他的唠叨——我表弟却说道：表哥，要是我再和你合伙，就让我天打五雷轰！从此之后，我就没和表弟合过伙。我当然很想再合伙，顺便让天雷把表弟轰掉。但我表弟一点都不傻。所以他到现在还活着。

因为“格朗地”，我和表弟吵翻了。我把它修好了，但总说没修好，以便把它保留在手里。首先，我喜欢电子设备，尤其是这一台；其次，人也该有几样属于自己的东西，我就想要这一件。但他还是发现了，把它拿走，卖掉了。此后，我就失掉了这台机器，得到了一些钱。我表弟把钱给我时，还忘不了教育我一番：表哥，这可是钱哪。你想想吧。钱不是比什么都好吗——我就不信钱真有这么重要。如今我回想起这些事，怎么也想象不出，我是怎么忍受他那满身的铜臭的……吵架以后不久，他就去泰国投靠一位姨父。只剩下我一个人。我的过去一片朦胧……现在我正期待着新的名字出现……

二

1

晚上，我在自己家里。因为天气异常闷热，我关着灯。透过塑料百叶窗，可以看到对面楼上的窗子亮着昏黄的光。这叫我想起了马雅可夫斯基的诗句——“一张张燃烧的纸牌”。本来我以为自己会想不起马雅可夫斯基是谁，但是我想起来了。他是一个苏俄诗人。他的命运非常悲惨。我的记忆异常清晰，仿佛再不会有记不得的事情——我对自己深为恐惧。

在我窗前有盏路灯，透进火一样的条纹。白衣女人站在条纹里，背对着我，只穿了一条小小的棉织内裤。我站了起来，朝她走去，尽力在明暗之中看清她。她的身体像少女一样修长纤细，像少女一样站得笔直，欣赏墙上的图案。我禁不住把手放在她背上。她转过身来，那些条纹排列在她的脖子上、胸上，有如一件辉煌的衣装。

我还在长安城里。下雪时，白昼和黑夜不甚分明，不知不觉，这间房子就暗了很多；除此之外，敞开的窗框上已经积了很厚的雪。雪的轮廓臃肿不堪，好像正在膨胀之中。那个白衣女人把黑色的斗篷分做两下，站了起来，说道：走吧，不能总呆在这里。然后就朝屋角自己的衣服走去。从几何学意义上说，她正在离开我。而在实际上却是相反。任何一位处在我的地位的男子都会同意我的意见，只要这位走开的裸体女士长着修长的脖子，在乌青的发际正中还有一缕柔顺的长发低垂下来；除此之外，这位女士的身体修长、纤细，臀部优雅——也就是说，紧凑又有适度的丰满——这些会使你更加同意我的意见。在雪光中视物，相当模糊，但这样的模糊恰到好处……当她躬下身来，钻进自己的衣裙时，我更感到心花怒放……后来，她系好了木屐上的每一根皮带子，就到了离去的时节。我对这间已经完全暗下来的房子恋恋不舍。但我也不肯错过这样的机会，和她并肩走进漫天的大雪。如前所述，我不认为自己是学院派。但在这些叙述里，包含了学院派的金科玉律，也就是他们视为真、善、美三位一体的东西。

我在条纹中打量那位白衣女人，脖子、乳房、小腹在光线中流动。她对我说：什么事？我说：没有什么。就转过身去，欣赏我们留在墙上的图案。在墙上，我们是两个黑色的人影。有风吹过时，闪着电光的鳗鱼在我们身边游动。忽然，她跳到我的背上，用光洁的腿卡住我的腰，双手搂住我的脖子，小声说道：什么叫“没有什么”？此时，在我身后出现了一个臃肿的影子。我不禁小声说道：袋鼠妈妈……这个名称好像是全然无意地出现在我脑海里。白衣女人迅速地爬上我的脖子，用腿夹住它，双手抱住我的头，说道：好呀，连袋鼠妈妈你都知道了！这还得了吗？现在我不像袋鼠妈妈，倒像是大树妈妈,只可惜我脚下没有树根。重心一下升到了我头顶上,使我很难适应。我终于栽倒在床上了。然后,她就把我剥得精光,把衣服鞋袜都摔到墙角去,说道:这么热的天穿这么多,你真是有病了……起初,这种狂暴的袭击使我心惊胆战;但忽然想起,她经常这样袭击我。只要我有什么举动或者什么话使她高兴,就会遭到她的袭击。这并不可怕,她不会真的伤害我。

2

我努力去追寻袋鼠妈妈的踪迹,但是又想不起来了,倒想到了一个地名:北草厂胡同。这胡同在西直门附近,里面有个小工厂。和表弟分手以后,我就到这里当了学徒工。在它门口附近,也就是说,在别人家后窗子的下面,放了一台打毛刺的机器。我对这架机器的内部结构十分熟悉,因为是我在操作它。它是一个铁板焊成的大滚筒,从冲压机上下来的零件带着锋利的毛刺送到这里,我把它们倒进滚筒,再用大铁锨铲进一些鹅卵石,此后就按动电门,让它滚动,用卵石把飞刺滚平。从这种工艺流程可以看出我为什么招邻居恨——尤其是在夏夜,他们敞着窗子睡,却睡不着,就发出阵阵呐喊,探讨我的祖宗先人。当然,我也不是吃素的,除了反唇相讥,我还会干点别的。抓住了他们家的猫,也和零件一起放进滚筒去滚,滚完后猫就不见了,在筒壁内部也许能找到半截猫尾巴。

后来,那家人的小孩子也不见了,就哭哭啼啼地找到厂里来,要看我们的滚筒——他们说,小孩比猫好逮得多;何况那孩子在娘胎里常听我们的滚筒声，变得呆头呆脑，没到月份就跑了出来；这就更容易被逮住了。这件事把我惊出了一头冷汗。谢天谢地，我没干这事。那孩子是掉在敞着盖的粪坑里淹死的——对于他的父母真是很不幸的事，好在还可以再生，以便让他再次掉进粪井淹死——假如对小孩子放任不管，任何事都可能发生。我就是这样安慰死孩子的父母，他们听了很不开心，想要揍我。但我厂的工人一致认为我说了些实话，就站出来保护我这老实人。出了这件事以后，厂领导觉得不能让我再在厂门口待着，就把我调进里面来，做了机修工。

进到工厂里面以后，我遇上了一个女孩子，脸色苍白，上面有几粒鲜红的粉刺，梳着运动员式的短头发。那个女孩虽没有这位白衣女人好看，但必须承认，她们的眉眼之间很有一些相似之处。她开着一台牛头刨。这台刨床常坏，我也常去修，我把它拆开、再安装起来，可以正常工作半小时左右；但整个修理工作要持续四小时左右，很不合算；最后，她也同意这机器不值得再修了。这种机床的上半部一摇一摆，带着一把刨刀来刨金属，经常摆着摆着停了摆，此时她就抬起腿来，用脚去踹。经这一踹，那刨床就能继续开动。我从那里经过，看到这个景象，顺嘴说道：狗撒尿。然后她就追了出来，用脚来踹我。她像已故的功夫大师李小龙一样，能把腿踢得很高。但我并非刨床，也没有停摆啊……

我怀疑这个女孩就是袋鼠妈妈，她逐渐爱上了我。有一次，我从厂里出来，她从后面追上来，把我叫住，在工作服里搜索了一通之后，掏出一个小纸包来，递给我说：送你一件东西。然后走开了。我打开重重包裹的纸片，看到里面有些厚厚的白色碎片，是几片剪下的指甲。我像所罗门一样猜到了这礼物的寓意：指甲也是身体的一部分。她把自己裹在纸里送给我，这当然是说，她爱我。下次见到她时，我说，指甲的事我知道了。本来我该把耳朵割下来作为回礼。但是我怕疼，就算了吧。这话使她处于癫狂的状态，说道：连指甲的秘密你都知道了，这还得了吗？马上就来抢这只耳朵。等到抢到手里时又变了主意，决定不把它割下来，让它继续长着。

3

我有一件黑色的呢子大衣，又肥又长，不记得是从哪个委托行里买来的，更不知道原主是谁。我斗胆假设有一位日本的相扑力士在北京穷到了卖大衣的地步，或者有一位马戏班的班主十分热爱他的喜马拉雅黑熊，怕它在冬天冻着；否则就无法解释在北京为什么会有件如此之大的衣服。假如我想要穿着这件衣服走路的话，必须把双臂平伸，双手各托住一个肩头，否则就会被下摆绊倒——假如这样走在街上，就会被人视为一个大衣柜。当然，这种种不利之处只有当白天走在一条大街上才存在。午夜时分穿着它坐在一条长椅上，就没有这些坏处，反而有种种好处。北京东城有一座小公园，围着铁栅栏，里面有死气沉沉的假山和干涸的池塘，冬天的夜里，树木像一把把的秃扫帚，把儿朝下地栽在地上。这座公园叫做东单公园——它还在那里，只是比当年小多了。

此时公园已经锁了门，但在公园背后，有一条街道从园边穿过，这里也没有围墙。在三根水泥杆子上，路灯彻夜洒落着水银灯光……我身材臃肿，裹着这件呢子大衣坐在路边的长凳上，脸色惨白（在这种灯下，脸色不可能不惨白），表情呆滞，看着下夜班的人从面前骑车通过。这是七五年的冬夜，天上落着细碎、零星、混着尘土、像微型鸟粪似的雪。

想要理解七五年的冬夜，必须理解那种灰色的雪，那是一种像味精一样的晶体，它不很凉，但非常的脏。还必须理解惨白的路灯，它把天空压低，你必须理解地上的尘土和纷飞的纸屑。你必须理解午夜时的骑车人，他老远就按动车铃，发出咳嗽声，大概是觉得这个僻静地方坐着一个人有点吓人。无论如何，你不能理解我为什么独自坐在这里。我也不希望你能理解。

午夜十二点的时候，有一辆破旧的卡车开过。在车厢后面的木板上，站了三个穿光板皮袄、头戴着日本兵式战斗帽的人。如果你不曾在夜里出来，就不会知道北京的垃圾工人曾是这样一种装束。离此不远，有一处垃圾堆，或者叫做渣土堆，因为它的成分基本上是烧过的蜂窝煤。在夜里，汽车的声音很大，人说话的声音也很大。汽车停住以后，那些人跳了下来，用板锹撮垃圾，又响起了刺耳的金属摩擦声。说夜里寂静是一句空话——一种声音消失了，另一种声音就出来替代，寂静根本就不存在。垃圾工人们说：那人又在那里——他大概是有毛病吧。那人就是我。我继续一声不响地坐着，好像在等待戈多……因为垃圾正在被翻动，所以传来了冷冰冰的臭气。

垃圾车开走以后，有一个人从对面胡同里走出来。他穿了一件蓝色棉大衣，戴着一个红袖标，来回走了几趟，拿手电到处晃——仿佛是无意的，有几下晃到了我脸上。我保持着木讷，对他不理不睬。这位老先生只有一只眼睛能睁开，所以转过头来看我，好像照相馆用的大型座机……他只好走回去，同时自言自语道:什么毛病。再后来，就没有什么人了。四周响起了默默的沙沙声……她从领口处钻了出来，深吸了一口气说：憋死我了——都走了吗？是的，都走了。要等到两点钟，才会有下一个下夜班的人经过。从表面上，我一个人坐在黑夜里；实际上却是两个人在大衣下肌肤相亲。除了大衣和一双大头皮鞋，我们的衣服都藏在公园内的树丛里，身上一丝不挂。假如我记忆无误，她喜欢缩成一团，伏在我肚子上。所以，有很多漫漫长夜，我是像孕妇一样度过的……但此时我们正像袋鼠一样对话，她把我称做袋鼠妈妈。原来，袋鼠妈妈就是我啊。

4

虽然是太平盛世，长安城里也有巡夜的士兵，捉拿夜不归宿的人。那些人在肩上扛着短戟，手里拿着火把，照亮了天上飘落的雪片——每个巡夜的士兵都是一条通天的光柱，很难想象谁会撞到这些柱子上。在我看来，他们就像北京城里的水银灯。假如你知道巡逻的路线,他们倒是很好的引路人。因为这个缘故，我们走在一队巡逻兵的后面，跟得很紧，甚至能听见他们的交谈，即便被他们逮住，也不过是夜不归宿——很轻的罪名。在北京城里也有守夜的人，他们从我面前走过，对我视而不见。因为他们要逮的是两个人，而非一个人……但我多少有点担心,被逮住了怎么办。为此曾请教过她的意见。她马上答道：“那就嫁给你呗。”在公园里被逮住之后，嫁过来也是遮丑之法。然后她又说：讨厌，不准再说这个了。看来她很不想嫁给我。

我最终明白，对我来说，雪就是性的象征。我和她走在长安城的漫天大雪之中；这些雪就像整团的蒲公英浮在空中。因为夜幕已经降临，所以每一团松散的雪都有蓝色的荧火裹住，就这样走到了分手的时节。雪蒙蒙的夜空传来了低哑的雷声，模糊不清的闪电好像是遥远的焰火。而在遥远的北京城里，分手的时节还没有到来。它是在黎明，而不是在午夜……后来，在北京城的冬夜里，我想到了这些事，就说：性是人间绝顶美丽之事。她马上就从大衣里钻了出来，惊叫道：袋鼠妈妈！你是一个诗人！再后来，在北京城的夏夜里，我喃喃说道：袋鼠妈妈是个诗人……她马上在飘浮着的灯光里跪了起来，拿住我的把把说：连他是诗人你都知道了——咱们来庆祝一下吧！这使我想了起来，我经常假装失掉了记忆，过一段时间再把它找回来，以便举行庆祝活动。现在庆祝活动在举行中，看来，我没有什么失落的东西了。

从她的角度来看，我和我的黑大衣想必像是一片黑黝黝的海水，而她自己像一只海狗（假如这世界上有白色的海狗）一样在其中潜水，当然这海里也不是空无一物……她浮出水面向我报告说：一个硬邦邦的大蘑菇哎。我无言以对。她又说：咬一口。我正色告诉她：不能咬，我会疼的。后来她又潜下去，用齿尖和舌头去碰那个大蘑菇。而我继续坐在那里，忍受着从内部来的奇痒。外面黑色的夜空下，才真正的空无一物。再过一会儿，她又来报告说：大蘑菇很好玩。我由衷地问道：大蘑菇是什么呀？

夜里，我们的床上是一片珊瑚海，明亮的波纹在海底游曳，她就躺在波纹之中，好像一块雨花石，伸出手来，对我说道：

快来。在闷热的夜里，能够潜入水底真是惬意。有一只鳐鱼拖着乌云般的黑影侵入了这片海底，这就是我。我们以前举行的庆祝活动却不是这一种。这是因为，当时我们还没有被人逮住。午夜巡逻的工人民兵在走过，但只是惊诧地看着我的大肚子——那年月的伙食很难把肚子吃到这么大。当然，人家也不全是傻瓜。有一夜，一个小伙子特意掉了队，走到我面前借火。我摇摇头说，我不吸烟。他却进一步凑了过来，朝我的大肚子努努嘴，低声说道：这里面还有一个吧？我朝他笑了一笑。所以，在这个世界上，可能还有人记得，在七五年的寒夜里，水银灯光下马路边上那一缕会心的微笑。

5

在北京城的冬夜里，分手时节是在公园里的假山边上。那件黑大衣就如蛇蜕一般委顿于地。地面上有薄薄的一层白粉，与其说是雪，不如说是霜。曙光给她的身体镀上一层灰色，因为寒冷，乳房紧缩于胸前。对于女人来说，美丽就是裸体直立时的风度——带着这种风度，她给自己穿上一条面口袋似的棉布内裤——然后是红毛裤，红毛衣，蓝布工作服。最后，她用一条长长的绒围巾把头裹了起来，只把脸露在外面——想必你还记得七十年代的女孩流行过一种裹法，裹出来像海带卷，现在则很少见——戴上毛线手套，从树丛里推出一辆自行车，说道：厂里见。就骑走了。我影影绰绰地记得，在厂里时，她并不认识我。她看我的神情像条死带鱼。在街上见面时她也不认识我，至多侧过头来，带着嫌恶的神情看上一眼。晚上，在公园里见面时，她也不认识我，顶多公事公办地说一句：在老地方等我。只有在那件大衣的里面她才认识我，给我无限的热情和温存。

在那件旧大衣底下，我是一个彬彬君子。我总把手背在身后，好像一年级的小学生在课堂上听讲。很快我就忘掉自己长着手了。我很能体会一条公蛇能从性中体验到什么，而且我总觉得，只有蛇这种动物才懂得什么叫做性感。我不是一条蛇，这正是我的不幸之处。有时候她对我发出邀请，说道：摸摸我！我想把手伸出来，但同时想到，我是一个蛇一样的君子，就把手又背过去，简短地回答道：不摸。这种争论可以持续很久，到了后来，她只说一个字：摸！我只说两个字：不摸。听起来就是：摸！——不摸。在对答之间，隔了一分钟。按照这种情节，她能够保持处女之身，都是因为我坐怀不乱——我就是这么回想起来的，但又影影绰绰地觉得有点不对。也有可能是我要摸她，但她不让。需要说明，不论是公园还是校园，都常常不止我们两个人。别人把这种问答听了几十遍，自然会对我们产生兴趣。在黎明前的曙光里，常有一个男孩子（有时也有女孩子怯生生地跟着）走过来。听到脚步声，她赶紧把头从衣领处探出来，和我并肩坐着，像一个双头怪胎。这位男孩子笑笑说:我来看看你们在干什么呢。她就答道:没干什么。没干什么。然后,那个男孩就又笑了一笑，说：认识你们很高兴。她又抢答道：我们也很高兴。然后从袖筒里伸出手来，和他握手告别。我也很想和这个小伙子握手告别，但伸不出手来——在这种地方，遇上的都是夜不归宿的人。而夜不归宿的都是些文明人。但我影影绰绰地觉得，这故事我讲得有点不对头了。

和分手时节紧密相接的是相见时节——中间隔了一个无聊的白天，这是很容易忘掉的——也是在这座假山边上。夜幕刚刚降临，游人刚刚散尽。她就是不肯钻进这件黑大衣。夜晚最初的灯光并不明亮，所以，白色的身体分外醒目。我说道：快进来，别让别人看到了。她说：我不。坏东西，你让我怎能相信你。我说：我不是坏东西。我是袋鼠妈妈。她却说：袋鼠妈妈是谁呀？最后，我只能像事先商量好的那样，背过身去，让她用一根棉线绳子把手绑在了背后。然后她才肯钻进大衣，捏捏那个硬邦邦的家伙，说道：好恶毒啊……幸亏我防了一手。还想帮它骗我吗？坐在长椅上时，我想，假如这样被人逮到，多少有点糟糕，然后，我就把这件事忘掉了。

三

1

我的过去不再是一片朦胧。过去有一天我结婚，乘着一辆借来的汽车前去迎亲。我的大姨子对我说：我妹妹是个疯子。晚上她要是讨厌，你别理她，径直干好事——很难想象哪个大姨子会建议未来的妹夫强奸自己的妹妹，除非他们以前就认识。但我分明不认识这个大姨子。这个女人的头很大，梳了两条大辫子，前面留了很重的刘海，背上背了一个小孩子。她弯着腰，让小孩骑在背上，头顶就在我眼前；三道很宽的发缝和满头的头皮屑就在我眼前。这个景象和晚上十点钟的农贸市场相似：那里满地是菜叶和烂纸。我可以发誓，这个背孩子的女人我见过不到三次，其中一次就是这一次，在这间低矮的房子里。头顶有一片低垂的顶棚，上面满是黄色的水渍。屋子里弥漫着浓郁的尿骚味……

从窗户看出去，是个陌生的院子，带着灰色的色调，像一张用一号相纸洗印的照片。院里有棵枣树，从树干到枝头到处长满了瘤子。这个院子我也很是陌生。院子里有个老太太的声音在吵吵闹闹，院子外面汽车喇叭不停地叫，好像电路短路了。我按捺不住手艺人的冲动，想冲出去把它修好。但我还是按捺住了——作为新郎，显然不宜有一双黑油手。这位新娘子是别人介绍我认识的——但愿她和白衣女人不是一个。我一面这样想，一面又隐隐地觉得这种想法不切实际。然后，她哇的一声从里屋冲了出来，穿着白色的睡袍，赤着脚，手里拿了一把小镜子，苍白的脸上每粒粉刺都鲜艳地红着，看来都是挤过的，嘴边还有一处流了血："哇，真可怕，要结婚就长疙瘩啦。"到脸盆架边撕了一块棉花，又跑回去了。她和我以前认识的女孩显然是一个，和现在的白衣女人又很像。我马上就会想到她是谁。

我终于纠正了自己的错误，早上起来，我向那位白衣女人坦白说，我失去了记忆，过去的事有很多记不得了。一个人失去记忆，就是变成了另一个人。我变成了另一个人，又不自觉声明，就这样过了半个多礼拜，在这期间，我一再犯下非法占有对方身体之罪。这个错是如此的罪大恶极，简直没有什么希望得到原谅。但是她听了以后，只略呈激动之态，还微笑着说：是吗，还有什么？快说呀。此时我也想给自己说几句话，就说：想必你也看出来了，我心地善良、作风朴实，有各种各样的优点，而且热爱性生活——我的本意是说，我虽已不是以前的王二，但也不无可取之处，希望她继续接受我。谁知她听了这末一句（热爱性生活）就大笑起来，并且挣扎着说道：Me too！Me too！那声音好像是在打嗝。一位可爱的女士这样说话，多少有点失态，我不禁皱起眉毛来。后来她终于不笑了，走过来拍拍我的脸说：你已经够逗的了，别再逗啦。直到此时我才明白，原来我是很逗的。

2

如你所知，毕业以后，我到万寿寺里工作。起初，我严守着这两条戒律：不要修理任何东西，不要暴露自己是袋鼠妈妈。所以我无事可做，只能端坐在配殿里写小说。因为一连好几年交不出一篇像样的论文，领导对我的憎恶与日俱增。夜里，在万寿寺前的小花坛里，一谈到这些憎恶，她就赞叹不止：袋鼠妈妈，好硬呀。然后我就谈到让我软一些的事：别人给我介绍对象。他们说，女孩很漂亮，和我很般配。就在我们所里工作，和我又是同学。假如我乐意，他们就和女方去说。她马上大叫一声，从大衣底下钻了出来，赤条条地跑到花坛里去穿衣服，嘴里叫着：讨厌，真讨厌！这样大呼小叫，招来了一些人，手扶着自行车站在灯光明亮的马路上，看她白色的脊背，但她对来自背后的目光无动于衷。我木然坐在花坛的水泥沿上，她又跑了回来，在我背上踢了一脚说，还坐在这里干什么？还不快点滚？而我则低沉地说道：可你也得把我放开呀……后来，我和她一起走进黑暗的小胡同，还穿着那件黑大衣，推着一辆自行车，车座上夹着我的衣服。我微微感到伤感，但不像她那样痛心疾首。但她后来又恢复了平静，说道：既然如此，那就结婚吧。这就是说，如果不是有人发现我和她般配，我到现在还是袋鼠妈妈。

那一天她不停地嗑瓜子，从早上嗑到了午夜，所到之处，到处留下了瓜子皮。那一天她穿了一件红缎子旗袍和一双高跟鞋，这在她是很少有的装束。除此之外，她还在读安加沙·克里斯蒂的侦探小说，对任何人都不理不睬。我的丈母娘对此感到愤怒，就去抢她的书，抢掉一本她又拿出一本，好像在变古彩戏法。但是变古彩戏法的人身上总是很臃肿的，而这位新娘子则十分苗条，简直苗条得古怪；衣服也十分单薄，连乳头的印子都从胸前的衣服上凸了出来——我的丈母娘老想把印子抚平，并且用身体挡住我的视线，她说：妈，别挑逗我好不好——把老太太气得两眼翻白。时至今日，我也不知这戏法是怎么变的。唯一可行的解释是：我丈母娘和她通同作弊，明里抢走一本，暗里又送回来，用这种把戏来恫吓新女婿，让他以为自己未来的妻子有某种魔力。但我又觉得不像：我丈母娘是个很严肃的人，鼓着肥胖的双腮，不停地唠叨。我很讨厌别人唠叨，如果不是要娶她女儿，我绝不会和她打任何交道……

我记得这是我们结婚的日子，这一天俗不可耐。所有的婚礼大概都是这个样子。因此她把自己对准了一本侦探小说，鼻梁上架了一副白边眼镜——她有四百度的近视。等到眼镜被抢走之后，她就眯起眼睛来，好像一只守宫（一种变色龙）在端详蚊子。到酒宴临近结束时，大家要求新娘子给男宾点烟。她把书收好站了起来。此时大家才看到，这位新娘子长了两只硕大的白眼珠，上面各有一个针尖大小的黑色瞳孔——都是没戴眼镜看书看的。她从桌子底下拿出一支大号手枪，把所有的男宾一一枪毙掉。你当然知道我的意思，她用手枪式的打火机给大家点烟。每点一位，就扭过头去闻闻自己的腋窝说：天热，有味了。这当然是说所有的宾客都早已死掉，已经有味了。

喜宴过后，到了新房里，这位新娘子又歪在了床上看克里斯蒂。我无事可干，只好抽烟。把身上带的四盒烟都抽完以后，很想再去买一盒。当时午夜时分，要买烟就得去北京站，那地方实在远了一点，所以我没有去。这些事说明她很能沉得住气。这好像也是我的长处。但我很不想往这方面来想。假如我们俩也可以贯通，那就要变成一个人。这样人数就更少了。那天晚上我把烟抽完后，就开始嗑瓜子。假如是葵花子，我嗑起来就没有问题。不幸是些西瓜子，瓜子皮又滑又硬，我不会嗑，嗑来嗑去，嗑不到子仁，只是吐出些黑白相间、鸡屎也似的残渣……

3

在长安城里，我和白衣女人分手，走过黑白两色的街道。现在飘落的雪片像松鼠的尾巴，雪幕因此而稀疏。这样的雪片像落叶一样在街道两侧堆积着。在我身后,留着残缺不全的脚印。也许我的下一篇论文该考一考长安城里的雪？它又要把领导气得要死。在他狭隘的内心里，容不下一点诗意。

在我自己的故事里，早已经过了午夜，但我还没按大姨子的告诫行事。她终于看完了那本克里斯蒂，并给它两个字的评价：瞎编。把它丢开。然后，她朝我皱起了眉头，说道：咱们要干什么来的？我摇摇头说：我也不记得。看来，我失去记忆不是头一次了……后来，还是她先想了起来：噢！今天咱们结婚！当然，这不是真忘了又想起来，是卖弄她的镇定从容。我那次也不是真失去了记忆，而是要和她比赛健忘。无怪乎本章开始的时候，我告诉她自己失去了记忆时，她笑得那么厉害——她以为我在拾新婚之夜的牙慧——但我觉得自己还不至于那么没出息……

后来，她朝我张开双臂，说道：来吧，袋鼠妈妈……必须承认，这个称呼使我怦然心动。那根大蘑菇硬得像擀面杖一样。我说的不仅是过去，还有现在——用当时的口吻来说，那就是：不仅是现在，还有将来。但我还是沉得住气，冷静地答道:别着急嘛。我一点都不急——我看你也不急。她说道:谁说我不急？就把旗袍脱掉，并且说：把你的大蘑菇拿出来！好像在野餐会上的口气。在旗袍下面，她什么都没有穿，只有光洁、白亮的肉体——难怪她白天苗条得那么厉害——于是我就把大蘑菇拿了出来。那东西滚烫滚烫，发着三十九度的高烧。请相信，底下的事我一点都记不得了。只记得她说了一句：“你真讨厌哪，你……”因为想不起来，所以那个关节还在，我的过去还是一个故事，可以和现在分开。

现在,我除了长安城已经无处可去。所以我独自穿过雪幕，走过曲折的小桥，回到自己家里。在池塘的中央，有一道孤零零的水榭；它是雪光中一道黑影，是一艘方舟，漂浮在无穷无尽的雪花之上……那道雪白的小桥变得甚胖。这片池塘必定有水道与大江大河连接，因为涌浪正从远处涌来，掀起那厚厚的雪层。在我看来，不是池水和层积在上面的雪在波动，而是整个大地在变形，水榭、小桥、黑暗中的树影，还有灰色、朦胧、几不可辨的天空都在错动。实际上，真正错动变形的不是别的，而是我。这是我的内心世界。所以就不能说，我在写的是不存在的风景。我在错动之中咬紧牙关，让“咯吱咯吱”的声音在我头后响起。好像被夹在挪动的冰缝里，我感觉到压迫、疼痛。这片错动中的、黑白两色的世界不是别的，就是“性”。

我在痛苦中支持了很久，而她不仅说我讨厌，还用拳头打我。等到一切都结束，我已经松弛下来，她还不肯甘休，追过来在我胸前咬了一口，把一块皮四面全咬破了，但没有咬下来。据说有一种香猪皮薄肉嫩，烤熟之后十分可口。尤其是外皮，是绝顶美味。这件事开始之前我是袋鼠妈妈，在结束时变成了烤乳猪。那天晚上，我被咬了不止一口——她很凶暴地扑上来，在我肩头、胸部、腹部到处乱咬，给我一种被端上了餐桌的感觉……但是，她的食欲迅速地减退，我们又和好如初了。

4

当一切都无可挽回地沦为真实，我的故事就要结束了。在玫瑰色的晨光里，我终于找到了我们的户口本，第一页上写着她的名字，在另一栏上写着：户主。我的名字在第二页上，另一栏上写着：户主之夫。我终于知道了她的名字，但现在不敢说；恐怕她会跳到我身上来，叫道：连我的名字你都知道了！这怎么得了啊！现在不是举行庆祝活动的适当时节，不过，我迟早会说的。

你已经看到这个故事是怎么结束的：我和过去的我融会贯通，变成了一个人。白衣女人和过去的女孩融会贯通，变成了一个人。我又和她融会贯通，这样就越变越少了。所谓真实，就是这样令人无可奈何的庸俗。

虽然记忆已经恢复，我有了一个属于自己的故事，但我还想回到长安城里——这已经成为一种积习。一个人只拥有此生此世是不够的，他还应该拥有诗意的世界。对我来说，这个世界在长安城里。我最终走进了自己的屋子——那座湖心的水榭。在四面微白的纸壁中间，黑沉沉的一片睁大红色的眼睛——火盆在屋子里散发着酸溜溜的炭味儿。而房外，则是一片沉重的涛声，这种声音带着湿透了的雪花的重量——水在搅着雪，雪又在搅着水，最后搅成了一锅粥。我在黑暗里坐下，揭开火盆的盖子，乌黑的炭块之间伸长了红蓝两色的火焰。在腿下的毡子上，满是打了捆的纸张，有坚韧的羊皮纸，也有柔软的高丽纸。纸张中间是我的铺盖卷。我没有点灯，也没有打开铺盖，就在杂乱之中躺下，眼睛绝望地看着黑暗。这是因为，明天早上，我就要走上前往湘西凤凰寨的不归路。薛嵩要到那里和红线会合，我要回到万寿寺和白衣女人会合。长安城里的一切已经结束。一切都在无可挽回地走向庸俗。